Le pacte secret

Albert Algoud
Pascal Fioretto

Le pacte secret

ROMAN

Albin Michel

À Hélène,
à Marco,
à Paul Deschanel

« Dans le monde réellement renversé, le vrai est un moment du faux. »

Guy DEBORD,
La Société du spectacle

AVERTISSEMENT

Alors que, chaque jour, s'enchaînent petites phrases, fausses rumeurs, coups bas, rebondissements bidons... Tandis que les éditorialistes de tous bords se perdent en conjectures sur les étrangetés d'une élection présidentielle qui ne ressemble à aucune autre... Quand tant de commentateurs, pour une fois à l'unisson, disent la République française « menacée » sans parvenir pour autant à mettre un nom sur cette menace... Cet ouvrage, fruit de recherches audacieuses et d'enquêtes opiniâtres, démontre comment et pourquoi la vraie campagne, la campagne invisible, a débuté depuis déjà longtemps. Peut-être même dès les premiers jours de la République, le 17 juillet 1789...

Le lecteur curieux, ou soucieux de la rigoureuse authenticité des faits relatés dans ce récit, trouvera, à la fin de ce texte, une bibliographie qui les éclaire et les corrobore.

La République sait reconnaître les mérites de chacun de ses enfants. Si, à cause de la publication de ce « roman », il devait nous arriver malheur, qu'Elle sache l'amour sincère que nous lui port(i)ons.

Les auteurs.

Le Pacte secret continue sur Internet : http://le-pacte-secret.blogspot.com

Première partie

Aux caves du Palais

« Tous les arts ont produit des merveilles : l'art de gouverner n'a produit que des monstres. »

Louis-Antoine de SAINT-JUST

1

20 mai 1834 – Paris, rue Coquillière.

Le printemps avait précocement pris possession de Paris, mais la chambre du marquis de La Fayette, exposée au nord-est, restait fraîche et difficile à chauffer. En s'appuyant avec peine sur les oreillers que son fils George-Washington-Louis-Gilbert venait de redresser, le vieillard fit un mouvement pour se hisser de quelques centimètres au-dessus de l'édredon qui le recouvrait jusqu'au cou. Une grimace de douleur déforma brièvement ses traits, puis laissa place à une expression plus apaisée, comme déjà un peu absente.

Remis de son effort, le malade fouilla fébrilement de ses longs doigts cireux dans l'ouverture de sa chemise de nuit. George-Washington-Louis-Gilbert se pencha pour aider son père qu'il veillait depuis des heures. En glissant la main sous le tissu, il sortit un médaillon dont le marquis ne se séparait jamais. Ce boîtier renfermait la miniature du portrait de Mme de La Fayette, morte deux ans auparavant. Le moribond porta le bijou à ses lèvres, le baisa en tremblant, puis fit signe à son fils qu'il pouvait se retirer.

Restée en retrait, Mme de Vieuxjoncourt s'avança alors.

Son corsage généreux et sa taille à peine épaissie par les ans laissaient encore imaginer la splendide créature qu'elle avait été jadis, quand, sous le Directoire, au temps des Merveilleuses et des Incroyables, elle arpentait les galeries du Palais-Royal. Arrivée au bord du lit, elle se courba tendrement vers le vieillard. Celui-ci ne réagit d'abord pas. Les paupières closes, les narines frémissantes, il sembla humer avidement les fragrances enivrantes de sa maîtresse la plus dévouée. Puis, comme s'il revenait à lui, il murmura en la dévisageant intensément :

– *Audiero nunquam tua verba loquentem ? Nunquam ego te, vita soror amabilior, aspiciam postac ? At, certe, semper amabo !*

Qu'il s'exprimât en latin ne fut pas ce qui surprit le plus Mme de Vieuxjoncourt. Le prodige, car c'en était un, résidait dans le fait que ces mots étaient les premiers que le vieux général prononçait depuis plusieurs jours. L'état de santé du marquis s'était terriblement aggravé depuis qu'il avait, contre l'avis formel des médecins, tenu à suivre à pied le convoi funèbre du député Dulong. Ami de longue date de La Fayette, Dulong avait été tué en duel par le général Bugeaud de la Piconnerie, la sanglante ganache qui avait dirigé, en avril 1834, l'impitoyable répression des insurrections à Lyon et à Paris.

Jusqu'à la fin de sa vie, le marquis avait eu confiance dans les idées libérales et les vertus de la Liberté. « Je crois que toutes les opinions sont libres et plus on en permet la manifestation, moins elles ont d'inconvénient », s'était-il écrié dans un ultime discours au cours duquel il avait déploré que le gouvernement du roi Louis-Philippe ait laissé écraser la liberté en Pologne, en Italie et en Allemagne.

Bien que peu savante en lettres classiques, Mme de

Vieuxjoncourt connaissait néanmoins par cœur ces vers de Catulle. Le marquis les lui avait si souvent cités aux temps insouciants de leurs marivaudages ! Elle savait qu'ils disaient : « Plus jamais n'entendrai-je tes paroles ? Plus jamais, sœur plus aimable que la vie, ne te verrai-je ? Ah ! toujours je t'aimerai. » Elle en fut bouleversée jusqu'au plus profond de son être, mais s'efforça tant bien que mal de réprimer l'émotion qui menaçait de la submerger.

– Allons, monsieur le marquis, ne m'avez-vous pas appris vous-même qu'il faut se méfier des mots comme « toujours » ou « jamais »... Dès que vous serez rétabli, nous reprendrons tranquillement nos aimables distractions, vous et moi. Pour le moment, il faut vous reposer...

– Non, écoute-moi cette fois. Je sais que ma vie terrestre touche à son terme et j'ai quelque chose d'important à te confier. De très important, tu as bien entendu ?

Elle ne trouva pas la force de démentir vérité si opiniâtrement affirmée et acquiesça en fermant les yeux.

– Je t'ai souvent raconté, n'est-ce pas, ce jour de juillet 1789 où le roi Louis XVI, venu de Versailles, est arrivé à l'Hôtel de Ville. Bailly, président de l'Assemblée constituante et maire de Paris, l'y attendait. Les Parisiens ont accueilli le souverain et l'ont fait entrer dans la mairie, jusqu'à la salle où je me trouvais. Le roi tremblait. Visiblement, il était terrorisé. Je lui ai aussitôt appris que les citoyens s'étaient organisés en Garde nationale et je lui ai demandé son approbation pour être leur commandant en chef. Louis XVI a accepté sans discuter. C'est alors que je lui ai tendu la Cocarde...

– C'était le 17 juillet 1789, n'est-ce pas ? La Bastille venait de tomber...

– C'est même moi qui en fis proclamer l'ordre de démolition..., rappela le marquis.

– Vous ne devriez pas tant parler, mon ami, cela vous épuise.

– Laisse-moi, veux-tu. Je n'en ai plus pour longtemps et je dois absolument te dire toute la vérité avant de quitter à jamais cette vallée de larmes. D'aucuns ont prétendu que c'était Bailly qui avait remis la Cocarde au roi. C'est faux, c'est bien à moi, et à moi seul, que revient ce geste historique !

Le marquis de La Fayette avala sa salive en un pathétique gargouillis quasi enfantin. Aux commissures de ses lèvres moussa un peu d'écume que Mme de Vieuxjoncourt essuya avec un mouchoir de batiste avant de passer un linge tiède et parfumé sur le visage de l'agonisant. Elle sentait confusément que le grand homme était sur le point de lui confier quelque chose de capital. Un secret sans doute aussi pénible à confesser qu'indispensable à son repos éternel.

– Voulez-vous que je fasse entrer l'abbé de La Rouërie, marquis ?

– Certainement pas ! Ce que j'ai à te révéler ne doit pas être connu du clergé... Jamais ! Tu as bien compris ? Cela ne regarde pas Dieu ! râla le marquis avant de se mettre à tousser autant que son faible souffle le lui permettait encore.

– Votre fils... ?

– Il sait ce qui l'attend. Qu'il s'occupe, comme j'en suis convenu avec mes amis américains, de faire venir de la terre de Yorktown pour qu'elle soit versée sur mon cercueil.

– Comme vous voudrez, monsieur le marquis, répondit-elle en refermant sur sa poitrine poudrée son châle de mousseline.

Un frisson d'inquiétude lui parcourut l'échine. La mort était proche, elle le sentait.

Quand il eut repris son souffle, le vieillard poursuivit.

– Oui, c'est bien moi qui ai remis la Cocarde au roi. En cette heure où je dois affronter des échéances qui ont beaucoup à voir avec la sincérité, combien j'eusse aimé que ce fût Bailly et non moi-même qui eût commis cet irrémissible forfait.

– Allons, marquis, vous devriez être plus indulgent envers vous-même. Vous n'avez accompli que ce que la situation imposait...

– Qu'en sais-tu ? Ah, décidément, les femmes ne devraient pas se mêler de politique... Vois-tu, ma pauvre, ma si chère amie, cet emblème que j'ai remis à ce pauvre Louis XVI, le cercle rouge et le cercle bleu, symboles de Paris, enserrant le cercle blanc de la monarchie, c'était un faux !

Sous l'effet de la surprise, la main de la Vieuxjoncourt relâcha l'étoffe de soie du châle, révélant ainsi un décolleté dont la fine dentelle ne masquait plus la généreuse ampleur que pour la rendre plus désirable encore. Sous le coup de l'émotion, tout comme jadis dans le feu des escarmouches amoureuses, la poitrine palpita davantage.

– Un faux ? ! Qu'est-ce que cela signifie, marquis ?

Le mourant posa une dernière fois son regard sur les deux globes que, dans d'autres et plus galantes circonstances, il avait tant aimés voir se balancer au-dessus de lui. Dans une ultime tentation, il esquissa un geste pour s'en emparer ou au moins les effleurer à travers la soie transparente...

– Ah, madame, une ultime fois balancer la mousseline..., murmura-t-il.

Hélas sa main, retomba, toute flaccide, sur l'édredon.

Une sombre pensée traversa alors ce qui restait de lucidité au marquis. Détournant les yeux de ces appas désormais inaccessibles, il les leva vers le ciel du lit à baldaquin et reprit d'une voix infiniment lasse :

– Oui, tu as bien entendu : la Cocarde que je donnai au roi pour qu'il l'épinglât à son chapeau, c'était un leurre. Ce n'était pas la vraie... Mais ne me juge pas et essaie de comprendre, je t'en supplie. S'il s'était trouvé en possession de la Cocarde originelle, le roi serait devenu quasi invulnérable.

– Invulnérable ? Que voulez-vous dire ?

– La vraie Cocarde, la toute première, marque la fin de l'Ancien Régime, et signe l'avènement de la République française. Cela confère des pouvoirs, de très grands pouvoirs, à ces trois morceaux de tissu unis par mes soins...

– Quelle... Quelle sorte de pouvoirs ?

– Le pouvoir... Le pouvoir de changer le destin de la Nation. Et c'est ce qui va se passer désormais. La Cocarde, l'unique, l'authentique, va voyager dans les siècles des siècles de la République. Beaucoup voudront mettre la main sur Elle. Peu y parviendront et parmi eux, seuls quelques-uns en seront dignes... Et puis, un jour funeste, viendra le vingt-cinquième...

– Le vingt-cinquième, marquis ? Le vingt-cinquième quoi ?

– Le vingt-cinquième... le dernier de tous les...

La Vieuxjoncourt vit le regard du marquis se voiler, comme si une brume opaque en dérobait la clarté. Elle lui prit la main et fut saisie de terreur en découvrant qu'elle était glacée. Le souffle rauque du malade était devenu inaudible. Malgré le mortel accablement qui l'avait saisie, en dépit des larmes qui perlaient au coin de ses yeux violets, se penchant davantage, elle trouva la force de demander :

– La vraie Cocarde, marquis, qu'en avez-vous fait ?

– Je vais te le dire, Marie-Anne.

2

Nuit du samedi 9 au dimanche 10 octobre 2004 – Châtenay-Malabry, Arboretum de la Vallée-aux-Loups.

Nicolas regarda la Vel Satis qui s'éloignait dans la nuit en faisant crisser le gravier de la cour. Le véhicule se fondit rapidement dans la bruine épaisse qui nimbait le parc de la Vallée-aux-Loups, engloutissant jusqu'à leurs sommets les séquoias centenaires et l'étrange cèdre pleureur. Sans pouvoir distinguer la grille du parc dans la nuée grisâtre, il l'entendit se refermer avec une plainte de bête qu'on achève. Il posa les yeux sur sa montre : 2 h 17. *Elle dort déjà, évidemment*, songea-t-il. Résigné, il haussa les épaules en esquissant un sourire épuisé. « Je rentrerai tôt », avait-il promis le matin même en quittant la « maison de l'apothicaire ». C'est ainsi que Cécilia et lui avaient pris l'habitude de surnommer la splendide demeure mise à leur disposition par le conseil général des Hauts-de-Seine.

Il aimait l'atmosphère surannée et discrètement cossue de cette résidence acquise par le département sous Charles Pasqua. La bâtisse, posée sur le grand axe du parc paysager, était imposante et modeste à la fois, sévère mais empreinte d'une étrange mélancolie. Depuis le 1er avril 2004, date de son élection à la présidence du conseil général, il venait y passer de « longs » week-ends avec Cécilia. Là, il avait l'impression de se retrouver infiniment loin de Paris alors que le boulevard périphérique était à moins de vingt kilomètres.

Les dimanches matin ensoleillés, il aimait courir dans les allées de l'arboretum. L'après-midi, sans se soucier des promeneurs, ils prenaient place dans une barque pour canoter incognito sur l'étang. Lorsqu'ils parvenaient au centre de la pièce d'eau, Cécilia se serrait contre lui. Laissant la barque dériver lentement, ils regardaient en silence la belle façade blanche se refléter sur la surface verdâtre de l'eau tandis que les châtaigniers enfouissaient leurs pieds moussus dans les bruyères.

Une bourrasque glacée fendit le brouillard, découvrant le perron de pierre et la double porte-fenêtre de l'entrée. Nicolas revint à lui en frissonnant et serra les poings dans les poches de son manteau de cachemire bleu. Une faible lumière brillait dans le fumoir du rez-de-chaussée, seule trace de vie dans la maison silencieuse. *Elle a sans doute attendu minuit, et puis elle est allée se coucher,* pensa-t-il, *elle a bien fait... Quand tout sera fini, quand je serai là où je dois être, je ne travaillerai plus jamais le samedi. Je resterai avec elle le plus souvent possible,* se jura-t-il une fois de plus.

Il regarda le seuil de la maison qu'il avait quittée le matin pour aller présider une réunion de militants. Il fallait bien préparer le sacre de novembre. Après le « pot des camarades » pris avec ses troupes, il était passé au ministère. « Contrôle de routine », avait-il dit en plaisantant à son chauffeur qui s'étonnait qu'on ne reprît pas, comme prévu, le chemin de la Vallée-aux-Loups. Mais, en retrouvant son bureau, il avait aussitôt été saisi par l'irrépressible besoin de finir un « dossier en cours » puis un autre. Noyé dans ses réflexions, il s'était fait servir un déjeuner léger et il avait appelé Cécilia. « Une affaire urgente. Tapie, les fonds offshore du CDR... Oui, c'est normal que tu sois perdue, c'est un montage compliqué, je t'expliquerai. Mais non, mon ange, je ne te cache rien... Non, je t'assure que ça ne peut pas attendre lundi. Je fais le plus vite possible, surtout ne m'attends pas pour la balade. »

Il avait fait convoquer François Asselineau, tout récemment nommé « directeur de l'intelligence économique » au ministère. À dix-neuf heures, les deux hommes, bientôt rejoints par la secrétaire de permanence et deux conseillers réquisitionnés, travaillaient autour de plateaux-repas sur la meilleure façon d'imposer une médiation amiable. Au cours d'une pause, il avait pris le temps de rappeler « la patronne ». « L'affaire se présente plus mal que prévu... Non, je ne rentrerai pas pour dîner... Autour de minuit sans doute... Ne t'inquiète pas. Repose-toi... Tu sais que, pour bien travailler, j'ai besoin de savoir que tu es sereine quand tu m'attends. »

Le brouillard s'était refermé sur lui, pénétrant, poisseux, glacé. Dans le fumoir, la faible lueur de la lampe de chevet était devenue invisible. Il fit un pas en direction de la volée d'escaliers mais s'immobilisa avant de poser le pied sur la première marche. Son téléphone vibrait dans sa poche. *Aucun numéro*, indiquait le cadran de l'appareil. Il hésita quelques secondes puis appuya nerveusement sur la touche verte du clavier.

– Allô ! ?

– Nicolas Sarkozy ?

– Lui-même. Et vous, qui êtes-vous ?

– Nicolas Paul Stéphane Sarközy de Nagy-Bocsa ?

– Je vous répète que c'est moi. Que voulez-vous ?

– Profiter d'un de vos rares moments de solitude pour m'entretenir avec vous. D'homme à homme.

– Qui êtes-vous ?

– Ça, je vous le dirai plus tard. Quand nous nous rencontrerons...

– Si vous souhaitez me rencontrer, voyez avec mon secrétariat, comme tout le monde. Je ne gère pas mes rendez-vous par téléphone. Surtout quand les appels sont anonymes !

– Ils ne le resteront pas longtemps, rassurez-vous.

– Surtout si je demande à mes services de vous identifier... Maintenant, je vais devoir raccrocher. Je vous conseille de ne pas chercher à me rappeler car je pourrais sérieusement m'occuper de vous...

– Cet à-propos ! Cet art de la menace discrète mais ferme ! Vous me rappelez Vidocq vers la fin de sa vie...

– Écoutez, qui que vous soyez, je n'ai pas...

– Je comprends, il est tard. Excusez-moi... J'en viens donc tout de suite à l'objet de mon appel : M. Pierre de Bousquet de Florian, le patron de la DST, vous a-t-il contacté récemment ?

La voix de l'inconnu s'était teintée d'une imperceptible ironie.

– Non. Pourquoi, il aurait dû ?

– Comme vous êtes son ancien patron, je me disais qu'il aurait pu trouver loyal de vous prévenir...

– Me prévenir ? De quoi aurait-il dû me prévenir ?

– Mais de l'enquête en cours menée par ses services et vous concernant. C'est étrange qu'il ne l'ait pas fait...

– Écoutez, monsieur. Je suis d'un naturel impatient comme vous avez dû le lire dans les journaux. Alors, soit vous me dites ce que vous avez à me dire, soit je raccroche immédiatement. Je vous accorde, disons, cinq secondes...

– Hélas, ce n'est pas vous qui êtes maître du temps, monsieur le ministre. Notez que je ne me targue pas de le maîtriser mieux que vous. Même si je suis infiniment plus rompu à compter les heures qui passent parfois si lentement...

– Bien ! Dans ce cas...

Nicolas effleura le bouton rouge du portable, mais, retenu par une irrésistible curiosité, il rapprocha l'appareil de son oreille.

– ... dans ce cas, je vous écoute, reprit-il en hâtant le pas avec cette démarche singulière qui, au lycée Saint-Louis de Monceau, faisait déjà dire aux plus méchants de ses camarades qu'il avait été élevé « à cheval sur un tonneau ».

L'étrange dialogue reprit. L'inconnu avait une voix paisible, légèrement chevrotante, singulièrement lointaine.

– Voyez-vous, il est pour le moins étonnant que personne n'ait songé à vous prévenir que les services secrets français enquêtent sur vous au sujet d'une affaire assez complexe, et au demeurant fort mal ficelée.

– Une affaire ? Quelle affaire ? !

– Oh, rien que de très classique. Une structure de compensation basée au Luxembourg, des comptes bancaires secrets domiciliés sur la Riviera. « Clearstream », ça s'appelle, si ma mémoire est bonne. Parmi les titulaires de ces comptes, on trouve un certain Stéphane Bocsa et un Paul de Nagy... Ça ne vous rappelle rien ?

– Qu'est-ce que vous racontez ? ! Mon nom est apparu dans les listings de Clearstream ?

– Vous n'étiez pas au courant ? M. de Villepin, votre collègue de l'Intérieur, aurait tout de même pu vous en informer. Décidément, la solidarité gouvernementale n'est plus ce qu'elle était...

Il s'immobilisa et sentit l'éclair glacé de la colère le transpercer de la racine des cheveux jusqu'aux orteils. *On tente de faire croire que je détiens un compte bancaire planqué en Italie et personne ne me dit rien ! Et Villepin diligente une enquête secrète de la DST !*

– L'enfoiré ! grogna-t-il.

Il réalisa, trop tard, qu'il avait crié. Il espéra ne pas avoir réveillé Cécilia. *Elle a le sommeil si léger depuis quelque temps.* Il se retourna pour vérifier qu'aucune lumière ne s'allumait au premier étage de la maison. La façade avait disparu, noyée dans l'obscurité et le brouillard. Il était désormais entouré d'un nuage mouvant qui l'empêchait de distinguer quoi que ce fût à plus d'un mètre. Il serra son poing gauche dans sa poche. *Depuis qu'il a mis les pieds à l'Intérieur, j'étais sûr qu'il mijotait quelque chose, le poète du dimanche ! Et j'aurais dû deviner que c'était quelque chose d'énorme, vu la largeur des sourires qu'il m'adresse depuis la rentrée.*

– Surtout pas de panique ! continua l'inconnu de sa voix tranquille et lasse. Il s'agit d'un montage grossier... Une simple liste de noms mal traficotée qui a été envoyée au juge... au juge... Comment s'appelle-t-il déjà celui-là ?

– Van Ruymbeke ?

– C'est ça ! J'avais son nom sur le bout de la langue. Excusez-moi, j'ai vu tellement d'affaires d'État dans ce goût-là que je les mélange toutes un peu. Celle qui vous occupe m'évoque plutôt le scandale des piastres...

– Le scandale des piastres ?

– Vous n'étiez pas né à l'époque... Au début des années cinquante, deux grosses banques : la Banque d'Indochine, liée au MRP, et la Banque franco-chinoise, liée à la SFIO, se disputaient le change légal des piastres. Pour chaque piastre changée entre l'Indochine et la France, le Trésor versait une compensation au bénéfice du changeur. Or, depuis 1947, la piastre indochinoise qui valait 8,50 francs, était officiellement cotée 17 francs. Un énorme trafic de devises s'est créé...

– Quel rapport avec ce qui se trame contre moi ?

– Une affaire en diffamation s'est greffée sur cette histoire de piastres. Un haut fonctionnaire a fait circuler une liste de personnalités supposées avoir touché des pots-de-vin énormes, virés discrètement sur des comptes à l'étranger. Parmi ces personnalités, il y avait un ministre, celui de l'Intérieur... Vous voyez le genre d'affaire dont il s'agit ?

Nicolas voyait mieux en effet. Il voyait même très bien. *Si vraiment l'autre savait et si, délibérément, il ne m'a rien dit...* À cette idée sa mâchoire se contracta.

– Le mieux que vous ayez à faire, c'est d'exiger qu'on vous communique les éléments qui sont à la disposition de la place Beauvau, reprit la voix, le tirant brusquement de ses envies de meurtres.

– J'ai toujours décidé moi-même ce que j'avais de mieux à faire, répondit le ministre sur un ton glacial.

– Je n'en doute pas. Je ne vous appelle d'ailleurs pas pour cette affaire ridicule. Je veux juste vous suggérer de ne pas perdre de temps avec une commission d'enquête. Elles ne servent à rien. Dans l'affaire des piastres, j'ai participé à celle diligentée par le Sénat en janvier 1950...

– Tiens donc. Vous étiez sénateur il y a cinquante-quatre ans, monsieur... monsieur comment au fait ? demanda-t-il sur le ton qu'il employait quand il était contraint de s'adresser à un journaliste hostile.

– J'aurai bientôt l'occasion de me présenter plus en détail, répondit la voix qui sembla s'animer légèrement. Quand vous vous serez débarrassé de cette affaire Clearstream, j'aurai du travail pour vous, Nicolas... Beaucoup de travail.

– Quand vous ai-je permis de m'appeler Nicolas ? Et, pour la dernière fois, qui êtes-vous pour prétendre ainsi me donner des conseils ou du travail ?

– Je vous répète que vous le saurez en temps utile. Efforcez-vous d'être un peu patient, moins impulsif, pour une fois... Je vais vous adjoindre un partenaire. Autant vous le dire tout de suite, cette personne n'est pas très commode, un tantinet autoritaire même. Pour mener à bien votre mission, vous allez devoir composer... Alors commencez par vous calmer.

– Je me calmerai dès que vous m'aurez expliqué en quoi ma prétendue apparition dans un listing bancaire vous regarde ?

– Ça me regarde, croyez-moi. J'ai trop besoin de vous pour vous laisser vous enferrer dans un minable montage politico-financier pour journaliste désœuvré. Maintenant, faites ce que je vais vous conseiller de faire et tout ira bien...

3

Dimanche 10 octobre 2004 – Magné, Marais poitevin.

La barque dodelinait mollement sur l'eau glauque. Il était quasi impossible de se repérer dans le lacis de ces voies d'eau croisées et recroisées comme à dessein en un gigantesque dédale. « Le Marais mouillé, mieux vaut le voir des berges », dit un proverbe maraîchin. Pourtant, une fois dépassée l'inévitable appréhension qui l'avait saisie au moment de monter sur la barque à fond plat, Ségolène avait commencé à reconnaître chaque conche, chaque fossé, chaque arbre. Ils étaient là, comme autant de signes d'un jeu de piste labyrinthique. Quatre mille kilomètres de voies navigables, quatre mille occasions de se perdre, mais elle touchait au but.

La masse sombre de l'île apparut dans la pâle clarté du matin, presque débarrassée de ses vapeurs et laissant deviner ses berges. Plus que tout, Ségolène aimait ces moments de solitude absolue, ces matins d'automne où le grand jour semble encore hésiter à bouleverser l'ordre flou mais immuable des marais. Dans quelques heures, les choses auraient retrouvé leur netteté, leur consistance ordinaire. Les touristes arriveraient. Elle s'éclipserait et rentrerait préparer une nouvelle et harassante semaine, pleine de décisions à prendre, de conflits à arbitrer, de budgets à boucler, de pièges à éviter...

Exceptés le bruit mouillé des avirons et le nasillement des canards, aucun son ne venait troubler ses pensées ou plutôt son absence de pensée. Soudain, en levant la tête, dans une trouée laissant paraître un bout de ciel pur, elle vit passer des oies sauvages et se mit à fredonner une vieille chanson de Michel Delpech : « Il était cinq heures du matin... On avançait dans les marais, couverts de brumes... »

Depuis son élection, aussi triomphale qu'inattendue, à la tête du conseil régional de Poitou-Charentes, elle avait plus que jamais besoin de ces balades solitaires en barque au cœur du marais. Comme chaque dimanche matin de liberté, elle s'était levée, s'était habillée en silence et était sortie avant l'aube. François dormait toujours. Cette semaine, il avait effectué pas moins de trois allers-retours entre la mairie de Tulle et la rue de Solférino. Il avait besoin de récupérer. Pourvu que Thomas, leur aîné, n'organise pas un after à la maison. *Je l'appellerai en rentrant. Il file un drôle de coton depuis qu'il est étudiant... Il invite sans arrêt des bloggeurs et des bloggeuses, prend la maison pour un hôtel et ses frères et sœurs pour ses bonniches.* Elle se raidit un peu et avala nerveusement sa salive. *Et Flora ! Quelle rebelle elle fait ! Après tout, c'est surtout d'un père qu'une adolescente a besoin. François pourrait être un peu plus présent. Un peu plus strict surtout. Il préfère les emmener au Parc des Princes ou au parc Astérix ! L'autre soir, quand je suis rentrée, la table n'était pas débarrassée, il n'avait même pas pris la peine de remettre le beurre au frigo ! Ils étaient tous les quatre avachis à regarder Ardisson en se goinfrant de*

Nutella. Et toutes ces chaussures qui traînent dans l'entrée, il sait pourtant que j'ai horreur de ça...

Chaque coup d'aviron la rapprochait de l'île. Elle allait aborder, attacher et dissimuler la barque dans les herbes hautes et faire le tour de « son » territoire.

Elle sentit le choc mou de l'étrave touchant la berge et donna quelques petits coups de rame jusqu'à entendre la quille racler le fond boueux. À l'instant où elle finissait d'amarrer la barque à un saule sinueux, son téléphone vibra dans la poche de son pantalon. Ségolène demeura quelques secondes paralysée par la surprise. *Il m'avait toujours semblé qu'aucune communication ne passait par ici !...* Elle considéra pensivement les mots *correspondant non identifié* qui s'étaient affichés sur l'écran de l'appareil. *François ? Déjà levé ? J'espère qu'il ne m'appelle pas pour une histoire de confiture qui manque ou de* Journal du Dimanche *pas livré... À moins que... ? Les enfants ?*

Hésitant entre agacement et inquiétude, elle finit par prendre la communication.

– François, c'est toi ? demanda-t-elle d'une voix où l'énervement le disputait à l'incrédulité.

– Félicien, chère madame.

– Félicien ? Quel Félicien ? Je ne connais pas de Félicien...

– Ça ne m'étonne guère, c'est un prénom quelque peu tombé en désuétude au cours des dernières décennies.

– Qui êtes-vous ?

– Écoutez, pour le moment, je crains qu'il ne faille vous contenter de ce simple prénom, qui est d'ailleurs mon deuxième, celui de mon parrain. Mon troisième prénom, c'est Saturnin...

– C'est passionnant, mais ça ne me dit pas ce que vous voulez ?

– Ha, décidément, les politiques d'aujourd'hui... toujours pressés. Voilà d'ailleurs pourquoi ils commettent tant d'erreurs... Les faits, les faits ! Toujours en venir aux faits... J'ai bien l'honneur de parler à Mme Marie-Ségolène Royal, née le 22 septembre 1953 à Dakar, fille d'Hélène Dehaye et de Jacques Royal, n'est-ce pas ?

– Écoutez, je ne sais pas qui vous a communiqué mon numéro de portable personnel, mais si vous souhaitez me parler, vous pouvez prendre contact avec mon secrétariat à l'Hôtel de la Région. Je réponds à tous les citoyens, même à ceux qui demandent des subventions au conseil régional...

– Ma chère Marie-Ségolène, je ne vous appelle pas pour soutirer une subvention au budget de votre belle région. Je sais avec quelle parcimonie vous les accordez. Ce que je souhaite obtenir de vous, c'est une aide...

– Une subvention ou une aide, c'est pareil, désolée...

– C'est de *votre* aide dont j'ai besoin, Marie-Ségolène.

– Mais enfin qui êtes-vous ? !

– Vous le saurez en temps utile...

– Dans ce cas, je vais devoir vous laisser. J'ai énormément de travail sur mon bureau et...

– Allons, allons, ma petite Marie-Ségolène, je sais bien que vous n'êtes pas à votre bureau. Vous venez d'aborder sur l'île de la Niortaise, en plein cœur du Marais poitevin... D'ailleurs, je serais vous, je ne resterais pas si près de l'eau. Vous avez entendu parler du « bras rouge », n'est-ce pas ?

Elle eut l'impression qu'une main glacée lui serrait la nuque. Elle connaissait la légende que l'on racontait aux enfants de la région. S'il leur arrivait de se trouver près de la frange d'algues verdâtres en contrebas de la rive, ils devaient s'en éloigner au plus vite, car un bras écarlate risquait de surgir de la vase pour les attraper et les attirer au fond de l'eau saumâtre.

Elle frissonna, réalisant soudain qu'elle était seule, prisonnière de ce labyrinthe aquatique, enveloppée de brume et à plusieurs centaines de mètres de la terre ferme. En cas d'urgence, il serait parfaitement inutile d'appeler à l'aide. Et si son interlocuteur était un détraqué ? S'il était en train de l'observer avec des jumelles ? *Depuis combien de temps ?* Elle se repassa à toute vitesse le film de son trajet solitaire, depuis son domicile jusqu'à cette île qui lui semblait soudain beaucoup trop sauvage. Une bouffée d'angoisse, irrépressible, gonfla sa poitrine. Sa gorge se noua. Elle éteignit son téléphone et débarqua en hâte.

Les herbes de la rive cédèrent vite la place à une végétation foisonnante de taillis embroussaillés et de buissons de ronces affreusement hostiles. Elle trébucha sur une branche morte et faillit tomber dans les herbes folles. Malgré les griffures des mûriers sauvages et les piqûres d'orties, elle s'enfonça dans la végétation pour chercher refuge loin des jumelles de l'inconnu. *Et s'il avait téléphoné du centre de l'île ? S'il était déjà là, à attendre que je me jette moi-même dans ses filets ?* Un cri lugubre la fit tressaillir, l'immobilisant sur place. C'était une espèce de coup de trompe, rauque comme le mugissement angoissé d'une bête aux abois. Tous les sens aux aguets, elle écarquilla les yeux. Soudain, un oiseau roussâtre qui se dandinait sur une souche pourrie s'envola en poussant à nouveau un appel désespéré. Puis le silence revint, oppressant.

Après quelques minutes où, cachée derrière un vieux tronc noir et éventré, elle s'efforça de tenir une immobilité parfaite, les vibrations de son téléphone la ramenèrent à la réalité.

– Marie-Ségolène ? C'est encore moi. Je ne vous ai pas

fait peur, j'espère. Une fille de colonel d'artillerie en a vu d'autres, n'est-ce pas ?

– Bien sûr que si, vous m'avez fait peur, espèce de détraqué ! Qu'est-ce que vous voulez ?

– Je vous l'ai déjà dit : j'ai besoin de votre aide dans une affaire de la plus haute importance.

– Mais pourquoi moi ?

– Parce que je me fie à mon instinct républicain... Il se trompe rarement. C'est une mission périlleuse que j'ai à vous confier mais, rassurez-vous, vous ne serez pas seule. J'ai déjà prévenu votre partenaire. Il ne me reste qu'un dernier détail à régler...

– Vous ne suivez visiblement pas beaucoup l'actualité, monsieur. Je viens à peine d'être élue présidente de Poitou-Charente face à la candidate officielle du premier ministre... Je n'ai pas de temps à consacrer à une autre mission.

– Il faudra pourtant le trouver, Marie-Ségolène...

– Cessez de m'appeler par mon prénom ! Si j'étais un homme, est-ce que vous vous le permettriez ?

– Que voulez-vous, j'essaie de me conformer aux usages anglo-saxons de la vie publique que semble avoir adoptés notre vieux pays. Récemment, chez ce M... Zéro, Karl Zéro, vous ne vous laissiez pas voussoyer, que je sache. Vous étiez à tu et à toi avec lui... Mais, venons-en au dernier détail dont je vous parlais. Pour que le duo avec votre partenaire fonctionne au mieux, il faut que vous vous portiez candidate.

– Je vous répète que je viens d'être élue... Si vous regardez la télévision cet après-midi, vous verrez comment j'ai répondu à Michel Drucker au sujet des autres candidatures que l'on me prête...

– « Il serait indécent de penser à d'autres échéances »,

je le sais. Mais que diriez-vous d'une candidature à la magistrature suprême, Marie-Ségolène ?

– Moi ? Candidate à la présidence de la République ? C'est une plaisanterie ?

– Orléans, Marie-Ségolène. Souvenez-vous d'Orléans.

– Orléans ?

– Le 8 mai 1998, votre discours pour la fête de Jeanne d'Arc : « La politique doit être comme toi, Jeanne, crânement généreuse, farouchement morale, voulant tout pour le pays et rien pour toi. Toi qui as été brûlée vive à moins de vingt ans, tu es la sœur de tous. On aurait tant besoin que d'autres Jeanne se lèvent dans le monde... » Eh bien, c'est votre tour, Marie-Ségolène !

– Qui êtes-vous pour m'appeler ainsi à la rescousse du royaume de France ? L'archange Saint-Michel ?

– Je vois, Marie-Ségolène, que vous n'avez pas tout oublié de vos cours d'éducation religieuse à l'institution Notre-Dame d'Épinal...

La cinglante précision de ces rappels biographiques la déstabilisa quelques secondes. *Emmanuelli ? Il a cette voix lugubre et il a le chic pour annoncer les mauvaises nouvelles. Un imitateur de « Rire et chansons » ? Franchement, il n'est pas doué. À moins que...*

– Le Pen ! s'écria-t-elle. Écoutez, j'ignore comment vous m'avez retrouvée mais si vous voulez me castagner comme vous l'avez fait avec ma collègue Annette Peulvast-Bergeal, vous allez souffrir ! Je ne suis pas du genre martyr de gauche qui se met contre un mur et qui se laisse faire, moi !

– Allons, allons, Marie-Ségolène. C'est vrai que M. Le Pen a un certain sens de la mise en scène mais il n'a pas le monopole de la Pucelle d'Orléans.

– Alors, si vous n'êtes pas Le Pen, il s'agit bien d'un

canular… Permettez-moi de vous dire qu'il n'est vraiment pas terrible…

– Une femme candidate à la présidence de la République, c'est vrai que ça pourrait ressembler à une mauvaise farce. « Dans tous les cas, l'heure n'est pas venue de remettre un bulletin de vote à la femme », ça vous rappelle quelque chose ?

– Le discours du sénateur Alexandre Bérard ! Ce vieux misogyne qui s'est opposé à la ratification par le Sénat de la loi du 20 mai 1919 accordant le droit de vote aux femmes. Évidemment que je le connais, ce discours ! Un chef-d'œuvre de rhétorique antiféministe.

– Ah, cette session dc 1919 ! Quelle aventure ! À cette époque, le Sénat avait encore les moyens de se faire entendre face à la Chambre des Députés…

– C'était déjà un anachronisme démocratique insupportable et un refuge de vieux débris ! Ce discours, à la fois révoltant et risible, a tout bloqué alors que tout était possible après la Grande Guerre pendant laquelle les femmes ont tant fait pour la Nation !

– Avec le recul, je vous concède que c'est un peu daté. C'est du moins ce dont a essayé de me convaincre le général de Gaulle en 1946 quand il a finalement consenti à vous accorder le droit de vote… Que voulez-vous, tout finit par changer. Vous connaissez la maxime du président Edgar Faure : « Ce n'est pas la girouette qui tourne, c'est le vent »… Il n'empêche qu'à l'époque, nous avons remporté, Bérard et moi, une victoire décisive.

– Bérard et vous ?

– Oui, je me souviens encore de certaines tirades épatantes que j'ai mises dans sa bouche…

– Qu'est-ce que vous racontez ?

– Vous souvenez-vous de ceci : « Plus que pour manier

le bulletin de vote, les mains de femmes sont faites pour être baisées, baisées dévotement quand ce sont celles des mères, amoureusement quand ce sont celles des femmes ou des fiancées. » Croyez-moi, nous nous sommes faits violence pour ne pas ajouter « sans oublier celles des cocottes et des maîtresses ». Et la suite : « En sa mentalité faite de sentimentalité, la femme est-elle apte, comme l'homme...

– ... à aborder les luttes du forum, l'ardente bataille des partis politiques ? » En matière de misogynie, il était difficile de faire plus abject !

– Allez, je peux bien vous dire toute la vérité : le soir même de cette session historique, nous sommes allés arroser notre victoire au Chabanais, en charmante compagnie... Il faudra que je vous raconte ça, un jour où nous aurons plus le temps. En attendant, voici mes premières instructions...

4

Dimanche 10 octobre 2004 – Châtenay-Malabry, Arboretum de la Vallée-aux-Loups.

Nicolas avait mal dormi. En se glissant dans le lit, il avait trouvé Cécilia à moitié réveillée et, bien entendu, elle avait voulu savoir à qui il avait parlé, devant la maison, tout seul dans le noir et le brouillard. Alors il s'était lancé dans un mensonge maladroitement improvisé et elle s'était rendormie. Du moins, c'est ce qui lui avait semblé car sa respiration avait pris un rythme régulier.

Ce matin-là, dès l'aube il était descendu se préparer un café et avait appelé Christian Pauchard[1], son plus vieux, son plus discret et son plus dévoué complice aux RG. Le « type le mieux informé de France », comme le surnommaient en privé les journalistes du *Canard enchaîné*.

– Christian ? c'est Nicolas. Je sais que je te réveille, mais figure-toi qu'un vieil ami à moi prétend que la DST enquête sur moi à propos de comptes bancaires

1. Pour des raisons de sécurité, le nom et le prénom de l'officier concerné ont été changés. *(NdA.)*

que j'aurais planqués en Italie ! T'as quelque chose là-dessus ?

– Quoi ?! Mais ils n'ont rien d'autre à foutre les Whisky-Coca[1] ?

– Toujours selon ma gorge profonde, ce serait Villepin qui aurait demandé l'enquête. J'imagine que Chirac est aussi dans le coup. Tu peux essayer de me rencarder ?

– OK, je vais voir ce que je peux te trouver un dimanche matin. Dis donc, puisqu'on est debout tous les deux, maintenant, ça te dirait, une petite course à vélo dans la forêt de Meudon avec Drucker ? J'ai un nouveau jeu de dérailleurs et cette fois je ne vous laisserai pas gagner !

– Impossible. On a les Bouygues et les Lagardère qui viennent déjeuner à la Vallée-aux-Loups. Et puis je suis encore rentré à pas d'heure, hier. Je dois passer un peu de temps avec la patronne. Et après le déjeuner, j'ai le « Grand Jury RTL » à préparer avec Hortefeux. Prochaine fois, promis, je t'humilie de première...

– Comme tu veux... Je te rappelle le plus vite possible.

– Merci. Je compte sur toi. Si ce qu'on m'a dit est vrai, je te raconte pas la soufflante que va se prendre Bousquet de Florian lundi. Au fait, pendant que tu y es, un dernier truc : cette nuit, j'ai reçu un coup de fil d'un type, vers les deux heures du mat'. Tu pourrais me trouver ses coordonnées ?

– C'est lui, ton informateur ?

– Pas du tout. Lui, c'est un vieux monsieur, un peu gaga, très Troisième République. Un ami de mon père... Je voudrais lui proposer de venir au congrès de l'UMP en

1. Nom familièrement donné aux cadres de la DST.

novembre. Le numéro était masqué mais tu vas bien me trouver ça, non ?

Cécilia se réveilla peu après. Elle ne fit pas de remarque sur le retour tardif de Nicolas et il en fut soulagé. Il craignait ses reproches. Il les méritait si souvent. Elle lui sourit, caressant tendrement de sa longue main l'ombre bleutée de sa barbe naissante. Il leva la tête et claqua des talons.

– Nicolas a compris ! dit-il en roulant les r. Si Miroschka l'exige, Nicolas va se raser, ajouta-t-il en lui adressant un salut militaire.

– Fais ce que tu veux, Nicolas ! Mais tu sais que Martin et Arnaud seront sûrement impeccables. *Casual but chic*, dit-elle en souriant avec indulgence.

– Ils arrivent du golf, eux. Ils n'ont pas une semaine de quatre-vingts heures dans les jambes ! Mais, c'est entendu, si tu as peur que je passe pour un bobo débraillé auprès de nos amis, je vais faire un effort. Et après le rasage de près, que dirais-tu d'une promenade en barque ?

– Rien que nous deux et un garde du corps patibulaire pour ramer ? plaisanta-t-elle.

– Exactement ! Rien que nous trois !

En fin de matinée, le déjeuner livré et la table dressée, ils se mirent en marche en direction du lac pour une promenade apéritive en attendant l'arrivée de leurs amis.

Il lui avait pris la main pour l'aider à monter dans l'embarcation et, assis auprès d'elle, il ne songeait plus à quitter cette main. Le garde du corps qui les accompagnait manœuvrait les avirons et leur tournait le dos. Tous trois gardaient un profond silence. Le bruit égal et mesuré des rames, le gloussement joyeux d'une poule d'eau, ressuscitant des plaisirs d'une époque plus ancienne, la sublime lumière de l'automne naissante, tout aurait dû le porter à la rêverie et à la détente. Il se sentait pourtant inexplicablement nerveux.

– Et si tu me disais ce qui te préoccupe... ? demanda-t-elle en lui serrant la main un peu plus fort.

– Mmm ? répondit-il distraitement. Oh rien ! Je suis parfaitement bien, ici avec toi...

– Allons, je vois bien que tu tapotes nerveusement du pied sur le fond de la barque. Je te connais assez pour savoir qu'il y a quelque chose qui te turlupine...

– Oh ! la routine. Rien de bien inquiétant. Villepin qui préparerait un coup bas. Un coup bas venu d'en haut, tu t'en doutes...

Elle le considéra un long moment en silence. Ses beaux yeux cherchaient ceux de Nicolas. Si elle parvenait à croiser son regard, alors elle le percerait à jour. Elle saurait s'il était vraiment inquiet ou s'il mentait. Elle saurait s'il était vraiment là, avec elle, au milieu de ce paisible lac, ou abîmé dans ses pensées, en train d'échafauder la revanche compliquée d'une interminable partie d'échecs où tous les coups sont permis. Sous l'effet d'une de ces intuitions qu'on dit féminines, elle demanda, d'une voix qu'elle parvint à rendre presque indifférente :

– À qui parlais-tu cette nuit, devant la maison ?

– Ah, tu as entendu ?

– Mais oui, mon chéri. Tu sais que j'ai le sommeil léger ces derniers temps. Et puis, tu n'étais pas spécialement discret, pour une fois. Qui as-tu traité d'enf... ? demanda-t-elle avec un sourire complice.

– Tu me l'as déjà demandé quand je suis monté me coucher, et je t'ai déjà répondu : c'était Clavier. Il prépare un troisième épisode des *Bronzés*. C'est secret, évidemment. Il veut faire quelque chose de plus engagé politiquement... Il voulait mon avis.

– En pleine nuit ?

– Tu sais comment sont les artistes...

– Et c'est pour ça que tu le traitais d'enfoiré ?

– Oui, je trouve l'idée tellement courageuse que je me suis un peu emporté ! Mais je ne sais pas si la Balasko va laisser faire... Au fait, je ne t'ai pas raconté : je crois qu'on va réussir à imposer notre solution dans l'affaire Tapie-Adidas. Tu veux que je t'explique en deux mots ?

– Écoute, Nicolas. Nous deux, ça a toujours marché à la confiance. Or là, tout à coup, je me trompe peut-être, mais j'ai l'impression que tu me caches quelque chose, quelque chose d'important...

– Très bien. Je vais t'expliquer ce qui m'est arrivé hier soir. Mais il faut que tu me promettes de ne pas te moquer.

– Promis ! Je t'écoute, dit-elle en se blottissant contre lui.

À cet instant, il sentit son téléphone vibrer dans la poche arrière de son jean.

En se libérant, doucement mais fermement, des bras de Cécilia, il extirpa l'appareil, jeta un coup d'œil au cadran et prit la communication.

– Christian ? Alors, tu as des nouvelles ?

– Je ne sais pas d'où il tient son tuyau, ton informateur, mais il est bien rencardé, ce type. Tu peux parler, là ? Ou tu préfères que je te rappelle ?

– Une demi-seconde et je suis à toi.

Faisant tanguer légèrement la barque, il enjamba la planche sur laquelle était assis le garde du corps pour aller s'isoler à la poupe.

– Vas-y, Christian, je t'écoute.

– Tu te souviens de la lettre anonyme reçue par le juge Renaud Van Ruymbeke en mai 2004 ?

– Vaguement... L'affaire des frégates de Taïwan ? demanda Nicolas

– Et le blanchiment par la banque luxembourgeoise de compensation...

– Clearstream ? En quoi cela me concerne-t-il ?

– Le juge a reçu une seconde lettre anonyme. En juin 2004...

– Quoi ? ! Tu es sûr de ça ?

– Affirmatif. Le 14 juin, exactement. Et cette fois, le corbeau balançait une liste de détenteurs de comptes. Parmi ces présumées crapules, on trouve Stéphane Bocsa et Paul de Nagy, titulaires de deux comptes à la Banca Popolare di Sondrio. Visiblement le corbeau est au courant que ton patronyme intégral est Nicolas Paul Stéphane Sarközy de Nagy-Bocsa...

– Les ordures !

– Si ça peut te rassurer, tu n'es pas le seul à être cité dans la liste bidon... Il y a aussi de grosses pointures de gauche...

– M'en fous ! Tu imagines la joie des chiraquiens ? Je parie qu'ils savent déjà, j'en mettrais ma main à couper..., souffla-t-il d'une voix à moitié étranglée par la colère.

– Villepin a confié la surveillance du bébé directement au directeur de la DST.

– Pierre de Bousquet de Florian, lui-même ?

– Ouais ! J'aimerais d'ailleurs pas être à sa place, au

chauve ! L'un de ses adjoints à la DST est dans la liste du corbeau !

– Bon, dès lundi, je demande à les rencontrer tous les deux : Villepin et Bousquet. On va voir comment ils vont justifier leurs petites cachotteries ! En tout cas, tu as fait du sacré bon boulot !

– Bah, c'est un peu la routine. Y'a juste un truc qui me chiffonne. Si je peux me permettre...

– Je t'écoute.

– C'est pas que je sois d'un naturel curieux, tu me connais... mais je me demande qui a bien pu t'avertir de ce coup fourré. Parce que, crois-moi, un renseignement de cette importance, c'est pas du tuyau percé...

– Je te l'ai dit ce matin : un très vieil ami...

– Écoute, Nicolas, je comprends que tu protèges tes sources, mais moi qui suis ton informateur numéro 1 depuis si longtemps, je n'ai pas le droit de savoir qui t'a balancé l'info ?

– Je te dirai ça bientôt. Pour le moment, je dois finir de préparer le déjeuner avec Cécilia. Elle t'embrasse d'ailleurs...

– Comme tu veux. Moi aussi, je l'embrasse. Et surtout, dis-lui qu'elle prenne soin de toi. Tu m'as l'air un peu crevé, ces derniers temps.

– Qu'est-ce que tu racontes ?

– Quand on commence à entendre des voix, c'est souvent un signe de surmenage.

– Où veux-tu en venir ?

– Tu m'as bien dit que tu avais reçu un coup de fil, la nuit dernière, vers deux heures du matin ?

– Exact. Alors ? Tu m'as trouvé le numéro ?

– Écoute, j'ai vérifié moi-même les listings : il n'y a eu aucun appel, ni entrant ni sortant, sur ta ligne entre

22 h 20 hier soir et ce matin quand tu m'as appelé. Rien. Pas le moindre coup de fil, ni le plus petit SMS. Si vraiment tu es certain d'avoir parlé à quelqu'un en plein milieu de la nuit, c'est que tu entends des voix.

5

Dimanche 10 octobre 2004 – Melle, Domicile privé de la famille Hollande-Royal, quartier dit « des Ingénieurs », rue du Tapis-Vert.

– Enlève tes coudes de la table et finis ton assiette, Flora ! On n'est pas à la cantine du collège ! s'écria-t-elle soudain, comme si elle émergeait brusquement d'un long rêve éveillé.

Il l'avait vue rentrer maussade. Ou, plus exactement, sombrement pensive. À peine si elle avait desserré les dents depuis le début du repas dominical qu'il avait préparé lui-même avec le plus grand soin. Diététique, goûteux et uniquement composé de produits régionaux AOC comme elle l'exigeait. Il avait même déniché un chabichou cendré, son préféré. Il n'hésitait d'ailleurs jamais, le samedi matin, à faire quarante kilomètres en pleine campagne jusqu'à Échiré pour rapporter une motte de beurre bien fraîche ou un grand pot de crème double garanti « de vache maraîchine ».

– C'est dimanche, chérie... Ils ont pris leur petit-déjeuner tard. Elle n'a pas faim, elle finira ce soir...

– À quelle heure les as-tu réveillés ?

– Je n'ai pas regardé le réveil. Neuf heures et demie, dix heures. À vrai dire, c'est plutôt eux qui m'ont tiré du lit... Ces allers-retours entre Tulle, Melle et Paris, ça m'épuise. Et toi ? belle balade ?

Sans lui répondre, elle enchaîna.

– Et le grand ? Encore couché, je suppose ?

– Il a appelé. Il est resté dormir chez un copain. Mais tu ne m'as pas répondu : c'était comment au Marais mouillé, ce matin ?

– Beaucoup de brume... Et, évidemment, pas un chat. Pas un touriste, rien ! C'est complètement anormal ! Avec un patrimoine naturel et culturel comme celui-là, on devrait refuser du monde et engranger un maximum de taxes professionnelles et de devises étrangères dans les caisses régionales. Il faut que je pense à en parler lundi à mon directeur de cabinet. C'est à se demander ce que fichait Raffarin quand il était président de la Région...

– Ah, nous y voilà ! Ça faisait longtemps qu'on avait pas entendu parler de « la » Région, cette foutue Région...

– Mais oui, la Région ! Il y a évidemment quelque chose à creuser, dans le domaine du tourisme marécageux. Je ne sais pas moi, une sorte de Vulcania ornithologique...

– Il n'y a que Giscard pour s'imaginer que ce genre de truc puisse marcher ! dit-il, rigolard.

Se levant de sa chaise, il s'approcha d'elle et la prit tendrement par les épaules en chantonnant.

– Quoique, après tout, il a peut-être raison d'espérer. Tu connais la chanson : « On a vu souvent rejaillir le feu de l'ancien volcan qu'on croyait trop vieux... »

– On ne peut pas causer sérieusement plus de cinq minutes avec toi, dit-elle en esquissant un sourire. C'est sans doute un de tes points forts mais ça ne fait pas avancer les dossiers...

Elle se déroba à sa tendre étreinte pour s'emparer de la bouteille de vin de pays charentais. Alors qu'elle tendait le bras, la manche de sa robe remonta, découvrant sa peau zébrée de griffures et constellée de rougeurs.

– Qu'est-ce que c'est que ça ? demanda François, en lui prenant la main.

– Rien, dit-elle en faisant redescendre sa manche sur son avant-bras. Quelques égratignures. Je me suis cassé la figure.

– Mais tu es affreusement griffée. Et tu ne m'as rien dit ! Je vais te soigner. Faut pas plaisanter avec ça !

– Je te dis que c'est rien !

– Es-tu vaccinée contre le tétanos ? Je suis sûr que tu n'es même pas à jour dans tes rappels !

– Mais je m'en fous, de mes rappels ! J'ai des choses un peu plus préoccupantes que ça dans la tête, crois-moi !

– Ah oui ? Et mis à part la Région, ta Région, ta sacro-sainte Région, tu as quoi en tête ?

– Je te dispense de ton ironie. Si on veut comprendre les gens, il faut avoir les pieds bien plantés dans le terroir...

– Je te rappelle que tu n'es pas née en Poitou-Charente mais au Sénégal !

– Et alors ? J'ai aussi grandi au milieu des mirabelles et du münster. Et aujourd'hui, c'est en Poitou-Charente que sont mes racines. C'est Mitterrand lui-même qui l'a voulu. Il me disait toujours : « Pas de racines, pas d'ailes ! »

– Des ailes ? Mais pour t'envoler où ? demanda-t-il en en posant sa main sur la sienne qu'elle retira aussitôt.

– Si j'étais un homme, est-ce que tu me demanderais où je veux m'envoler ?

– Tu ne vas pas tout de même pas recommencer avec ça ! Et devant les enfants en plus ! Si tu étais un homme, je ne te tiendrais pas par la main, je n'aurais pas eu quatre mômes avec toi... Arrête un peu avec ce féminisme d'un autre âge ! Après tout, ce matin, c'est moi qui ai mis au four le poulet aux olives et qui ai fait la dissert' de philo de Julien. Alors, lâche-moi avec ce discours militant, madame la Zapatera du Poitou ! Moi, je suis à la mairie de Tulle et je ne me prends pas pour le centre de la France pour autant...

– Tu as raison, excuse-moi. Je suis un peu surmenée en ce moment... Bon, vous pouvez sortir de table, les enfants. Mais pas de bagarres, hein ? Votre père va faire sa sieste. Et cessez de vous balader pieds nus ! Mettez vos charentaises ! Je bataille assez pour qu'elles reviennent à la mode, alors j'aimerais au moins que chez moi tout le monde en porte. Toi y compris ! ajouta-t-elle à l'attention de François qui était resté en chaussettes. À propos, je t'ai dit qu'après la soie et le cachemire, on va lancer la charentaise en ragondin ? Toujours en cousu retourné, évidemment !

– Évidemment... Je vois d'ici les cadeaux de Noël...

– Chut ! Ne dis rien, sinon ce ne sera plus une surprise !

Quand les adolescents furent sortis, elle se leva et alla préparer deux cafés serrés, comme ils les aimaient. Puis elle prit la main de François et la porta doucement à ses lèvres.

– Excuse-moi encore, Fanfan. Il faut être indulgent avec moi. Tu vois bien la vie que je mène depuis que je suis présidente. Je n'arrête pas, je travaille sans compter : j'ai créé les chèques-livres, j'ai vendu la Maison Poitou-Charente à Paris, j'ai délesté la Région de 20 % du Futuroscope, j'ai remplacé les Vel Satis de la droite par des Laguna de gauche.

Il la regarda s'emballer. Elle lui plaisait ainsi. Il savait qu'elle se calmerait bientôt. Quand elle aurait achevé, une fois de plus, l'énumération de toutes les tâches accomplies au cours des derniers mois. Il la connaissait par cœur, cette liste, mais avec une patience mêlée de tendresse, il la laissa poursuivre.

– ... J'ai organisé l'interdiction pour les entreprises de délocaliser et de licencier sous peine d'avoir à rembourser les aides régionales. J'ai traité le dossier des cultures OGM, j'ai réglé le problème du traitement des odeurs dans les vestiaires des lycées... Et je ne te parle pas de la gestion de l'eau. Les économies d'eau de pluie, c'est moi ! Et aussi la création d'une centaine de chauffe-eau solaires et l'opération TER à 1 euro pour des voyages à l'intérieur de la région Poitou-Charente...

– Limitée au premier mercredi de chaque mois, tempéra François.

– C'est ça ! Vas-y, reprends les arguments de la droite ! Merci pour le soutien !

– Te fâche pas !

– T'es marrant, toi ! Si, à la Chambre des députés, je te contredisais en public, je ne sais pas comment tu réagirais !

– On n'est pas à la Chambre, on est dans notre cuisine !

– Et alors ? Si tu me critiques ici, il n'y a pas de raison pour que tu ne me critiques pas ailleurs !

– Mais je ne te critique pas ! Je me suis juste permis de te faire remarquer que l'opération TER...

– ... est limitée au premier mercredi de chaque mois... Je sais ! Tu l'as déjà dit. Et moi je te ferai remarquer que c'est déjà beaucoup et je ne compte pas en rester là !

– Je n'en doute pas, ma chérie...

– Imagine-toi que quand je suis arrivée, le bureau du président était vide ! J'ai dû acheter un ordinateur et un téléphone-fax...

À l'évocation de ces premiers pas à la tête de Poitou-Charente, Ségolène retrouva un peu de calme.

–Tout en divisant par deux les frais de fonctionnement, j'ai imposé de la charcuterie locale aux cocktails du Conseil Régional, j'ai mis de l'ordre dans les comptes et réglé les factures impayées de la droite. J'ai demandé l'installation de pots de fleurs pour barrer le passage aux voitures et laisser libre l'accès à l'Hôtel de Région. Deux semaines plus tard, rien n'était fait ! Mon directeur de cabinet et moi, on a dû placer les pots nous-mêmes ! Ah, heureusement qu'il est là, lui...

– Qu'est-ce que tu veux dire par là ?

– Qu'il est vraiment 100 % disponible, lui. Quand je l'ai appelé entre les deux tours des élections régionales, il a accouru avec son sac de couchage. À nous deux, on a tout installé ici.

– Parce que moi, je ne me suis pas mis à ton service peut-être ?

– Encore heureux, vu mes responsabilités ! Mais je ne sais pas si tu peux imaginer comment je vis à la Région. Il n'y a ni Bercy ni Matignon au-dessus de nous. Même le préfet est *out* ! On assume tout, on est à toutes les manettes ! C'est à la fois épuisant et grisant. Une véritable drogue ! Il faut y avoir goûté pour comprendre...

– Écoute, ma Ségo, je ne sais pas ce qui s'est passé ce matin dans le marais, mais je te trouve passablement surexcitée. Normalement, le dimanche, tu décroches un peu mais aujourd'hui tu es dans un état... Tu ne vas tenir longtemps à ce rythme-là, crois-moi.

Il hésita un instant et hasarda :

– Ne le prends pas mal, mais... tu ne serais pas allée dans le marais mouillé avec une bouteille de pinot, par hasard ?

– Quoi ? ! Non mais, pour qui tu me prends ?

– Cette chute, ces griffures... On dirait que tu as croisé Guigou et Aubry dans un parking. Je sais que tu ne bois pas d'habitude mais tu sais, en politique, il n'y a pas de honte, de temps en temps, à s'envoyer un litron dans le cornet. Moi-même, après le premier tour, en 2002...

– Ça va, je m'en souviens ! Tu chialais comme un gosse. Tu avais tellement bu que tu avais du mal à articuler. Et tu braillais comme un perdu : « Yonel, Yonel, sois pas salaud, nous laisse pas tomber ! Yonel, Yonel ! Reste avec nous ! T'en va pas ! » Tu parles qu'il t'a écouté !

– J'avais passé des mois à les prévenir qu'on allait droit dans le mur avec leurs affiches marronnasses sans le nom du candidat pour « rassurer les centristes », leur campagne de deuxième tour avant le premier et Jospin qui traitait Chirac de vieux con. Et pour couronner le tout, ils mettent Glavany directeur de campagne et Séguéla à la com' ! Reconnais qu'il y avait de quoi être désespéré.

– « Le désespoir en politique est une sottise absolue. »

– Dis donc, c'est du Charles Maurras, ça ! Surveille

un peu tes citations... Heureusement qu'on est entre nous !

– C'était juste pour te faire bisquer, répondit-elle avec un sourire malicieux.

– J'avais compris, coquine ! Dis, et si on se la faisait à deux cette sieste ? Rien que nous deux ?

– Comment peux-tu penser à dormir alors que la tâche à accomplir est immense ? Tu veux que je déçoive le peuple de gauche qui m'a accordé sa confiance ?

– Écoute, Ségolène, surtout ne le prends pas mal, mais je crois que tu as vraiment chopé le...

– Que j'ai quoi ? Que j'ai une haute idée de mon mandat ? Et alors ? Tu as, comme moi, travaillé avec François Mitterrand. Je l'ai beaucoup observé à l'Élysée : il s'occupait de tout, dans les moindres détails. J'ai décidé d'agir comme lui. Quitte à bousculer les habitudes et les routines d'un parti socialiste hostile...

– Mais enfin, Ségo, que vient faire le parti socialiste là-dedans ? Nous sommes tous derrière toi !

– Un vieil ami à moi, très connaisseur des choses de la vie des partis, n'est pas de cet avis.

– Un « vieil ami » ? Qui ça ? Mauroy ? Rocard ? Mais ils sont gâteux...

– N'insiste pas ! Je n'en dirai pas plus. Mais il a eu raison de me mettre en garde. Tu te souviens quand j'ai voulu briguer le perchoir en 95 ? Les vieux éléphants n'ont pas été nombreux à me soutenir...

– Mais il fallait bien neutraliser Fabius en lui offrant une cage dorée. Ce n'est tout de même pas de la faute des éléphants ! Ils sont tous tes amis.

– Mes amis ? Une belle bande de tartufes, oui ! D'ailleurs, vous allez voir ce que vous allez voir !

– Qu'est-ce qu'on va voir ?

– « Dans tous les cas, l'heure n'est pas venue de remettre un bulletin de vote à la femme », ça te dit quelque chose ?

– Mais oui, j'ai fait l'ENA moi aussi... C'est la fameuse petite phrase du sénateur Bérard pour bloquer le vote des femmes après la Grande Guerre. Et alors ?

– Et alors, le temps est venu de le forcer à la ravaler sa petite phrase, au sénateur Bérard. Jusqu'à ce qu'il s'en étouffe dans sa tombe...

6

Nuit du 10 au 11 octobre 2004 – Paris, quais de Seine.

L'homme posa la main sur l'épaule du chauffeur de taxi. Celui-ci tressaillit sous l'effet de la surprise et jeta instinctivement un coup d'œil dans le rétroviseur. À la faible lueur du plafonnier, il ne parvint pas à distinguer les traits de son passager. À bien y réfléchir, il n'était même pas certain d'avoir vu son visage depuis qu'il l'avait pris en charge, place de Clichy. Il s'était contenté de vérifier qu'il ne titubait pas et qu'il avait l'air assez bien habillé pour être en mesure de payer sa course.

– Vous vous arrêterez à l'entrée du tunnel de l'Alma, dit l'homme après quelques instants de silence durant lesquels sa main resta posée sur l'épaule du chauffeur.

– Faut pas me toucher comme ça, m'sieur. Ça peut être dangereux, vous m'avez fait peur. J'aurais emmené mon pit, il vous aurait déchiqueté le bras ! C'est pas qui soye méchant mais ils sont comme ça, c'est leur...

– À l'entrée du tunnel, vous avez compris ? l'interrompit l'homme de sa voix blanche.

– Vous allez plus au Trocadéro ? maugréa le conducteur.

– Commencez à ralentir.

– Mais je peux pas m'arrêter là, moi, m'sieur. C'est interdit...

– Prenez ça et taisez-vous, répondit le passager en mettant sous le nez du conducteur un billet de cinquante euros.

Le chauffeur fit instantanément clignoter ses warnings et dirigea son véhicule vers le couloir de gauche de la voie express. Il était près de 3 heures du matin et le trafic des quais était réduit à son minimum. Tous feux de détresse allumés, dans un faible crissement de pneumatiques, le taxi s'immobilisa souplement à une dizaine de mètres de l'entrée du tunnel. Des flaques sur le bitume reflétaient les halos orangés des lampes à vapeur de sodium. À peine descendu du taxi, l'homme abaissa son chapeau sur son front, serra le col de son manteau puis il pénétra dans le souterrain en empruntant l'étroit terre-plein central qui sépare les deux chaussées.

– Faut pas marcher là-dessus, m'sieur. C'est très dangereux ! lui lança le chauffeur du taxi en passant à sa hauteur.

Sans lever les yeux ni se retourner sur les véhicules qui lui faisaient des appels de phares ou klaxonnaient furieusement en le découvrant en équilibre entre les deux voies rapides, l'homme continua de s'enfoncer dans le tunnel, gêné dans sa progression par les colonnes de soutènement. Arrivé au milieu, à la hauteur du sixième pilier, il disparut dans un puissant éclair lumineux.

Après avoir descendu l'étroit escalier en colimaçon aménagé dans le pilastre en béton, l'homme déboucha sur un couloir humide et mal éclairé. Il inspira profondément l'air frais qui semblait enfin parvenir en quantité suffisante pour permettre une respiration normale. Il jeta un coup d'œil à sa montre. Il avait cinq minutes de retard sur l'heure du rendez-vous.

Le message qu'il avait reçu quelques heures auparavant disait : *La fidélité ne se lasse pas.* Selon les codes internes appris par cœur bien des années plus tôt, il s'agissait d'un appel urgent à rejoindre la Salle du Conseil. Combien seraient-ils, cette nuit-là, réunis secrètement, chacun ignorant l'identité des autres membres ? Et quel événement majeur justifiait cette convocation extraordinaire ? Il pressa le pas. Autant pour rattraper son retard que pour échapper à l'oppressante atmosphère de l'interminable galerie. L'étroit boyau voûté menait à une porte sous laquelle brillait un fin rai lumineux. L'homme frappa selon la séquence de coups convenue. La porte métallique rendit un bruit sourd. Quelques secondes de silence absolu s'installèrent. Il lui semblait entendre battre son propre cœur. Dans un grincement, la porte à commande électrique s'ouvrit lentement. « Monseigneur » en personne trônait sur un fauteuil à haut dossier. À son côté, se tenait le grand chambellan.

– Entrez ! Vous êtes en retard ! dit celui-ci d'un ton autoritaire en pointant plusieurs fois de suite son index dans sa direction. Monseigneur vous a attendu !

Le visiteur pénétra dans la crypte, éclairée par les ampoules blafardes d'un lustre rococo à pampilles et s'agenouilla aussitôt au pied du Trône. Après un semblant d'hésitation, le vieillard lui tendit sa main droite toute tavelée. L'homme baisa avec respect la bague à cabochon dont s'ornait le majeur. Le souverain resta immobile quelques secondes puis d'une voix étonnamment vigoureuse, ordonna :

– Allons, relevez-vous, mon brave ! L'heure n'est plus aux simagrées mais à la Victoire !

L'homme recula en faisant glisser ses genoux sur le sol

granuleux. Quand il fut parvenu à une distance qu'il jugea suffisamment déférente, il se remit debout tout en continuant à garder le menton collé à sa poitrine.

– Vous avez bien respecté les procédures d'approche ? demanda le chambellan. Vous ne vous êtes pas fait repérer au moins ?

– Non, je ne crois pas. L'éclair lumineux a bien fonctionné...

– Cela n'a jamais rebuté les témoins indésirables, dit le souverain cacochyme. Souvenez-vous d'août 1997... L'arrivée à tombeau ouvert de leur princesse de pacotille a bien failli surprendre un membre du Conseil. Et après « l'accident », nous avons eu la presse internationale et la police pendant des mois au-dessus de la tête...

– Cette nuit, le tunnel était désert quand j'ai pénétré dans le pilier, Monseigneur.

– Hmm, tant mieux, tant mieux... De toute façon, si nous vous avons fait venir, c'est évidemment que nous n'avions pas le choix. Il s'est passé quelque chose...

– Enfin !... Heu... je veux dire, vous avez reçu des nouvelles ?

– C'est notre genou.

– Votre... ? Votre genou ?

– Oui, notre genou. Il nous lance. Et quand notre genou nous lance, c'est qu'Il est réveillé.

– Vous en êtes sûr, Monseigneur ?

– Évidemment que Monseigneur en est sûr, intervint le grand chambellan. Si Monseigneur vous dit que ça le lance, c'est que ça le lance ! Ce n'est pas la première fois. Depuis l'instauration de leur Cinquième République. Que Dieu maudisse cette Gueuse...

– Ça ira, mon bon Olivier, interrompit le vieillard. Notre ami a le droit de douter des miracles royaux...

Voyez-vous, mon brave, désormais c'est tous les cinq ans que la douleur se réveille. Avant, c'était tous les sept, j'avais un peu de répit. Mais cette fois, il y a autre chose...

– Vous avez mal ailleurs ? En plus du genou ?

– Pas exactement mais nous sentons qu'Il est entré en relation avec l'extérieur...

– Mais je pensais qu'Il ne pouvait pas sortir de l'endroit où Il est enfermé, Monseigneur ?

– C'est exact, mais Il a trouvé un moyen de le faire sans sortir.

– Il... Pensez-vous qu'Il maîtrise la télépathie, demanda le grand chambellan ?

– Pas vraiment. Mais je crois que ce vieux grigou a enfin appris à se servir du téléphone. Et s'il prend ce risque, c'est que l'échéance est proche, toute proche.

– La Gueuse est-elle sans défense, Monseigneur ? demanda le visiteur.

– Pas encore, mais c'est pour très bientôt. Et nous pouvons hâter sa fin...

– Mais qu'y pouvons-nous ? demanda le visiteur. Nous sommes une dizaine, ils sont si nombreux dehors...

– C'est exact. Mais nous, mon ami, nous connaissons les règles sacrées hors desquelles il serait vain d'espérer une renaissance de la civilisation. Seuls le feu, la bombe et la mitraille peuvent avoir raison de la Gueuse ! Que tous ceux et toutes celles qui pourraient incarner un recours ou une autorité quelconque pour leur maudite République soient jetés bas, sans vergogne et sans pitié !

– Souhaitez-vous que nous passions à l'action, Monseigneur ?

– Oui ! Supprimez-les ! Et, dans le même élan libérateur, faisons sauter leurs préfectures, leurs casernes, leurs piscines municipales...

L'espace d'un instant, une lueur de folie meurtrière avait brillé dans le regard du souverain que voilait un glaucome bleu anisé. Sur ce visage au teint terreux, les pommettes s'étaient empourprées. Le vieil homme tapa rageusement du pied droit sur le sol de terre battue où proliféraient des efflorescences de moisissure. Il reprit, de plus en plus exalté :

– Au feu les transports « publics », l'Éducation « nationale », la Sécurité « sociale », le conseil « constitutionnel », le conseil d'« État » ! Au bûcher les papiers de l'état « civil » ! Au pilon la paperasse des contributions directes et indirectes ! À la trappe les compagnies « républicaines » de sécurité ! Embastillons leurs édiles à écharpe tricolore ! Au pilori les députés et les députés européens ! Au gibet les préfets ! À l'échafaud les sous-préfets ! À la roue les conseillers régionaux ! Au pal les conseillers généraux !

La tirade s'acheva en une quinte de toux caverneuse qui fit passer un frisson glacial dans le dos du grand chambellan. *Par saint Michel et sainte Jeanne ! Il partira lui aussi des poumons... Même s'il dort beaucoup, la Salle du Trône est si humide, si malsaine...*, pensa-t-il en détournant les yeux. *Et qui pour le remplacer ? Son grand crétin de fils ? Ce frisé incapable qui a toujours préféré poser dans les pages people des magazines que de préparer son règne ?*

Le vieil homme le tira de ces amères pensées en reprenant la parole. Sa voix avait retrouvé son timbre, à la fois impérieux et suave :

– Maintenant, mes amis, chantons ensemble !

– Maintenant ? demanda le visiteur.

– Chantez, vous dis-je ! Cela vous aidera dans la mission que je vais vous confier.

Après s'être éclairci la voix, l'homme fit claquer ses talons l'un contre l'autre en signe d'obéissance et il entonna, avec le grand chambellan, le chant qui les unissait depuis l'origine.

Le vil républicain s'avance contre nous
Montrons à l'univers qu'il mérite nos coups
L'opprobre est dans ses rangs, l'honneur est parmi nous
Forts de l'honneur, méprisons son courroux

Pour le refrain, le vieux monarque se joignit à eux :

Sous les tyrans, le deuil et la misère
Ont désolé notre charmant pays
Ah ! Désormais, tout rit et tout prospère
Sous un Bourbon notre roi, notre père
Vive Louis, vive Louis !

– Oui, bientôt, très bientôt, c'en sera fini de la Gueuse et de ses valets de pied ! dit le souverain en se retournant avant de se retirer dans ses appartements.

7

Lundi 11 octobre 2004 – Bercy, bureau du ministre de l'Économie, des Finances et de l'Industrie.

Nicolas était d'une humeur massacrante. La journée de la veille avait viré au cauchemar. Après sa conversation avec Pauchard, Cécilia, fidèle à ses habitudes, était venue aux informations.

– Eh bien, tu en fais une tête... avait-elle remarqué. Tu parlais avec Pauchard, n'est-ce pas ?

– On ne peut décidément rien te cacher..., avait-il répondu en s'efforçant de sourire.

– Tu as l'air de le regretter. Tu préférerais que j'ignore certaines choses ?

– Qu'est-ce que tu vas chercher ! On a toujours juré de n'avoir aucun secret l'un pour l'autre et je t'ai fait nommer « conseillère technique » au ministère, ça devrait te rassurer, non ?

– J'aime mieux ça. Alors reprenons : tu étais sur le point de me dire à qui tu parlais, hier soir, dans le parc... Ce n'était pas Clavier, hein ?

Il avait hésité une fraction de seconde. Après tout, pourquoi ne pas lui raconter ce coup de fil étrange dont on ne retrouvait aucune trace et lui parler de l'enquête de la DST, bien réelle celle-là. Au moment de tout lui avouer, il s'était brusquement rappelé les consignes de son mystérieux correspondant : « Ne parlez à personne de cet appel, sinon il n'y en aura plus jamais d'autres. À personne ! »

– À personne..., lâcha-t-il en faisant mine d'admirer la gracieuse trajectoire suivie par un cygne qui venait de dépasser leur embarcation par la gauche.

– Tu parlais... avec personne ? Tu te fous de moi ?

– Pas du tout. C'est ça que je voulais te raconter. Hier soir, j'ai eu l'impression que mon portable sonnait et figure-toi que j'ai commencé à parler en faisant les cent pas dans le parc, comme un insensé. Je me demande si, les soirs de brouillard, la Vallée-aux-Loups ne serait pas un peu hantée...

– Nicolas ! Arrête tes conneries tout de suite ! Qui est cette femme ?

– Cette femme !

Il avait éclaté de rire tellement spontanément qu'elle en avait presque été ébranlée dans sa jalousie naissante.

– Calme-toi, ma chérie, reprit-il, un peu plus sûr de lui. Pauchard vient de me confirmer qu'il n'y a jamais eu d'appel sur mon portable à l'heure où tu m'as entendu parler devant la maison. Je te jure que je n'en sais pas plus. Pauchard a peut-être raison : je dois être surmené...

Elle n'avait évidemment pas cru un mot de cette explication tordue et le déjeuner « entre amis », comme le reste du dimanche, s'était déroulé dans une ambiance pesante.

Il revint à lui dans son bureau de Bercy et passa nerveusement ses deux mains à plat sur son sous-main de cuir comme pour tenter d'effacer ses pensées noires. Quand il lui sembla avoir retrouvé ses esprits, il appuya sur l'interphone de son bureau.

– Sandrine, passez-moi Villepin.

Après quelques bruits de connexions électroniques, la voix du ministre de l'Intérieur se fit entendre à l'autre bout du fil.

– Ah, Nicolas ! Tu tombes bien, je voulais justement t'appeler. C'est au sujet du conseil des ministres de mercredi : j'ai un petit exposé à faire et je sais que tu t'es aussi inscrit à l'ordre du jour. Ça ne te dérangerait pas trop de repousser ton topo à la semaine prochaine ? Tu connais les médias, faut pas trop leur en donner d'un coup, sinon ça brouille les messages...

– Ça dépend de ce que tu comptes raconter, Dominique.

– J'ai trouvé un sujet très fédérateur : les feux de forêt. Tu vois le genre : un hommage appuyé aux pompiers et aux gardes forestiers, en soulignant bien les risques qu'ils ont pris pour assurer la protection de nos concitoyens.

Pauvre nul, songea Nicolas. *Il n'a pas encore compris que si la forêt brûle, la place de l'élu est dans le Canadair, pas dans un bureau. Mais c'est vrai qu'il n'a jamais été élu...*

À l'autre bout du fil, son collègue de l'Intérieur poursuivait.

– Tu connais ma théorie : « La France, il faut la prendre par le bassin et la faire grimper aux rideaux jusqu'à ce qu'elle demande grâce », eh bien, je vais l'émoustiller avec un hommage aux pilotes d'hélicoptère sans peur et sans reproche. Là, tu vois, je suis dans mon rôle de ministre de l'Intérieur, plus cool que toi, plus sympa...

L'aristocrate et le démagogue. Lui et moi. Celui qui regarde les citoyens de haut, celui qui fait semblant de leur ressembler... On n'en sort pas. Sauf que là, il a mordu la ligne...

À cette idée, il grinça des dents et l'interrompit sèchement.

– Et l'enquête de la DST à mon sujet, tu comptes en parler aussi ?

Un long silence s'installa à l'autre bout du fil. Il sembla au ministre des Finances entendre la respiration oppressée de son collègue de l'Intérieur.

Un sourire carnassier passa sur le visage tendu et las de Nicolas.

– Allô ? Dominique ? Toujours là ? Ou on a été coupés par tes services ?

– Non, non... J'ai été distrait par ma collaboratrice. De quelle enquête parles-tu ?

– De celle que tu as confiée à Bousquet de Florian au sujet de comptes bancaires à l'étranger...

Nouveau silence, à peine troublé par le souffle étranglé.

– Tu connais le poète Jean-Pierre Duprey, n'est-ce pas ? reprit finalement Villepin. Un type brillantissime !

– Tu te fous de moi ?

– Pas du tout. Jean-Pierre a écrit un jour : « J'habite mes mains de préférence. » Eh, bien vois-tu...

– Écoute, Dominique. Tu as instrumentalisé la DST pour enquêter sur moi. C'est de l'affaire d'État, ça ! Alors soit tu avoues la manœuvre et on cause, soit tu continues à essayer de me balader et on se fait une petite crise de gouvernement très Quatrième République. Alors ?

– Écoute, tu as été à ma place à Beauvau. Tu sais aussi bien que moi comment les choses se passent...

– Justement. Je sais que si le patron de la DST ne m'a pas informé, c'est que tu lui as demandé de ne pas le faire !

– Si je ne t'ai pas transmis les informations te concernant dans l'affaire Clearstream, c'est qu'il est de mon devoir d'essayer d'établir la crédibilité et la vraisemblance des faits. En janvier, j'étais encore ministre des Affaires étrangères et...

– Quoi ! Qu'est-ce que tu viens de dire ? Tu étais au courant dès janvier ?

– Parfaitement ! Et en tant que locataire du Quai d'Orsay, ma préoccupation, c'était la sécurité de la France et ses intérêts diplomatiques. Tout le monde a pu voir, à l'ONU, comment je les défends, moi, ces valeurs nationales. Alors je n'ai de leçons à recevoir de personne ! Et surtout pas de quelqu'un qui fricote avec les scientologues...

– Écoute, soit on se fait une petite explication entre hommes : toi, Bousquet de Florian et moi ; soit je me verrai dans l'obligation d'informer le Château de mon départ anticipé du gouvernement Raffarin... Alors ?

– Si tu insistes...

– Ton jour sera le mien. Disons le 15, à 17 heures. Je n'ai que ça de libre.

Nicolas raccrocha, fit craquer ses phalanges et s'étira. Soulagé d'avoir repris la main, il se sentit enfin prêt à tenter un rapprochement avec « la patronne ».

8

Mercredi 20 octobre 2004 – Paris, palais du Luxembourg.

Comme tous les mercredis, Michel Charasse, sénateur du Puy-de-Dôme, pénétra dans la salle des conférences de son pas lent mais souple et guilleret qui évoquait irrésistiblement celui d'un clown marchant sur des œufs. Quand il retrouvait le Sénat, il aimait effectuer ce qu'il appelait lui-même son « tour du propriétaire ». Il débutait toujours ainsi, par la rituelle traversée de cette immense pièce aux dorures extravagantes, aux fresques héroïques et aux tapisseries gigantesques. Ensuite seulement, il vaquait à ses occupations de sénateur, qui consistaient notamment à aller taper sur l'épaule d'un collègue pour l'inviter à déjeuner au restaurant du Sénat, ou encore à s'installer confortablement dans un fauteuil pour bavarder en aparté. Plus rarement, il rejoignait de son pas tranquille une réunion préparée par son assistante.

Ce matin-là, après avoir allumé le premier Partagas de la journée avec son mini-chalumeau, cadeau du président Mitterrand, il s'apprêtait à rejoindre le groupe des sénateurs socialistes. Comme à leur habitude, un grand nombre d'entre eux s'étaient massés à proximité des porte-revues. Tous aimaient à dévorer la presse de leur région. La préférence de notre notable allait plus particulièrement au *Semeur*, l'hebdo de Clermont-Ferrand. Grâce à ce journal, il ne perdait jamais le contact avec son terroir. *Décidément*, pensa-t-il en découvrant la livraison de la semaine, *loin des sphères du pouvoir, l'actualité et la vraie vie des gens ne s'arrêtent jamais* : « Fête de la moule » à Saint-Bonnet-près-Riom ; « Show de Claude Arena, sosie de Mike Brant, à la salle des fêtes de Picherande »... Mais surtout il goûtait les rubriques « santé » ou « accidents » concernant des personnes âgées de son département à qui il ne manquerait pas d'adresser un petit mot de soutien avec l'en-tête doré du Sénat. « À Saint-Maurice-de-Pionsat, Mme Ghislaine M., notre coiffeuse, s'est brûlé un bras et la figure en faisant des bocaux, l'un d'eux ayant éclaté » ; « À Saint-Bonnet-le-Chastel, Mme Adrienne C., du Fraisse, a été renversée par une vache et souffre d'un genou. Elle a été hospitalisée à la clinique des Sorbiers, à Issoire »[1]...

Il fut tiré de sa lecture par son assistante qui, pour une fois, n'arborait pas son jovial sourire habituel mais avait presque l'air soucieuse.

– Monsieur le sénateur, j'ai un appel urgent pour vous.

– Qui ça ? Pas encore un journaleux qui veut que je parle de Coluche, j'espère !

– Ségolène Royal. Elle a dit qu'elle n'en aurait que pour quelques minutes. Je lui ai expliqué que vous étiez très occupé mais elle a insisté pour que je vous dérange.

1. *Le Semeur hebdo*, 7 rue Montloisier, 63058 Clermont-Ferrand cedex 1.

– Ségolène ! ? *La* Ségolène ? *La* Royal ? Cornecul, si je m'attendais à ça !

De sa démarche nonchalante, le sénateur se dirigea vers son bureau dont il referma du pied la lourde porte.

– Michel Charasse ? demanda une voix à l'autre bout du fil.

– Lui-même !

– Bonjour, Michel. Comment vas-tu ? Je ne te dérange pas, j'espère ?

– Il n'est que onze heures... On n'est pas encore allé s'empiffrer au restaurant. J'ai donc encore bon pied, bon œil !

– Ha, ha, ha ! Sacré Michel, toujours aussi drôle !

– C'est bien la première fois que tu goûtes mon humour. Toi, tu dois avoir besoin de quelque chose...

– Pas du tout ! Enfin, si. Peut-être que tu peux m'aider...

– En tant que quoi ? En tant que nouvel ami ? On aurait pu me prévenir ! On ne me dit rien !

– En tant qu'ami de François Mitterrand ou en tant que sénateur socialiste du Puy-de-Dôme, comme tu préfères. Je te rappelle que nous sommes du même bord, toi et moi.

– Tu fais bien de me le rappeler. Le pisse-copie qui prépare un pamphlet vicelard sur le Sénat doit avoir raison : depuis que je suis sénateur, je suis coincé dans ma bulle... J'avais complètement oublié ce détail !

– Bon, écoute, Michel. Je crois que j'ai fait une erreur en pensant à toi pour ce petit service. Ce n'est pas grave, je me débrouillerai autrement. Bonne digestion...

– Hé ho ! madame la présidente de la Charente et

du Poitou réunis, faut pas vous fâcher si vite ! Demande-le-moi, ce petit service. Je verrai ce que je peux faire. Mais je te rappelle que je ne suis plus au Budget. Les tuyaux fiscaux, les redressements punitifs... c'est fini tout ça !

– C'est une question d'Histoire.

– D'histoires de quoi ? De cul, j'espère !

– Ha, ha, ha. Sacré Michel ! Non, je veux parler d'Histoire avec un grand « H ». J'ai un petit discours à faire et il me manque un renseignement. Tu vas peut-être pouvoir me dépanner...

– Et depuis quand tu bosses toi-même tes discours ?

– J'ai toujours soigneusement préparé mes interventions publiques...

– À d'autres ! Tu es une sacrée cossarde, ouais ! Tu ne travailles pas. Je te connais, moi. Je t'ai vue faire à l'Élysée ! Ton émission face à Douste-Blazy, sur la sécurité sociale, c'était pitoyable. Et tu sais pourquoi t'as été nulle ? Parce que tu ne l'avais pas bossée. C'est tout !

– Je te rappelle que j'ai quatre enfants et un mari responsable politique ! Je ne peux pas être partout à la fois !

– T'as qu'à prendre exemple sur Sarkozy. Il a les Hauts-de-Seine, les Finances, la présidentielle et bientôt l'UMP sur le dos et il y arrive, lui ! Et bien élevé avec ça : quand je l'appelle, il me rappelle, et si j'ai envie d'aller le voir, il n'y a jamais de problème. Remarque, je me demande s'il va tenir nerveusement. Je l'ai croisé récemment, il a l'air sous pression. Quand on lui parle, on se demande s'il écoute. L'autre jour, il m'a interrogé sur une histoire de vieux sénateur, sans queue ni tête, si j'ose dire...

– Tu as bien dit « un vieux sénateur » ? !

– Oui, et alors ? Même si la moyenne d'âge a un peu baissé, le sénateur jeune, ça n'existe pas encore.

– Et ça racontait quoi, cette histoire de vieux sénateur ?

– Un truc abracadabrantesque, comme dirait le grand con. Figure-toi qu'il y a un type qui se fait passer pour un sénateur et qui lui passe des coups de fil anonymes, la nuit de préférence. Le plus drôle, c'est que le farceur a, paraît-il, une voix d'outre-tombe et, visiblement, ça a l'air de troubler notre ministre aux nerfs d'acier...

– Qu'est-ce qu'il t'a demandé exactement ?

– Vraiment, ça t'intéresse ?

– Dis toujours.

– Il m'a demandé de chercher si, dans le personnel du Sénat, il existait quelqu'un dont les prénoms seraient Amédée, Félicien ou Saturnin...

– « Félicien », il t'a dit ?

– Oui, pourquoi ?

– Comme ça... C'est assez rare comme prénom...

– Oui, c'est un prénom de vieux schnock ou d'enfant de bobo, si tu veux mon avis... Bref, je lui ai demandé pourquoi il ne demandait pas ça à cette vieille canaille de Pasqua. Après tout, il est sénateur depuis septembre, le Charly ! Ou pourquoi il ne mettait pas carrément les services secrets sur le coup. Il m'a raconté qu'avec Monsieur Charles, ce n'était plus franchement l'entente cordiale et qu'il n'était pas question que Villepin ou MAM ait la moindre info à ce sujet. Ça se comprend, remarque... Bref, il préfère mener une enquête de son côté...

– Tu as accepté de l'aider ?

– Tu me connais un peu, non ? Je l'ai envoyé balader avec ses histoires à dormir debout !

– Tu as bien fait..., approuva-t-elle, secrètement déçue.

– Mais évidemment, dès qu'il a eu le dos tourné, je me suis plongé dans les archives de la maison.

– Et alors ?

– Alors quoi ? Tu es bien curieuse... Depuis quand t'intéresses-tu d'aussi près au Sénat ? Je croyais que nous étions des ringards anachroniques ! À moins que ce ne soit le futur président qui t'intéresse...

– Il n'est pas encore à l'Élysée. Lionel peut toujours revenir !

– Combien tu paries que ce sera le nabot ? L'élection présidentielle, les militants socialistes ne veulent pas la gagner ! Ils trouvent ça trop dur, de gouverner. Et puis, ils ont compris que ce n'est pas le président de la République qui nomme les gardes-champêtres. Alors, ça ne les intéresse pas. Ce qu'ils veulent, c'est que leurs copains dirigent la mairie, ou le conseil régional, pour que leur fils puisse obtenir un poste de balayeur. Ou pour que la fille prof puisse obtenir un « rapprochement de conjoint » et se retrouve avec son mari.

– Quel cynisme ! On ne s'occupe pas que de ça dans un conseil régional, crois-moi !

– Oui, y a aussi les bouquins scolaires et les foires au fromage et au jambon...

– Toujours aussi agréable de discuter avec toi. Bon, passons ! Qu'est-ce que tu as trouvé sur le « Félicien » de Sarko ?

– Décidément, ça te captive, cette histoire... Je crois que celui qui s'amuse au canular téléphonique avec le ministre connaît bien le Sénat. Figure-toi qu'Amédée, Félicien et Saturnin sont les trois prénoms, dans le bon ordre, d'un sénateur...

– Un sénateur ! Tu es sûr ?

– Certain !

– Lequel ?

– Le sénateur de Mayenne-et-Loire.

9

Jeudi 28 octobre, début de soirée – Paris, hôtel Meurice.

La porte à tambour de l'hôtel Meurice fonctionne comme le sas d'une machine à remonter le temps. Des bronzes, des dorures, des marbres et des fresques du palace émane une élégance désuète et terriblement romantique qui évoque irrésistiblement le salon de la Paix du château de Versailles. Le vaste jardin d'hiver, orné de centaines de plantes exotiques et éclairé par une verrière aux motifs en écailles de poisson « Années folles », bruisse encore des interminables collations prises entre écrivains, aristocrates et hommes politiques de toutes les Républiques.

Installé dans un profond fauteuil en cuir devant un verre de Meurice Millenium [1], Nicolas parcourut une nouvelle fois des yeux les panneaux du « bar Fontainebleau » représentant des scènes de fête champêtres du XVIIIe siècle. *Étrange qu'un type comme Omar Bongo ait fait d'un endroit pareil son pied à terre parisien...*, songea-t-il une nouvelle fois en tapotant du pied sur la moquette lie-de-vin.

1. Subtil mélange de champagne rosé, liqueur de rose et Cointreau.

– Monsieur le ministre ?

Il leva un regard encore rêveur vers le garçon qui s'était approché de sa table.

– Oui ?

– Le service du protocole de Son Excellence vient d'appeler. Vous pouvez monter, le président Bongo va vous recevoir.

– Parfait. Merci. Combien vous dois-je ?

– Monsieur le ministre est l'invité du président Bongo...

– Et pour eux ? demanda Nicolas en désignant du menton ses trois gardes du corps installés au comptoir.

– Pour eux, c'est l'hôtel qui offre, monsieur le ministre.

– Vous pouvez me laisser, dit-il à ses hommes. Mon chauffeur m'attendra et je rentrerai directement chez moi. Suite « Belle Étoile », comme d'habitude ? demanda-t-il au garçon.

– Comme d'habitude, monsieur le ministre. Si vous voulez bien me suivre, je vais vous conduire par l'escalier.

Afin d'éviter les ascenseurs, toujours propices à des rencontres inopportunes, il avait déjà plusieurs fois parcouru à pied les couloirs de cet hôtel dont chaque étage était décoré dans un style distinct. Comme de coutume quand il venait rendre visite à son « ami » Bongo, il s'arrêterait au premier : décor Louis XVI, blanc et or, moquette profonde et éclairage tamisé.

Devant la porte de la suite présidentielle veillaient deux cerbères à oreillettes. À l'arrivée du ministre d'État et de son guide, ils s'effacèrent en un accord parfait et ouvrirent en grand les deux battants de la porte.

Nicolas eut d'abord du mal à distinguer quoi que ce soit dans la pénombre de l'immense chambre.

– Entrez, entrez, Nicolas, le vieux cougar se repose !...

dit une voix grave et bien posée qui semblait provenir d'un vaste canapé dont on devinait la forme trapue devant les baies vitrées. Celles-ci étaient entrouvertes, malgré le froid, sur l'immense terrasse de deux cent cinquante mètres carrés.

Au loin, par-delà les frondaisons des Champs-Élysées, la tour Eiffel se mit soudain à scintiller de mille feux. *21 heures, déjà !* pensa Nicolas.

Peu à peu, ses yeux s'habituèrent à l'obscurité. Il discerna les dessins réguliers du parquet Versailles et retrouva les formes familières des meubles anciens, la vaste cheminée de marbre et l'immense lit à la polonaise.

– Merci de me recevoir, monsieur le président

– Omar Bongo sera toujours là pour son ami Nicolas. Omar a beaucoup d'estime pour Nicolas...

Il ne peut pas s'empêcher de parler de lui à la troisième personne..., remarqua-t-il une fois encore.

– Omar sait respecter ceux qui auront bientôt le pouvoir..., ajouta le chef d'État africain avant de partir dans un tonitruant éclat de rire.

Quand les derniers échos de l'hilarité présidentielle se furent éteints, vite absorbés par les draperies et les tapisseries de la pièce, le ministre se racla la gorge et prit la parole.

– Pas si vite, monsieur le président. Rien n'est fait encore... La route vers le pouvoir suprême est longue, vous le savez mieux que quiconque. En avançant, on déclenche parfois des forces adverses, on rencontre des obstacles invisibles sur un chemin que l'on croyait libre et dégagé...

– Comment ! Ai-je bien entendu ? Mon ami Nicolas douterait-il de son destin ?

Le président sembla réfléchir quelques secondes. Puis il alluma d'un geste précis la lampe posée sur la table basse qui le séparait de son hôte. Dans la lumière tamisée, son visage, mi-grave mi-rieur, apparut à moitié éclairé.

– De la sorcellerie, hein ? C'est pour ça que tu es venu, n'est-ce pas ?

Nicolas grimaça dans la pénombre. Omar Bongo venait de dire tout haut ce que lui-même avait tant de mal à s'avouer. Depuis quelques semaines, le ministre se sentait comme possédé. Sa rationalité cartésienne, son légendaire sens de la manœuvre et du calcul, son instinct même étaient sérieusement perturbés, troublés comme une boussole affolée par la proximité d'un aimant ou comme un politicien véreux à qui sa secrétaire annonce qu'un substitut du procureur est en attente au téléphone.

– Je ne sais pas si c'est de sorcellerie qu'il s'agit ou d'un coup de l'Élysée pour me déstabiliser psychologiquement, mais, depuis quelque temps, il se passe des choses étranges dans ma vie.

– Quel genre de choses, mon ami ? Des problèmes d'érection ? Ta voiture ? Le Loto ?

– Rien de tout ça, non. Ce sont plutôt des appels...

– Tes ancêtres ? !

– Non, je ne crois pas. Un correspondant qui m'appelle sur ma ligne privée.

– Il te menace ? Il te fait des tours ?

– Non. Au contraire...

– Comment ça, au contraire ? Il décuple ta puissance au lit ?

– Non, mais j'ai parfois l'impression qu'il cherche à m'aider. Il me guide, il me met en garde contre les pièges que l'on me tend dans mon propre camp...

– Et tu n'as aucune idée de qui il s'agit ?

– Pas la moindre... Ses appels n'apparaissent nulle part. Aucune trace dans les relevés... J'ai changé plusieurs fois de numéro et il m'a toujours retrouvé. Je sais que vous êtes féru de ces mystères-là, j'ai pensé que peut-être...

– Avant de repartir, tu verras mon médecin personnel... Mais il va avoir besoin d'un poil ou d'une photo de ton persécuteur... Tu as ça avec toi ?

– Les seuls indices dont je dispose, c'est lui qui me les a donnés. Ce sont ses prénoms : Amédée, Félicien et Saturnin.

– Eh bien, ce doit être un haut dignitaire s'il a tous ces prénoms à la fois. Tu connais les miens ? Albert Bernard El Hadj Omar...

– Sa diction, son français châtié, ses allusions historiques évoquent quelqu'un de cultivé et qui connaît les hautes sphères du pouvoir. Je pense à un sénateur ou quelque chose de ce genre. Évidemment, j'ai demandé à Charasse de m'aider, mais il m'a gentiment envoyé me faire soigner. Alors j'ai fait chercher discrètement par les services de Bercy tous les citoyens dont les prénoms sont ceux-là et qui exercent ou ont exercé des responsabilités dans l'appareil d'État, les médias, le clergé, la franc-maçonnerie et l'industrie. Je leur ai fourni les quelques indices dont je disposais. Des bouts d'information, des noms, des expressions utilisées par l'inconnu du téléphone...

– Et alors ?

– Alors, ils ont fait des calculs, croisé des listes, exhumé des archives... Depuis qu'existe la République, il n'y en a qu'un qui ait parfaitement le profil. Un certain Amédée Félicien Saturnin des Hayes de Marcère.

– Eh bien, voilà ! Tu sais ce qui te reste à faire : tu lui envoies un petit contrôle fiscal, à cette fin de race ! Et tu vas voir que les coups de fil anonymes vont s'arrêter encore plus vite qu'avec un marabout !

– J'y ai pensé, figurez-vous. Mais, hélas, je ne peux pas.

– Et pourquoi ça ?

– Amédée Félicien Saturnin des Hayes de Marcère est né en 1741. Quant à son département, la Mayenne-et-Loire, il n'existe plus depuis 1791...

Le président Bongo resta coi, signe – rarissime chez lui – d'une profonde perplexité. Malgré la faible lumière orangée qui baignait la pièce, Nicolas eut l'impression de le voir frissonner.

– Il y a autre chose..., ajouta le ministre d'une voix blanche.

– Je t'écoute, Nicolas.

– Cet homme, celui qui m'appelle de nulle part depuis des semaines... Je dois le rencontrer. Ce soir même... En sortant d'ici. Il m'a fixé un rendez-vous...

– Je crois que tu as bien fait de venir, Nicolas, dit gravement le président Bongo. Tu es l'objet de forces beaucoup plus puissantes que toi. Des forces qui te dépassent. Tu as besoin d'aide.

Nicolas resta silencieux, laissant résonner en lui les paroles du vieux cougar politique.

– Mon médecin va s'occuper de toi. Je l'appelle immédiatement..., conclut le président en se levant.

10

Jeudi 28 octobre, 20 h 15 – TGV de Poitiers à Paris.

Un peu après que le TGV eut dépassé la gare de Châtellerault, l'homme regarda sa montre pour vérifier l'heure puis il se leva. En prenant appui sur les sièges du wagon de seconde classe, il se dirigea vers la sortie de la voiture 7. Avant d'actionner l'ouverture automatique, il saisit la petite besace noire qu'il avait déposée dans le casier à bagages. Il était singulièrement pâle et semblait respirer avec difficulté. Dès qu'il se fut enfermé dans les WC, il ouvrit son bagage et en sortit le matériel qui lui avait été confié par le Conseil. « Si cette vieillerie fonctionne, je veux bien voter communiste aux législatives ! » marmonna-t-il en essayant de se remémorer le mode d'emploi compliqué de la bombe à poudre noire. Le souverain avait beau répéter que « le feu, la bombe, l'explosif auraient facilement raison de la Gueuse », encore eût-il fallu posséder le dernier cri de la technologie. Mais les lois du Conseil étaient strictes : il fallait vaincre sans renier la Tradition. Et la tradition, c'était cet engin de bric et de broc, réplique exacte de la machine infernale de Cadoudal. Celle qui aurait dû, le 24 décembre 1800, rue Saint-Nicaise à Paris, faire sauter le carrosse de Napoléon Bonaparte. *Le Conseil semble oublier que non seulement l'usurpateur s'en est sorti indemne mais qu'en plus l'attentat a déclenché l'exécution sommaire du duc d'Enghien...*, soliloqua amèrement l'homme. *Quant à Cadoudal, ce héros magnifique, il a fini guillotiné,* ajouta-t-il en passant machinalement une main dans son cou, trempé de sueur. *Finir son existence en criant : « Mourons pour notre Dieu et notre Roi », ça ne manque, certes, pas de panache, mais à trente-trois ans, c'est un peu tôt...* Il fit couler un peu d'eau froide dans la cuvette du lavabo d'aluminium et en éclaboussa son visage pour se donner le courage d'accomplir sa mission sacrée. On lui avait déjà expliqué et re-expliqué, longuement, comment armer le dispositif de mise à feu. Dans quelques poignées de minutes, la Gueuse allait être mortellement touchée. Ou, du moins, l'une de ses zélatrices les plus en vue. Les consignes du Conseil lui revinrent peu à peu en mémoire. Il versa lentement le tube de nitrate de mercure dans la solution d'alcool éthylique et, avec d'infinies précautions, il remua les deux composés.

Il savait que le mélange ainsi obtenu, extrêmement instable, avait pour propriété de détoner sous l'effet du moindre choc. Par chance, nulle secousse du wagon ne se produisit pendant la délicate manipulation. Sur le dessus du bocal contenant le mélange, l'apprenti-chimiste ajusta une pendule mécanique du début du XIXe siècle. Le détonateur était prêt. À l'heure dite, ce déclencheur d'époque, une pièce rare dénichée à la Biennale des Antiquaires, libérerait une bille de plomb d'un centimètre de diamètre, qui, en percutant le fulminate de mercure, amorcerait l'explosion du kilo de poudre noire auquel il serait attaché. Il allait remonter la pendule lorsqu'on frappa vigoureusement à la porte des toilettes. « Contrôle des billets ! » Il tressaillit, mais, avec sang-froid et sans perdre une seconde, jeta précipitamment le kilo de poudre dans la poubelle et fourra dans son sac le détonateur à pendule.

À quelques mètres de là, au siège 24 de la voiture 7, Ségolène écoutait distraitement une voyageuse lui parler de ses problèmes de circulation veineuse qui étaient désormais très mal pris en charge par la Sécu. Depuis que la présidente de Poitou-Charentes avait déclaré à plusieurs journaux et magazines qu'elle voyageait en seconde et qu'elle utilisait ses nombreux trajets entre « sa » région et la capitale pour écouter le pays réel, les passagers du Paris-Poitiers n'hésitaient jamais à l'aborder et à lui donner des nouvelles de la vie des vrais gens.

Je ne sais pas ce qui m'arrive, songeait-elle. *Si on m'avait dit, il y a quelques semaines, que j'aurais un jour des velléités de me présenter à la présidentielle, j'aurais rigolé. Et pourtant... Le vieux fou du téléphone a raison : pourquoi pas ? Et surtout, pourquoi pas moi ? Pourquoi laisser Martine ou la Guigou y aller ? J'aurais peut-être dû parler à François du rendez-vous de ce soir. Mais tout ça est si mystérieux, si bizarre, si difficile à expliquer... Il se serait sans doute moqué de moi, une fois de plus...*

– Vous trouvez ça normal, vous ? demanda la dame.

– Non, bien sûr, improvisa-t-elle sans hésiter. C'est une vision purement comptable des dépenses de santé. Et puis la population vieillit, il faut s'y préparer...

– Exactement ! Tenez, moi, quel âge que vous me donnez, comme ça, sans réfléchir ?

Si tout se déroule comme prévu, je saurai bientôt qui est ce type qui me conseille au téléphone. Il a l'air tellement bien renseigné. Il parle de façon châtiée, il connaît tout le monde... Y compris des types qui sont morts depuis des siècles... Si ce qu'a dit Charasse est vrai, il se prend pour le sénateur de

Mayenne-et-Loire. Elle sourit à cette idée. *Pauvre vieux, si c'était vrai, ça lui ferait dans les...*

– Hein ? Allez-y, quel âge ?

– Dans les deux cent soixante-trois ans..., dit-elle en souriant.

À la porte des WC, toujours fermés de l'intérieur, les coups redoublèrent. L'homme se décida à ouvrir.

– Tenez, dit-il en tendant son billet.

Le contrôleur se saisit du titre de transport, le retourna d'un air maussade, le regarda par transparence et conclut :

– Pas valable ce billet, m'sieur !

– Mais c'est un billet de première acheté sur Internet dans le cadre de l'opération « ID Voyages ».

– Commencez pas à protester, m'sieur. D'abord, vous êtes ici en seconde...

« Ce n'est quand même pas de ma faute si la Royal voyage avec le petit peuple ! » fut-il sur le point de répondre. Mais, heureusement, l'employé poursuivit son réquisitoire.

– ...Deuxio, pour être valables, les billets « ID Voyages » achetés sur Internet ne doivent pas être compostés à la montée en voiture sauf dans la limite spécifique de leur classe tarifaire et du jour de la semaine.

– Et, heu... Qu'est-ce que ça veut dire exactement ?

– Ça veut dire que vous n'êtes pas en règle, m'sieur.

– Mais, j'ai montré mon billet au contrôleur qui gardait l'accès au quai. Il n'a rien trouvé à y redire...

– Eh bien, vous lui direz de se tenir au courant la prochaine fois ! J'invente rien, c'est écrit dans les conditions particulières disponibles sur demande à la direction commerciale de la SNCF ou sur notre serveur vocal au 3467 à 0,56 euro la minute, m'sieur.

– Bon... Et c'est grave si je l'ai composté ?

– Jouez pas au plus malin, m'sieur, j'ai pas que vous à m'occuper. Ça vous fait 154 euros.

– Pour un Poitiers-Paris ?

– Je suis obligé de vous compter la plus grande distance possible, m'sieur, c'est-à-dire Lille-Marseille en tarif Silver pour un couple qui voyage seul et qui n'a pas réservé sur une borne automatique. Si vous n'êtes pas content, appelez le service clients au 56 43 à 0,56 euro la minute.

– Vous prenez les cartes de crédit ?

– Écoutez, m'sieur, si vous le prenez comme ça, moi j'appelle la police ferroviaire !

– Mais je n'ai...

Surgis de nulle part, quatre hommes en uniforme bleu apparurent aussitôt. Le plus grand d'entre eux donna un coup de pied dans la porte des toilettes. Sous les effets conjugués de la surprise et du choc, l'homme laissa tomber sur le sol le sac contenant le bocal de fulminate de mercure qui se brisa avec un bruit de gros pétard et en libérant une épaisse fumée grise.

– Un hooligan ! C'est un hooligan. Maîtrisez-le ! se mit incontinent à hurler le contrôleur.

À 20 heures et 27 minutes, le TGV 8548 reliant Poitiers à Paris commença à ralentir.

– Tiens ? On dirait qu'on va s'arrêter à Saint-Pierre-des-Corps ? Je croyais que c'était un direct..., fit remarquer la voisine de Ségolène en approchant son visage du double vitrage. Je vous parie qu'ils ont changé le trajet sans rien nous dire. Ce qu'il faudrait, c'est des jurys populaires à qui on demanderait leur avis avant de prendre des décisions qui nous regardent ! Qu'est-ce que vous en dites, vous ?

– C'est une excellente idée, répondit distraitement Ségolène en regardant sa montre.

Si ça continue, je vais être en retard. Quand j'y pense, c'est un peu dingue de m'être fait excuser au festival des chorales lycéennes. Tout ça pour me rendre au rendez-vous de cet inconnu. C'est à se demander s'il ne m'a pas envoûtée par le seul pouvoir de sa voix...

– Y doit y avoir des paysans sur la voie, continua la voisine. Ou des « grévisses »... Vous êtes pas copine des « communisses », vous, des fois ?

– Non... enfin, si. Ça dépend... La République est une et indivisible...

Tu perds la boule, ma pauvre Ségo ! Peut-être que François a raison, j'ai pris la grosse tête. Comme la pucelle d'Orléans, j'entends des voix et je me crois obligée de sauver mon pays qui n'en demande pas tant... Mais pourtant, je n'ai pas fait que rêver. J'ai suivi les conseils pratiques de l'inconnu et jusqu'à présent je n'ai pas eu à m'en plaindre. Il n'y a que pour l'histoire des dents de devant qui se chevauchent que je refuse. Il me conseille l'orthodontie. Il paraît que ça va s'aggraver avec l'âge. Mais cette fois, je ne céderai pas... Je n'ai aucune intention de me faire charcuter pour plaire. Est-ce qu'il me demanderait ça, si j'étais un homme ? Cela dit, Strauss-Kahn s'est bien fait enlever les...

Le train s'immobilisa avec une légère secousse.

– Hou là ! On dirait qu'ils font descendre quelqu'un du train ! reprit la voisine de Ségolène. Y a dû y avoir encore du grabuge. Ça n'arrête pas ! Et souvent, c'est même pas des étrangers !

Ségolène se pencha à son tour vers la fenêtre et aperçut un homme plutôt jeune, tout de noir vêtu, traîné sur le quai par quatre colosses en uniforme. Comme il se débattait, ces derniers lui firent descendre l'escalier de la sortie en le traînant par les pieds...

– Sans doute un intermittent du spectacle en fin d'indemnités qui n'a pu se payer le voyage, soupira-t-elle à voix haute. Hélas, la région ne peut pas corriger toutes les injustices du gouvernement Raffarin ! Mais comment peut-on traiter les gens de la sorte ? Et ils font pareil avec les chercheurs, les enseignants, les chorégraphes...

– Ben quoi ? Qu'est-ce qui vous chiffonne ? demanda sa voisine. S'il a pas son ticket, y descend. C'est tout ! Mais moi je dis que pour un adulte comme lui, c'est d'jà trop tard. Le ver est dans le fruit. C'est tout minot qu'y faut leur inculper les bonnes manières ! Remettre les familles au carré et à la moindre connerie, hop ! On envoie les gamins en maison de redressement et on les fait encadrer par des militaires à la retraite. Vous allez voir si on va pas les redresser !

11

Nuit du 28 au 29 octobre 2004 – Paris, rue de Rivoli.

– Dépêchez-vous ! Bon sang, mais vous le faites exprès de lambiner comme ça ! hurla Nicolas en direction de son chauffeur.

– Mais, monsieur le ministre... Il y a toujours plein de policiers par ici et depuis l'article d'*Auto Plus*, vous m'avez dit de toujours respecter les limitations... Et puis, nous ne savons pas exactement où nous allons...

– Vous vous foutez de moi ? Je ne suis plus à l'Intérieur. Je m'en fous qu'on vous flashe à 230 ! Je dirai à *Auto Plus* que je n'étais pas à bord et c'est tout. De toute façon, il n'y a personne. Foncez !

Dans un crissement de pneus, la Vel Satis accéléra avec souplesse et déboucha dans la rue de Rivoli qu'elle remonta à toute allure.

– Plus vite !

Le véhicule officiel donna une nouvelle preuve de sa puissance, longeant les arcades à plus de 120 kilomètres-heure et plaquant à son siège le dos de son impatient passager.

Mais qu'est-ce qu'il m'a fait boire, le toubib de Bongo ? Je vois des étoiles, j'entends des abeilles et je suis encore plus speed que d'habitude ! Je n'aurais jamais dû lui parler des coups de fil. Il est copain comme cochon avec Chirac, je parie qu'il va aller tout lui raconter. Et s'il lui dit aussi que son marabout perso m'a enveloppé d'un boubou désenvoûteur et m'a fait avaler des poudres colorées, le Chirac, y va péter un câble à force de rire...

– Et ensuite, monsieur le ministre...

– Ensuite, quoi ?

– Où dois-je aller, quand je serai arrivé place de la Concorde ?

– Vous... Je vous le dirai en temps utile, j'attends des nouvelles... En attendant, vous n'aurez qu'à tourner autour de l'obélisque.

La Vel Satis laissa sur sa droite l'ambassade américaine et se dirigea vers la fontaine des Fleuves, l'un des deux jeux d'eau situés de part et d'autre de l'obélisque. La première fontaine dépassée, le véhicule continua sa course vers la fontaine des Mers, côté Seine, et commença à décrire une trajectoire ovoïde autour des trois monuments illuminés.

Après une dizaine de tours de la place, effectués sous les regards vaguement inquiets d'un groupe de touristes polonais égarés, Nicolas jeta un coup d'œil à sa montre, ouvrit la fenêtre et vérifia son téléphone.

– Je continue, monsieur le ministre ?

– Évidemment que vous continuez ! Je vous ai dit que je vous ferai savoir quand vous pourrez vous arrêter de tourner.

Le véhicule poursuivit son étrange ballet. Sous les effets conjugués de la vitesse et de l'onirique splendeur du décor qui défilait, Nicolas se sentit saisi d'un léger vertige. Une strophe de « La complainte de Fantômas », glissée dans un de ses discours par un collaborateur plus lettré que la moyenne des énarques, lui revint en mémoire.

Un beau jour des fontaines
Soudain chantèrent à Paris
Le monde était surpris,
Ignorant que ces sirènes
De la Concorde enfermaient
Un roi captif qui pleurait.

Robert Desnos... Ça, au moins, c'est un poète compréhensible, soupira-t-il. *C'est quand même autre chose que René Char, dont Villepin nous rebat les oreilles ! Chaque jour des bagnoles flambent dans les banlieues, et lui, il trouve le moyen de pondre huit cents pages intitulées* Éloge des voleurs de feu[1] *! Et son Jean-Pierre Machin... Duprey ! Que du snobisme ou de l'esbroufe ! Quand je pense que ce Duprey a uriné sur la tombe du Soldat inconnu ! Il n'en parle jamais, le Villepin, du petit pipi sur la flamme de l'Arc de Triomphe ! En tout cas, s'il la ramène avec son Duprey, faudra que je lui rafraîchisse la mémoire sur les exploits de ce dingue. Et en public, si possible...*

Son téléphone se mit enfin à vibrer. Il prit la communication en abritant de sa main le micro de l'appareil.

– Bel endroit, n'est-ce pas ? dit une voix dont le rythme et les intonations lui étaient désormais familiers.

– C'est tout ce que vous avez à me dire ? ! Je tourne en rond depuis déjà cinq minutes. J'étais pourtant à l'heure prévue devant les fontaines. Si un journaliste ennemi passe,

1. Dominique de Villepin, *Éloge des voleurs de feu*, Gallimard, 2003.

je suis bon pour un nouveau papier du genre « Sarko tourne en rond pour se donner l'air occupé »...

– Tant que vous ne percutez pas la camionnette d'un laitier...

Malgré son incongruité, l'allusion réveilla de bons souvenirs. Giscard, 1974... Place de l'Étoile, à « l'heure du laitier », seul au volant, le président accordéoniste percute un camion de livraison. La rumeur affirme que le premier personnage de l'État rentrait d'un rendez-vous galant avec une actrice célèbre. Gorges chaudes de tous les chansonniers. Ils en avaient tellement rigolé alors, lui et ses copains de l'UDR !

– Comme quoi, on a toujours tort d'exposer sa vie privée en politique..., poursuivit la voix. Le moindre accident conjugal et la vitrine se brise en mille morceaux. Pensez-y, Nicolas...

– Merci du conseil... Mais nous ne sommes pas là pour parler stratégie de communication, n'est-ce pas ?

– Non, bien sûr. J'essaie de vous aider à patienter. Et à réfléchir sur la façon dont vous utilisez votre...

– Ma vie privée ne regarde que moi et les médias en qui j'ai confiance...

– Si vous le dites, mon petit Nicolas...

– Combien de temps encore nous allons devoir tourner ici ?

– Je suis désolé de ce léger retard. Nous attendons votre partenaire.

– Mon partenaire ?

– En l'occurrence, il serait plus approprié de dire : « ma partenaire ».

– Comment ? Nous attendons une femme !

– Comme toujours... Continuons à tourner en attendant. Saviez-vous que ces fontaines, que vous avez le temps d'admirer pour une fois, datent de 1838 ? Il s'agit d'une des plus grandes œuvres en fonte de fer de cette époque. Songez que chaque grande vasque pèse dans les dix tonnes ! Si ma mémoire est bonne, c'est la maison Oudry qui a trouvé le procédé, en 1861, pour leur éviter définitivement la rouille et leur donner l'aspect du bronze florentin. Vous auriez vu leur état pendant l'insurrection de la Commune... La fontaine des Mers fut presque entièrement détruite et la fontaine des Fleuves finit en morceaux !

– Passionnant...

– N'est-ce pas ?

– Écoutez, monsieur, vous m'avez fait écourter une rencontre internationale importante et j'ai de nouveau dû mentir à mon épouse pour venir à ce rendez-vous, j'espère que ce n'était pas uniquement pour visiter Paris by night...

– Toujours aussi bouillant, pas vrai ? Patience, vous dis-je, patience, elle arrive. Son train a du retard. Ils ont essayé d'empêcher la Rencontre. Je crois qu'ils savent beaucoup de choses. Beaucoup trop. Et, visiblement, ils sont prêts à tout. C'est de mauvais augure...

Le chauffeur se tourna vers Nicolas.

– Monsieur le ministre, je vous prie de bien vouloir m'excuser d'avoir à vous interrompre, mais je suis sûr de ne pas me tromper : nous sommes suivis.

Nicolas se retourna aussitôt et découvrit qu'un taxi blanc avait lui aussi entrepris de tourner autour de la plus belle place du monde.

– Et maintenant, nous sommes pris en chasse..., glissa-t-il à voix basse dans son téléphone.

– C'est elle. Parfait ! Rendez-vous à la Fontaine Médicis.

– Au Luxembourg ? Mais le jardin est fermé à cette heure !

– Poussez la grille côté Vaugirard, elle sera ouverte. Ensuite, postez-vous devant la fontaine et de là, suivez la lumière.

12

Nuit du 28 au 29 octobre 2004 – Paris, sous-sol du pont de l'Alma.

– Monseigneur, c'est l'heure de votre bain de siège ! annonça le grand chambellan en pénétrant dans le salon privatif du souverain.

Le serviteur tenait les deux poignées d'une profonde bassine fumante où clapotait une décoction d'herbes médicinales.

– Ha, c'est vous, mon bon Olivier ? marmonna le vieil homme en relevant la tête. Je crois bien que nous nous étions assoupis. Nous devons recouvrer des forces... Le combat qui s'annonce sera rude et sans pitié et cette attente nous épuise.

Tout en se levant pour dénouer la ceinture de flanelle fleurdelisée qui retenait son haut-de-chausse, le vieil homme demanda :

– Avez-vous des nouvelles de notre martyr ?

– Pas encore, Monseigneur. Même si la Justice est passée, il ne peut nous appeler de son téléphone portable sous peine de se faire repérer immédiatement.

– Ah ça ! Aidez-moi à m'asseoir ! Aïe, aïe, aïe ! Palsambleu ! Vous voulez donc nous ébouillanter le fondement !

– Ambroise Paré, qui a inventé ce remède contre les hémorroïdes, le prescrivait bouillant à François Ier.

Le postérieur immergé dans la bassine fumante, le souverain respirait par à-coups. La sueur perla à son front qui s'était crispé sous l'effet de la chaleur intense l'irradiant du sacrum à la tête. Après avoir mariné quelques minutes, le vieillard se détendit enfin et reprit le fil de la conversation.

– Nos tyranneaux savent ce qu'ils ourdissent en dotant la Gueuse de moyens de plus en plus diaboliques pour nous persécuter... Quand nous pensons que nous sommes contraints, nous le descendant de l'antique civilisation sacerdotale, patriarcale et patricienne, à nous terrer sous la Seine !

– Tels les chrétiens des catacombes, Monseigneur.

– Cette analogie nous console du désagrément, mon bon Olivier. La camarilla au pouvoir depuis plus de deux siècles a contraint la vraie France à fuir la lumière, à se dérober au jour, mais, partant, cela nous a appris la force d'âme, la survie, l'infinie patience !

– De toute façon, l'appel ne devrait plus tarder maintenant, expliqua le grand chambellan. Le temps qu'il trouve une cabine... J'ai écouté les médias à la solde de la Gueuse, il n'y a encore rien de public...

– Ha ! Nous brûlons d'ouïr la bonne nouvelle ! Elle sera la première d'une longue cohorte, croyez-nous ! Notre première revanche sur ce régime sous lequel nous aurons tant souffert !

– La Gueuse n'en a plus pour longtemps, Monseigneur, sourit le chambellan. Son maudit talisman sera bientôt entre nos mains et nous remettrons la France à sa vraie place : à la tête de la chrétienté d'Urbain II et d'Innocent III, cette chrétienté unie qui n'existe plus depuis la Réforme et que...

– Aaaaaah !

– Par le Dieu français ! Monseigneur ! Pourquoi geignez-vous ? s'inquiéta le serviteur en se précipitant vers le vieil homme.

– Non, laissez-nous, Olivier. C'est notre genou ! Il nous lance à nouveau... Il s'est passé quelque chose. Quelque chose de funeste.

– Impossible, Monseigneur ! Nous avons le Feu Divin avec nous : la Vraie Bombe de Cadoudal bénie par l'abbé de Mantes.

– Taisez-vous ! Ne savez-vous pas que la France est descendue à un tel étiage de décadence et de barbarie que même le Feu du Ciel refuse parfois d'accorder sa purification à la Nation ? Aaaaah, ce genou, ce genou... Nous croyons que... qu'Il a réussi à les réunir... Ils ne doivent pas être loin de nous car la douleur est terrible.

À cet instant précis, le téléphone de la salle du Trône émit un discret bourdonnement.

– Eh bien, mais décrochez, décrochez donc ! ordonna le souverain.

Le grand chambellan se saisit du combiné qu'il approcha lentement de son oreille comme s'il craignait d'apprendre ce qu'il allait entendre. Après plusieurs minutes pendant lesquelles il écouta sans parler, il dit enfin, livide :

– Compris ! Surtout réservez vos déclarations pour la police. De notre côté, nous allons agir conformément à la procédure prévue dans un cas comme celui-ci.

Après avoir raccroché, il se tourna vers le monarque dont le regard semblait étrangement absent.

– Arrêté, n'est-ce pas ? demanda le vieillard

– Oui, Sire. Hélas...

– La police ?

– Pire, Monseigneur.

– Les Renseignements généraux ?

– Les contrôleurs de la SNCF... Je lui ai dit de ne surtout pas tenter de discuter avec eux...

– Il ne tiendra pas longtemps face à des contrôleurs. Il faut le sortir de là le plus vite possible.

– J'ai pensé que nous pourrions peut-être activer notre contact au gouvernement...

– Faites... Mais faites vite ! Puisque vous avez échoué, Il est sans doute, en ce moment même, déjà en train de leur livrer le grand secret.

13

Nuit du 28 au 29 octobre 2004 – Paris, Jardin du Luxembourg.

La voiture du ministre des Finances arriva la première devant les grilles du Luxembourg. Nicolas descendit d'un bond, fit claquer sa portière et contourna la Vel Satis pour s'approcher de la vitre du chauffeur.

– Inutile de m'attendre, je me ferai raccompagner.

– Bien, monsieur le ministre. Bonne nuit, monsieur le ministre.

– C'est ça, c'est ça. Bonne nuit, Guimard...

– Une dernière chose, si je peux me permettre, monsieur le ministre...

– Quoi encore ?

– Vous avez, comme qui dirait, des traces sur le visage...

– Des traces ? Quelles traces ? Qu'est-ce que vous racontez ? s'exclama-t-il en se précipitant vers le rétroviseur.

Des traits bleutés, parallèles, barraient son front, ses joues et les arêtes de son nez.

Le marabout ! Il a dû faire ça pendant le désenvoûtement sans que je m'en aperçoive. Heureusement que cet abruti de

Guimard l'a remarqué ! Il aurait tout de même pu me le dire avant.

Sommairement débarbouillé, le ministre traversa à grandes enjambées la rue de Vaugirard. Il s'apprêtait à pousser la grille du jardin lorsqu'un véhicule s'arrêta derrière lui. Il distingua une silhouette penchée vers le conducteur. La voiture redémarra. Au bruit des talons qui martelaient le trottoir, il comprit qu'il s'agissait d'une femme. Il se retourna au moment précis où l'intruse passait sous un lampadaire. Dans le vertical halo de lumière, il la reconnut aussitôt.

– Qu'est-ce que vous fichez là, vous ? demanda-t-il, sans même la saluer.

– Moins fort ! ordonna-t-elle. Vous voulez nous faire repérer tous les deux en pleine nuit devant le Luxembourg ?

– Et alors ? bluffa-t-il en baissant néanmoins la voix. Je n'ai rien à cacher ! J'ai été invité à dîner par le président du Sénat.

À cet instant, leurs téléphones portables vibrèrent simultanément. En prenant la communication, ils entendirent la même voix où perçait un léger agacement :

– Je vous saurais gré de vous hâter de pénétrer dans le parc. Une patrouille de police va incessamment déboucher à l'angle de la rue de Tournon.

Ils poussèrent ensemble la lourde grille et pénétrèrent dans le jardin endormi. Après avoir longé d'un pas rapide la haie de troènes de l'allée principale, ils se dirigèrent vers la fontaine Médicis dont les gargouilles grotesques paraissaient les attendre.

Rien ne semblait pouvoir troubler l'épais silence. Étouffé par les obscurs massifs d'ifs et de buis entourant la longiligne étendue d'eau de la fontaine, le murmure de la ville leur parvenait à peine. Ils attendirent ainsi quelques minutes, mains serrées sur leur téléphone, scrutant la masse sombre du palais du Luxembourg à peine éclairée par une lune enrubannée de brumes déjà hivernales.

– Qu'est-ce qu'il fait ? grinça Nicolas anxieux et impatient.

– Il vous a aussi demandé de « suivre la lumière » ? demanda-t-elle en frissonnant de froid.

– Oui. Le Diable seul sait ce que ça veut dire...

– Là, regardez ! s'écria-t-elle. Cette lueur, au rez-de-chaussée. On dirait que quelqu'un promène une torche !

– Vous en déduisez que nous devons suivre ce flambeau, n'est-ce pas ?

– Absolument. On y va, décida-t-elle. Après tout, nous sommes des élus, vous et moi, on est un peu ici chez nous... S'il s'agit d'une blague, nous le saurons vite...

Ils enjambèrent les clôtures de jardiniers qui les séparaient de l'enceinte du Sénat et pénétrèrent dans la cour d'honneur. Les talons de Ségolène claquèrent brièvement sur les pierres polies, puis les deux visiteurs se retrouvèrent devant la porte vitrée, à l'endroit où, quelques minutes auparavant, avait brillé la lueur mouvante. Celle-ci s'était déplacée sur leur gauche. Ils traversèrent une enfilade de salons donnant sur les jardins à la française de la Présidence puis atteignirent l'interminable salle des Conférences, aussi longue, dit la légende, que la galerie Apollon du Louvre. Près du salon des Messagers, ils croisèrent dans la pénombre la forme sphérique, aux dimensions menaçantes, de l'antique mappemonde en équilibre sur son monumental socle en bois sculpté. La lumière papillonnante les entraîna le long d'une autre galerie, dans le clair-obscur de laquelle ils devinèrent, plus qu'ils ne les reconnurent, les bustes sculptés de Ferry, Gambetta, Carnot... Ces figures illustres et graves les regardèrent passer.

Le duo déboucha dans l'hémicycle. Ce lieu dévolu à toutes les éloquences, toujours bruissant de rumeurs, de gasconnades, de rires, voire de ronflements, ce saint des saints de la République, était plongé dans un silence presque palpable... Ils savaient que Victor Hugo, Georges Clemenceau, François Mitterrand, Alain Poher... et tant d'autres avaient droit à leurs effigies en médaillon, cloutées sur les confortables bancs vermeils.

Passant au bas des gradins, ils entrèrent dans un salon aux murs tendus d'un tissu crème. Au moment où ils franchissaient le seuil du cabinet, un grondement lointain se fit entendre.

– Un orage ? s'interrogea Nicolas, à voix basse.

– Impossible. Pas en cette saison..., chuchota Ségolène.

– Alors, ce sont les tambours...

– À l'heure qu'il est ?

Le roulement semblait monter des entrailles de la bâtisse. Comme s'il était sensible à cette injonction distante qui enflait, le fanal qui les conduisait accéléra sa progression.

– À quoi rime ce ridicule jeu de piste ? protesta Nicolas en faisant mine de s'arrêter. Nous avons passé l'âge du scoutisme !

– Abandonnez, si ça vous chante, répondit-elle en le doublant. Moi, je continue !

Reprenant la poursuite de leur guide capricieux, ils empruntèrent un escalier dérobé qui les fit descendre puis, après avoir dépassé la porte voûtée d'un caveau obscur, ils gravirent de nouveau des marches étroites dont les dernières débouchaient dans la grande cuisine du restaurant.

La vaste pièce était entièrement plongée dans l'obscurité, à l'exception d'un de ses angles. Là, une petite table recouverte d'une nappe à carreaux rouges était éclairée par une chandelle tremblotante. Quand leurs yeux se furent un peu accoutumés à la faible lumière, ils distinguèrent une silhouette attablée. Puis les contours de la présence humaine se firent plus précis. Ils discernèrent une assiette, une bouteille de vin, des couverts, une cassolette en fonte émaillée... Ils se trouvaient devant un vieux dîneur solitaire.

Gras et girond, le vieillard était vêtu d'une veste de velours noir et d'une chemise blanche à lavallière. Sur sa tête, une calotte de velours vert tentait de contenir une abondante tignasse blanche. La coiffe, la chemise et la veste encadraient un visage rubicond mais habité par un regard à l'expression ineffablement lointaine. Une paire de rouflaquettes mangeait une partie des joues de cet être étrange ; ses lèvres charnues dessinaient un contour de fruit rouge au-dessus d'un menton dont les replis se perdaient dans les bouillons de la serviette de table qui ceignait son cou. Son large front, dénué de sourcils, était plissé, comme s'il s'efforçait d'observer ses visiteurs malgré la pénombre.

– Ha ! Vous voilà ! dit le dîneur dont ils reconnurent immédiatement la voix. Qu'est-ce que vous buvez ? Rouge ? Blanc ? Je viens de me faire monter de la cave un château Barréjat 1903. Au fait, mes excuses pour le petit crochet par le sous-sol !

Levant son verre, il pencha son nez dans le calice transparent et commenta d'un ton gourmand.

– Il est à température. Au nez, la mûre domine mais en bouche, c'est le vieux fruit rouge qui s'exprime avec finesse. Note finale de poussière et de carambole. Pas de fleur, une pointe de groseille, beaucoup d'alcool. Large et frais... Idéal avec ma blanquette !

Nicolas et Ségolène demeurèrent un long moment immobiles, à quelques mètres de la table de l'homme, incapables de prononcer le moindre mot.

– J'espère qu'on n'est pas venu jusqu'ici en pleine nuit pour une leçon d'œnologie ! finit par s'exclamer Ségolène, émergeant la première de l'état de sidération dans lequel les avait plongés cette soudaine rencontre.

– Vous avez raison ! Ne restez pas debout comme ça ! leur dit le vieillard. Asseyez-vous. Ce que j'ai à vous dire est assez long. Vraiment, vous ne buvez pas ?

– Non, désolé ! répondit Nicolas. Je ne trinque pas avec un inconnu dans les cuisines du Sénat en plein milieu de la nuit ! poursuivit-il sur un ton qu'il avait sans doute voulu cinglant mais qui trahissait encore une certaine appréhension.

– Au cas où vous auriez la politesse de me le proposer, je dois vous dire que moi non plus, je ne bois pas, ajouta Ségolène.

– Dommage, il est excellent ! Mais... attendez voir... Ne me dites pas que vous êtes une zélote des croisades en faveur de la sobriété, Marie-Ségolène ? Parce que vous ne savez pas à qui vous avez affaire, hein ! J'ai été le premier, avec Léon Daudet, à dénoncer les périls de la campagne anti-vin. Lui, il y voyait un avatar de la campagne anti-France, tandis que pour moi, ça n'était qu'un mensonge hygiéniste. Je tiens en effet que les trois quarts des asthénies, des dépressions, sans oublier le ralentissement héréditaire du pouls, sont aggravés par le régime hydrique ou lacté. Ces maux ne sont atténués, sinon guéris, que par l'usage rationnel d'un vin loyal !

Le vieillard semblait rajeunir à mesure qu'il s'emportait.

– Certains morticoles ont condamné le vin comme un poison et l'ont banni de leurs satanés régimes, poursuivit-il. Ce qui a conduit de braves gens au cabanon et au tombeau !

– Merci pour cette mise au point, intervint Nicolas en approchant une chaise sur laquelle il se laissa tomber. Mais, une fois de plus, je suppose que vous ne nous avez pas convoqués pour nous entretenir des bienfaits de la dive bouteille !

– C'est exact, Nicolas. Excusez-moi, le vin est un sujet qui me tient à cœur. C'est sans doute pour ça que je me suis si bien entendu avec Armand Fallières quand il était président du Sénat. Le vin de sa propriété, son Loupillon, était un vin de soif tout à fait honorable... Mais c'est de l'histoire ancienne, et vous devez être pressés de savoir pourquoi nous avons ce rendez-vous, ici, et à cette heure indue, qui plus est.

– On ne peut rien vous cacher, confirma Ségolène s'asseyant à son tour et croisant les bras sur sa poitrine. Vous pourriez peut-être commencer par nous dire qui vous êtes...

Le vieillard sauça le fond de son assiette d'un geste lent, enfourna le morceau de pain d'une main un peu hésitante puis, après quelques mastications, leva les yeux dans leur direction.

– Comment ça, qui je suis ? Allons, ne me faites pas croire qu'avec tous les indices que je vous ai fournis et toutes les personnes que vous avez consultées, vous n'avez pas encore deviné !

– Disons qu'en suivant vos indices, nous n'arrivons à rien de très concluant..., fit remarquer Nicolas.

– Nous débouchons sur un certain Amédée Félicien Saturnin des Hayes de Marcère, confirma-t-elle.

– Bravo ! Vous voyez bien que vous avez trouvé ! s'exclama le vieillard.

– Seul petit problème : ce monsieur des Hayes de Marcère siégeait au Conseil des anciens... en 1795 ! ajouta-t-elle sèchement.

– Exact ! Le Conseil institué par la constitution de l'an III et adopté par la Convention thermidorienne. Ce Conseil des anciens est l'ancêtre du Sénat... Poursuivez... Vous y êtes presque ! encouragea le vieil homme.

– Donc, poursuivit Nicolas, comme il fallait avoir quarante ans révolus pour pouvoir siéger au Conseil des anciens, si vous êtes ce M. des Hayes de Marcère, vous avez, au bas mot, deux cent soixante ans cette année...

– J'arrivais à deux cent soixante-trois ans par une autre méthode, fit remarquer Ségolène.

– Il s'agit pourtant d'une simple équation à une inconnue, répondit le ministre des Finances, une ébauche de sourire condescendant sur les lèvres.

– Allons, pas de chamailleries, intervint le vieil homme. À mon âge, on n'en est pas à deux décennies près. Je vous dirai, en confidence, et en vous priant de ne pas le répéter autour de vous, que j'ai récemment atteint l'âge de deux cent soixante-huit ans. Cependant, ma vigueur physique est demeurée entière, et j'ignore complètement le rhumatisme. J'accomplis en me jouant plusieurs traversées de la salle des Conférences. Et je prétends que cela tient à mes origines vigneronnes. Le vin a toujours été mon fidèle et loyal compagnon. J'ai constamment bu, depuis l'âge de dix-sept ans, une moyenne de deux bouteilles et demie, trois bouteilles de vin par jour, dont deux à mon repas du soir. C'est ce qui m'a permis de fournir la somme de travail que j'ai toujours fournie. Cela sans la moindre fatigue, ni la moindre morosité.

– C'est... c'est impossible ! balbutia Ségolène

– Et pourtant... Voyez-vous, mon avis est que chacun

doit boire de préférence le vin de sa province et de son hérédité. Certes, il y a une cinquantaine d'années que je ne bois plus d'eau-de-vie et que je ne fume plus, ou alors de temps en temps, un bon cigare car voyez-vous...

– Assez !

La voix de Ségolène avait claqué dans l'obscurité et résonna lugubrement sur les surfaces lisses et froides de l'immense cuisine.

– Ma consœur a raison, dit Nicolas d'une voix ferme. Qui que vous soyez, quelles que soient les raisons de votre présence ici, vous vous êtes assez joué de nous. Vous devez maintenant nous dire ce que vous attendez de nous et pourquoi nous sommes là...

Le vieillard se racla la gorge, toussota, dénoua sa serviette de table et dit, en regardant ses mains cireuses et veinées de bleu posées à plat sur la nappe rouge et blanche :

– Avez-vous lu *La Peau de chagrin* ?

14

*Nuit du 28 au 29 octobre 2004 – Paris, ministère des ***, bureau du ministre.*

– Allô ?

– C'est moi, monsieur le ministre...

– Hein ? ! faillit s'étouffer le ministre en reconnaissant la voix du grand chambellan. Vous êtes devenu fou ou quoi ? Vous êtes sur ma ligne personnelle ! Vous voulez me faire repérer ?

– Il y a urgence, monsieur le ministre...

– Quel genre d'urgence ?

– L'un de nous a été pris. Vous devez nous aider...

– Écoutez, là je dois débuter une réunion avec ***. Je ne peux rien faire. Rappelons-nous demain, à la première heure.

– Demain, il sera trop tard. Pour nous comme pour vous. Il risque de parler...

– La police ?

– Les contrôleurs SNCF.

Un frisson de terreur parcourut l'échine du ministre.

– Bon sang, mais qu'est-ce qu'il fiche avec des contrôleurs ?

– Nous n'en savons pas plus, monsieur le ministre.

– Il a raté son coup ?

– Hélas, oui ! La cible court toujours... Il a dû y avoir un impondérable. Vous pensez pouvoir le sortir de là ?

– Pas évident. Il faudrait voir avec le ministère des Transports... Vous pourriez appeler de Robien. Après tout, il a du sang bleu dans les veines...

– Vous plaisantez ! Il a déjà trahi Bayrou. Vous imaginez ce qui lui reste de fidélité à la Vraie Couronne ! De plus, je vous répète que nous n'avons pas une minute à perdre. Il a beau être un martyr de notre cause, il est humain ! S'il reste trop longtemps avec eux, il va craquer et tout révéler. Je vous appelle de la part de Monseigneur lui-même. C'est Lui qui demande votre secours...

– Je comprends. Je vais voir ce que je peux tenter. Grande ligne ou banlieue ?

– TGV.

– On ne peut pas dire que vous ne me facilitiez la vie... Et la cible, où est-elle ?

– En ce moment même, elle est avec votre collègue des Finances quelque part au palais du Luxembourg.

– Il a organisé une rencontre ?! Il doit vraiment être aux abois...

– Il a décidé de la retrouver... Il a besoin d'eux pour ça.

– La Cocarde !? Vous pensez qu'il va réussir à les convaincre de partir à la recherche de la Cocarde ?

– L'attentat ayant échoué, il va pouvoir les réunir. Le genou de Monseigneur pense d'ailleurs que c'est déjà fait...

– Le genou de Monseigneur ? Ne me dites pas que vous croyez à ces fadaises ? Le souverain souffre d'une banale arthrose rhumatoïde. Je lui ai dit cent fois d'essayer les infiltrations mais Monseigneur préfère se faire imposer les mains par l'abbé de Mantes. Si vous voulez, je lui prescrirai...

– Pour le moment, tout ce que nous vous demandons, c'est d'essayer de sortir notre homme des griffes de la SNCF.

15

Nuit du 28 au 29 octobre 2004 – Paris, Restaurant du palais du Luxembourg.

« Vous avez lu *La Peau de chagrin* ? » La question avait résonné dans la pénombre.

– Si vous voulez parler du roman de Balzac, la réponse est oui, évidemment, finit par répondre le ministre des Finances visiblement impatient.

– Moi aussi, bien sûr, au cas où cela intéresserait quelqu'un, ajouta Ségolène. Mais je vous préviens tout de suite que je refuse d'être infantilisée par des questions qui sous-entendraient que je ne sais rien, ou que je suis le produit d'une bulle médiatique.

– Très bien, reprit le vieillard avec un sourire indulgent. Vous connaissez donc l'histoire de ce talisman aux propriétés à la fois merveilleuses et terrifiantes, capable d'exaucer tous les souhaits...

– ... aux dépens de la vie de celui qui les formule, compléta Nicolas.

– Eh bien, apprenez, jeunes gens, que, dès sa naissance, la République, notre République, a été dotée d'un tel bouclier.

– La République française, protégée par une peau de chagrin ? ironisa Ségolène. Avouez, monsieur le présumé sénateur, que vous mettez notre patience à rude épreuve...

– Et pourtant, il faut me croire, Marie-Ségolène. Bien entendu, il ne s'agit pas du morceau de tissu décrit par Balzac. Le talisman qui a permis à la République de surmonter ses plus rudes épreuves est une cocarde tricolore. La Cocarde tricolore, devrais-je dire.

– La cocarde ? Mais laquelle ? demandèrent-ils ensemble

– L'unique, la véritable, celle que le général de La Fayette, avec l'aide du célèbre magnétiseur Mesmer, fabriqua de ses propres mains pour que le roi Louis XVI l'épinglât à son chapeau. La Cocarde originelle qui a marqué la fin de l'Ancien Régime et l'avènement de la République française.

– Mais quel est le rapport avec le roman de Balzac ? interrogea Nicolas à voix basse

– Cette Cocarde originelle fonctionne comme une peau de chagrin. Chaque fois qu'on l'utilise, elle exauce le souhait de son détenteur mais son diamètre diminue et nous approche de la fin.

– Quelle fin ? demanda à son tour Ségolène visiblement troublée par les explications du vieil homme. La fin des temps ?

– Si l'on veut, oui. La fin de la République, la fin de la France que vous et moi aimons et défendons...

– Et qui la détiendrait, selon vous, cette fameuse Cocarde ? demanda Nicolas.

– Hélas, je n'en sais rien. C'est normalement le président de la République qui en dispose. Mais l'actuel chef de l'État ne l'a pas, j'en mettrais ma main à couper. Giscard non plus ne l'avait pas, pas plus que Pompidou d'ailleurs.

– Mitterrand ? demanda Ségolène.

– De Gaulle l'a eue et Mitterrand aussi. Et quelques présidents avant eux. Mais Mitterrand ne l'a pas transmise à son successeur lors de la passation des pouvoirs, en mai 1995.

– Mais nous, monsieur le sénateur, demanda Ségolène, qu'est-ce que nous venons faire dans cette histoire de cocarde ?

– Je vous l'ai dit depuis le début. J'ai besoin de vous.

– De nous deux, vous voulez dire ? s'étonna Nicolas.

– Oui, de vous deux. Pour retrouver la Cocarde et l'utiliser à bon escient. Ensemble, vous serez plus forts...

– Et surtout, nous nous étriperons l'un l'autre, n'est-ce pas ? fit remarquer Ségolène.

– Que voulez-vous dire, Marie-Ségolène ? feignit de s'étonner le sénateur.

– Vous m'avez parfaitement comprise ! M. Sarkozy et moi-même, nous ne sommes pas du même bord. Vous espérez donc que la compétition va nous galvaniser. Je reconnais bien là les vieilles lunes libérales de la libre concurrence impitoyable. Avouez que c'est pour cela que vous m'avez convaincue d'être candidate à la présidentielle !

– Quoi ! s'étrangla Nicolas. Vous allez vous présenter en 2007 ?

– Demandez au sénateur, répondit Ségolène.

– Effectivement..., dit le vieil homme avec un sourire amusé. Je veux que cette recherche de la Cocarde représente le même enjeu pour chacun d'entre vous. Ainsi, si c'est l'un de vous deux qui parvient au palais de l'Élysée, je saurai où elle se trouve...

– Mais pourquoi ne pas la laisser où elle est, cette cocarde ? demanda Nicolas

– Parce que d'autres que nous en connaissent l'existence et veulent mettre la main dessus. Pour la détruire et en finir avec la République.

– Après le lobby anti-vin, le lobby anti-France ! ironisa Ségolène.

– Ce que je vous dis là est, hélas, très sérieux. Tenez, vous, Marie-Ségolène, qui tentez de fanfaronner, vous venez, ce soir même, d'échapper à un attentat à la bombe dans le train qui vous amenait à Paris. Quant à vous, mon petit Nicolas, tenez-vous prêt au pire : ils vont essayer de vous anéantir en frappant ce que vous avez de plus cher...

– L'UMP ?

– Encore plus cher...

– Cécilia ? ! Qu'ils essaient ! Rien ni personne ne pourra jamais nous séparer. Vous m'entendez ? Jamais ! hurla-t-il sous le coup d'une fureur aussi subite qu'irrépressible. Et puis d'abord qui ça, « ils » ? Chirac et Villepin ? Qu'ils y viennent, maintenant ! Les saligauds... Je les pendrai à un crochet de boucher !

Il s'était levé, pâle et frémissant. Ses yeux flamboyaient. Il avait pris la pose du boxeur poids plume qui se met en garde pour encaisser. Il se mit à frapper l'air de ses poings serrés, enchaînant directs, crochets et uppercuts à une vitesse stupéfiante.

Une droite mal retenue frôla le nez de Ségolène qui poussa un cri de surprise.

– Rasseyez-vous et calmez-vous, Nicolas ! ordonna le sénateur en se versant un verre de rouge. Les deux personnages que vous venez de citer vous en veulent peut-être mais, somme toute, c'est quelque chose de bassement personnel. Ceux dont je vous parle veulent détruire ce que vous représentez : un possible futur président de la République. Ils haïssent notre République et sont prêts à tout pour la renvoyer dans le caniveau d'où elle n'aurait jamais dû sortir. Je les cite, évidemment...

– Des royalistes ? J'en ai dans ma famille, l'interrompit Ségolène. Vous exagérez leur pouvoir de nuire, ils sont totalement inoffensifs et parfois même plus honnêtes, travailleurs et sympas que pas mal de mes camarades du Parti, croyez-moi. Ils sont folklo mais je ne les vois franchement pas poser des bombes dans les TGV.

– Hélas, ce n'est pas à eux que je pense, Marie-Ségolène.

– Je vois, dit Nicolas d'un air entendu. Vous faites allusion au Front national, c'est ça ? Ne vous inquiétez pas, je suis en train de les ringardiser. Mon élection au Bourget va faire passer les shows Le Pen pour des kermesses de patronage. Je mets huit millions d'euros sur la table et, croyez-moi, je vais mettre le feu au...

– Soyons sérieux, s'il vous plaît, l'interrompit gravement le vieil homme. Je veux parler des Survivantistes de la Première Heure.

– Qu'est-ce que c'est que ça ? demanda Ségolène

– Des illuminés prêts à tout. Et qui ont toujours réussi à infiltrer des espions dormants dans tous les gouvernements de toutes les Républiques. Ce sont eux, vos ennemis. Et ils sont redoutables, croyez-moi. Parce qu'ils savent que la Cocarde existe et qu'elle protège la République depuis l'origine. Ils vont vouloir, à tout prix, vous faire échouer dans votre mission...

– Quelle mission ? Vous persistez à vouloir nous envoyer, M. Sarkozy et moi, à la recherche de la cocarde perdue ? On se croirait dans un de ces ridicules bouquins de politique-fiction...

– Avez-vous la moindre idée de ce à quoi ressemble mon emploi du temps dans les mois qui viennent ? renchérit Nicolas.

– J'entends vos objections mes enfants, et je sais qu'elles sont fondées. Mais je n'ai pas d'autre choix.

– Alors pourquoi ne pas aller vous-même la chercher, votre cocarde sacrée ? demanda Ségolène.

– Hélas, je ne peux pas sortir...

– Tiens donc ? ricana Nicolas.

– Comme vous l'avez vous-même découvert, j'appartiens à un autre temps, une sorte d'au-delà politique. Mais je ne vous abandonnerai pas, je serai toujours avec vous. Par téléphone.

– Si elle est si puissante, votre cocarde, pourquoi ne pas en avoir tiré profit pour vous-même ? poursuivit Ségolène.

– Elle n'a de pouvoir que si celui qui l'utilise représente la France. Hors de la fonction présidentielle, elle redevient un bout de chiffon défraîchi par les siècles. Voyez-vous, la Cocarde sert le destin du pays, pas de ceux qui l'incarnent... Personnellement, je ne l'ai eue entre les mains qu'une seule fois. Il y aura bientôt deux cents ans de ça...

– Écoutez, l'interrompit grossièrement Ségolène, je suis désolée mais je ne peux pas faire ce que vous me demandez. J'ai ma Région sur les épaules, des lycées à assainir, des ronds-points à aménager... Du concret. Du solide. Pas des chimères, fussent-elles républicaines. Je laisse cette chasse au trésor au futur président de l'UMP !

Celui-ci s'empressa de reprendre immédiatement la balle au bond.

– Bien tenté, madame Royal, mais moi non plus je ne peux pas. Je vous l'ai expliqué, je n'ai tout simplement pas le temps. Et surtout, je ne suis pas tout à fait sûr de croire à cette histoire de cocarde. Donc, moi aussi, je suis désolé, monsieur le sénateur de Mayenne-et-Loire...

– L'exercice du pouvoir et des responsabilités rend méfiant, c'est bien normal. Vous avez besoin d'encore un peu de temps pour commencer à croire à tout ça. Pour le moment, tout ce que je vous demande c'est de garder dans un coin de votre mémoire notre conversation de cette nuit. Je vous passerai un petit coup de fil à tous les deux dans quelque temps. Mettons, au printemps 2005, quand votre épouse vous aura quitté, Nicolas, et quand vous, Marie-Ségolène, vous battrez le candidat de l'UMP dans les sondages pour la présidentielle. Mais la lampe de mon assistant brille déjà au fond du couloir, il va vous raccompagner. Je vous souhaite la bonne nuit. Surtout, soyez vigilants et, quoi qu'il arrive, n'oubliez pas : je serai toujours avec vous...

Deuxième partie

Là-haut, sur la colline

« Qu'est-ce que l'avenir ? Qu'est-ce que le passé ? Quel est le fluide magique qui nous entoure et nous cache les choses que nous avons le plus besoin de connaître ? »

Napoléon BONAPARTE

1

21 janvier 1910 – Paris, boulevard des Italiens.

La pièce s'achevait. Et pas n'importe laquelle : la première de *On purge bébé*, de Georges Feydeau. Un triomphe ! Après les multiples rappels et les tonnerres de bravos, la salle commença à se vider de ses spectateurs, loges et baignoires furent évacuées. Bientôt, la rampe s'éteignit et cet endroit, tout à l'heure encore si chaud, si bruyant de rires et d'applaudissements formidables, retomba dans un lourd sommeil.

Du double escalier de pierre, lentement, deux interminables queues de spectateurs descendaient, régulières et compactes.

Dans le grand vestibule dallé de marbre, les regards s'attardaient une dernière fois sur le décor rococo. Le Tout-Paris avait assisté à cette première, le Tout-Paris des lettres, des arts, de la finance, et du plaisir. Des journalistes étaient là aussi et des critiques, qui, dès le lendemain, allaient vanter le total renouvellement d'inspiration de l'auteur.

Tandis que les lumières s'éteignaient au fronton du théâtre, par les trois grilles ouvertes, le flot du public continuait de s'écouler, rendu comme à regret à la vie du boulevard qui grouillait encore de monde dans le froid de cette nuit de janvier.

Dans la clarté blafarde des becs de gaz, de petits groupes s'éloignaient à pied en direction du carrefour Richelieu-Drouot, d'autres se réfugiaient dans les nombreux cafés encore ouverts malgré l'heure tardive. Les omnibus qui faisaient station étaient vite pris d'assaut. Pleins comme des œufs, bondés jusque sur l'impériale, ils s'éloignaient en direction de la place de l'Opéra ou vers la Bastille. Quelques rares automobiles et des taxis auto tentaient de se frayer, en pétaradant, un chemin dans cet encombrement, mais leurs coups de corne plaintifs arrivaient à peine à effrayer les chevaux des attelages. Conduits par des cochers qui faisaient le dos rond sous le crachin persistant, des fiacres venaient prendre la file derrière leurs congénères alignés le long du trottoir.

Un homme se détacha des derniers spectateurs qui quittaient le théâtre. Âgé d'une cinquantaine d'années environ, d'une haute et puissante stature, les tempes grisonnantes, un monocle vissé à l'œil droit, il était coiffé d'un haut-de-forme et vêtu d'un smoking noir. Ses doigts n'avaient qu'une bague : une chevalière ornée d'un H et d'un B entrelacés, ses initiales, celles du marquis d'Houste de Blayzie. À son bras, une jeune femme dont le chaud manteau d'astrakan descendait jusqu'aux chevilles, comme le voulait la mode en cet hiver 1910. Posé de guingois sur ses cheveux d'or fauve joliment enroulés en faux chignon, un bibi rouge vif mettait en valeur le ravissant minois de cette créature nettement plus jeune que son chevalier servant.

Au lieu de héler l'une des voitures de louage en stationnement, le marquis traversa le boulevard Montmartre pour rejoindre une berline garée à la hauteur du musée Grévin. Les portières du véhicule s'ornaient de ses initiales. Après avoir donné de brèves instructions au cocher, l'homme s'effaça pour laisser monter la jeune femme.

Aussitôt installé sur la banquette, le marquis ferma les rideaux. La jeune femme crut que c'était pour se rapprocher d'elle et l'embrasser à chacune de leurs sorties à bord de cette même limousine. Mais cette fois, il n'en fut rien. Tassé dans son coin, le marquis semblait absorbé dans ses pensées et, au lieu du coulis de paroles fiévreuses qu'il lui débitait ordinairement dans le creux de l'oreille en la serrant contre lui, la belle n'eut droit qu'à un silence de plus en plus pesant.

La voiture roulait dans Paris. Passant soudain du macadam à une chaussée pavée, les roues emplirent la rue d'un bruit auquel la jeune femme n'était pas accoutumée. Elle comprit qu'ils n'empruntaient pas l'itinéraire habituel. Elle souleva le rideau et regarda à l'extérieur.

– Nous n'allons pas chez moi ? demanda-t-elle étonnée en découvrant que leur équipage, au lieu de remonter vers le quartier de la Nouvelle-Athènes, où elle avait un appartement, venait de déboucher rue de Rivoli par la rue Saint-Roch.

Rares étaient en effet ces « messieurs » qui prenaient le risque de se montrer à leurs concierges et voisins aux bras d'une « cocotte ». *Mme la marquise doit donc être chez sa mère, au Vésinet,* en déduisit-elle en souriant.

La limousine traversait à présent la place de la Concorde. Dans la pénombre, il sembla à la passagère, qu'en se tournant vers l'entrée du jardin des Tuileries, le marquis s'était soudain signé. Tout à la dévotion de sa conquête, il n'avait jamais, jusqu'alors, fait part à celle-ci de quelque préoccupation religieuse que ce soit. Aussi mit-elle ce signe de croix sur le compte d'une extravagance passagère.

Fouettés par le cocher, les chevaux prirent de la vitesse et le mouvement de la voiture fit s'entre-toucher les visages des deux passagers. Mais, malgré ce tête-à-tête qui aurait dû, comme tant d'autres soirs, le disposer à la volupté et le rendre entreprenant, le marquis d'Houste de Blayzie restait de marbre.

Il continua de se taire un long moment puis, sans regarder la jeune femme, il émergea de son mutisme, et finit par répondre :

– Je possède un pied-à-terre tout près du pont de l'Alma. J'ai pensé que nous y serions plus tranquilles.

– J'ai compris ! s'écria la jeune et belle passagère. Monsieur se réserve pour tout à l'heure ! Pourvu qu'il y ait du champagne au frais dans votre garçonnière...

– Il y fait très frais, en effet...

– Alors, je me dévouerai pour vous réchauffer, des pieds... à la tête, et je peux même commencer tout de suite ! gloussa-t-elle en se blottissant contre lui tout en effleurant de ses longs doigts ornés de bagues l'entrejambe de son pantalon de flanelle noire.

Contre toute attente, le marquis ne sembla pas réagir à cette approche sans équivoque.

– Eh bien ? On reste en berne ce soir ? Quelque chose qui ne va pas, monsieur le marquis ? Dans ce cas, je vais devoir employer les grands moyens..., minauda-t-elle.

Sa bouche entrouverte luisait dans cette pénombre propice à toutes les audaces. Déjà, en quelques gestes experts, elle s'était jouée des boutons de nacre et, en un tour de main, elle avait dénoué la ceinture qui retenait le pantalon... Elle passa sa langue sur ses lèvres charnues et se pencha.

– Nous sommes arrivés, dit-il presque aussitôt en relevant d'une main de fer la tête de sa maîtresse.

Son ton était devenu aussi froid qu'impérieux.

– Descendez, je vous prie..., dit-il entre ses dents

Tout en remettant un peu d'ordre à sa toilette, elle jeta un regard incrédule à l'extérieur du véhicule.

– C'est ici ? Vous voulez que j'attrape un mauvais rhume !

– Descendez, vous dis-je, insista-t-il en la prenant par le poignet.

Il la tira au-dehors si brusquement qu'elle poussa un cri de douleur.

– Lâchez-moi ! Vous me faites mal ! Ce n'est quand même pas ma faute à moi si monsieur ne bande pas ce soir ! cria-t-elle en atterrissant brusquement sur la chaussée humide et glissante.

Elle réussit à se dégager. Vaguement inquiète, elle se mit à marcher, aussi vite que le lui permettaient ses escarpins à talons, vers la place de l'Alma où brillaient les derniers feux des cafés. Elle avait à peine fait quelques pas qu'elle sentit un objet dur et froid se poser sur sa nuque. Devinant le contact d'un pistolet, elle frissonna.

– Ne m'obligez pas à imbiber de sang cet astrakan ! dit le marquis. Je serais triste d'avoir à souiller un cadeau qui m'a coûté une petite fortune. C'est moi qui décide de notre destination !

Elle s'immobilisa aussitôt. Elle respirait avec peine, comme un animal pris au piège. Sous l'effet du froid vif, à intervalles réguliers, ses fines narines palpitantes soufflaient de petits nuages de buée. En d'autres circonstances, c'eût été charmant.

Elle entendit le cocher fouetter les chevaux. La limousine s'ébranla et, presque aussitôt, disparut dans la nuit. Le marquis avait allumé une lampe sourde, diffusant une lumière à peine suffisante pour voir à quelques pas.

– Qu'est-ce qui vous prend ? réussit-elle à articuler. Je n'ai pas d'argent, vous devriez le savoir. Sinon, croyez-vous que je ferais le métier que je fais ? Si vous voulez reprendre le manteau et les bijoux que vous m'avez offerts, servez-vous et laissez-moi !

– Taisez-vous ! Avancez sagement devant moi et vous saurez très vite ce que j'attends de vous...

Un escalier luisant de mouillure donnait accès au quai. Il la força à le descendre. Elle fut aussitôt saisie par l'haleine lourde et humide du fleuve dont les eaux boueuses venaient lécher les pavés. La crue avait bel et bien commencé. D'après les cotes officielles, inscrites à la base du pont de la Tournelle, les hautes eaux avaient déjà atteint cinq mètres quarante en cette nuit du 21 janvier. Et ce n'était pas fini. Gonflée de colère et charriant mille détritus, jusqu'à des arbres morts et des animaux crevés, la Seine, qu'en noctambule consommée la jeune femme connaissait comme miroir idéal de la ville lumière, la Seine n'était plus à présent qu'une sombre menace. Déjà, en amont, de Créteil à Alfortville, les eaux grossissaient sans arrêt, dévastant tout dans leur inexorable montée. Depuis 1658, on n'avait jamais vu une inondation d'aussi grande ampleur. Campé sur le bec d'une des piles amont, le Zouave du pont de l'Alma avait déjà de l'eau jusqu'aux genoux. Bientôt, il en aurait à la taille. Il y avait fort à parier que les berges allaient vite être submergées.

Du canon de son arme, l'homme guida la jeune femme le long du quai presque noyé. Le temps pressait.

– Retournez-vous ! ordonna-t-il

Elle obéit docilement. Sous cette voûte obscure, elle ne distinguait plus les traits de celui qui la tenait en joue. Seules, les fragrances musquées d'une eau de toilette masculine qui lui était familière lui parvenaient en bouffées, violent contraste olfactif dans cette atmosphère de moisissure et de glaciale humidité.

– Allez-vous enfin me dire ce que vous attendez de moi ? demanda-t-elle en donnant à sa voix autant d'assurance que ses forces le lui permettaient. Si vous avez envie de goûter à mes spécialités amoureuses, ce n'était pas la peine de faire toutes ces manières. Je peux vous en apprendre de nouvelles... Et si vous voulez me tuer, n'oubliez pas qu'aux Variétés, tout le parterre nous a vus ensemble. Placés comme nous l'étions dans notre loge, personne n'a pu nous manquer... Si je disparais, vous serez tout de suite suspecté...

– La police ne soupçonnera rien du tout puisque vous lui aurez expliqué les raisons de votre geste...

– De quel geste parlez-vous ?

– De votre suicide, évidemment. Tenez, lisez...

Il lui tendit une feuille de papier pliée en deux. À la pâle lueur de la lanterne sourde, dans l'auréole tragique que formaient les lambeaux de brume autour de sa silhouette, elle parcourut les premières lignes du message. Alors, son sang se retira de son cœur, laissant place dans sa poitrine à une froideur mortelle. La main qui tenait le feuillet retomba le long de son corps. Elle leva lentement les yeux sur la forme sombre qui se tenait devant elle.

– Avouez que votre écriture est parfaitement imitée, n'est-ce pas ? lui demanda le marquis.

Dans l'obscurité, ses yeux brillaient d'une cruauté triomphante.

– Mais... pourquoi ? Pourquoi, moi ?

– Mais parce que vous n'êtes pas vous, justement...

Il sait ! comprit-elle soudain. *Ce n'est donc ni par hasard ni pour mon charme qu'il m'a abordée à la réception donnée par le président Fallières le jour de l'an à l'Élysée...*

– Vous n'avez plus toute votre tête, mon ami..., tenta-t-elle en désespoir de cause.

– Tais-toi, ignoble roulure ! Tu ne sais pas ce que c'est que de ne plus avoir sa tête ! Ne parle pas ainsi, surtout en ce jour ! Ignores-tu, gueuse lubrique, que c'est par le plus funeste des 21 janvier, il y a exactement cent vingt-sept ans, que Louis XVI a été décapité ! L'échafaud était dressé à l'entrée du jardin des Tuileries. À l'endroit exact où nous sommes passés tout à l'heure, place Royale. Quand je pense que c'est là que tu as tenté de me... Ah, tricoteuse ! Misérable sans-culotte ! Tu as voulu joindre l'impudeur au sacrilège ! gronda-t-il en lui enfonçant le pistolet au niveau du sternum. Maintenant, dis-moi ce que tu sais, ou j'avance le moment de ton trépas volontaire !

– Je... je vais tout vous dire, mais reculez votre arme, pour l'amour du Ciel. Vous allez me transpercer le foie, réussit-elle à articuler malgré la douleur.

– Je t'écoute...

– Je ne m'appelle pas Léontine Lebel, commença-t-elle d'une voix si faible que le tumulte des flots luttant contre les piles du pont la couvrait presque.

– Plus fort ! Chamelle ! hurla-t-il. Avoue au monde entier qui tu es vraiment !

– À quoi bon, puisque vous le savez !

– Je veux l'entendre de ta bouche impure !

– Je m'appelle Marie-Anne de Vieuxjoncourt, née des amours adultérines de Marie-Anne de Vieuxjoncourt, ma mère, et d'un homme politique influent dont je vous jure que j'ignore l'identité. Mon arrière-grand-mère aussi s'appelait Marie-Anne de Vieuxjoncourt. Elle fut la dernière maîtresse du général de La Fayette. Ma grand-mère est née de leur union. Nous sommes putains de la République de mère en fille... Et nous en sommes fières !

Se redressant soudain, frémissante, le sang empourprant ses joues, avec le courage de celles qui n'ont plus rien à perdre, elle avait lancé cette dernière phrase comme un défi à l'homme qui la menaçait. Ses yeux jetaient des éclairs. La poitrine haletante, elle reprit d'une voix syncopée :

– Nous accordons nos faveurs aux grands serviteurs de l'État. Nous leur apportons l'agrément qu'ils sont en droit de recevoir en échange de tous les services inestimables qu'ils rendent à la Nation. Harassés de soucis, toujours au four et au moulin, ils ont besoin d'être distraits, croyez-moi. C'est notre mission sacrée pour la République. Il y a onze ans, à l'Élysée, le président Félix Faure est mort dans les bras de sa maîtresse, Mme Steinheil. Eh bien, le matin même, il avait déjà eu un rendez-vous galant avec ma mère dans le salon bleu...

– Tais-toi, souillure ! Mais tais-toi donc ! Je te dispense d'évoquer toutes ces saletés... Dis-moi plutôt où se trouve la Cocarde !

Ça aussi, il sait ! Tu vas mourir cette nuit, ma pauvre Marie-Anne..., glissa à la jeune femme une lugubre voix intérieure.

– Mais qui êtes-vous vraiment ? Comment connaissez-vous l'existence de la Cocarde ? demanda-t-elle en s'étranglant de terreur.

– Qui je suis ? Ah, ah ! Peu importe qui je suis. Je suis personne et tout le monde. Mon nom est légion ! Quand l'un de mes compagnons vient à tomber, un autre se lève pour reprendre la bannière qui guide notre combat. Et il en sera ainsi tant que nous n'aurons pas redonné à la France éternelle toute sa place, tant qu'elle ne sera pas redevenue la Fille aînée de l'Église, et surtout tant que le légitime Lieutenant du Royaume ne sera pas remonté sur le trône, purifié des traces impures dont le souillèrent les usurpateurs !

– Les Survivantistes de la Première Heure ! murmura-t-elle. Ma mère avait donc raison. Ils existent...

– À la bonne heure ! Je vois que tu as retenu les bonnes leçons de ta catin de génitrice... Tu n'as donc pas été initiée qu'au vice ! Alors, maintenant, tu vas me dire où se trouve la Cocarde que cet apostat de La Fayette a confiée à ton aïeule sur son lit de mort...

– Écoutez, il faut me croire, je l'ignore. Je vous jure que c'est vrai ! Ma mère non plus ne le savait pas...

Sans lui laisser le temps de finir sa phrase, le marquis se jeta sur elle et commença à lui serrer la gorge de ses deux mains gantées.

– Ha ? Tu ne sais pas ? siffla-t-il entre ses dents. Et si j'empêche ton sang de garce d'irriguer les cerneaux de noix qui te servent de cerveau, peut-être la mémoire te reviendra-t-elle ?

– Je... Je ne sais pas... Ma mère non plus... Elle a juste prononcé une phrase avant de mourir.

– Quelle est cette phrase ?

– C'était comme une chanson...

Il serra plus fort le cou de la malheureuse. En plantant ses yeux déments dans les siens, il hurla :

– Une chanson ? ! Laquelle ? ! Dis-moi laquelle !

Dans un dernier souffle, elle égrena à son tour les ultimes mots de sa mère :

De Nantes à Montaigu...
La digue, la digue...
De Nantes à Montaigu...
La digue du cul...

Elle perdit connaissance. Quelques instants après, l'étreinte glacée des eaux noires se refermant sur elle lui fit recouvrer ses esprits. La malheureuse battit de ses bras le flot tumultueux, mais, lourdement lestée par l'astrakan imbibé d'eau, elle comprit qu'elle ne pourrait pas surnager longtemps. Indifférent, le Zouave sculpté par Georges Diebolt ne bougea pas d'un pouce lorsqu'elle tenta en vain de s'accrocher à ses cuisses. De nouveaux remous firent lâcher prise à Marie-Anne. Ballottée, emportée par le courant, elle entrevit la silhouette du marquis éclairée par la lanterne sourde posée sur la berge. Réajustant son monocle, l'aristocrate regarda sa maîtresse se débattre jusqu'à ce qu'elle fût aspirée par un violent tourbillon. Sûr de l'irréparable, il se retourna alors vers la muraille, y appuya ses deux mains et disparut.

Un court instant, le corps de la malheureuse refit surface. Complètement dénouée, sa splendide chevelure ondula comme des algues d'or au fil de l'eau furieuse. Avant de refermer les yeux à jamais, pauvre Ophélie livrée à la fureur du fleuve, elle pensa une dernière fois à sa fille, la petite Marie-Anne. *Que va-t-elle devenir ? Connaissent-ils son existence ?*

Et puis, une vague plus forte que les autres, haussement d'épaules de l'éternité, l'emporta très profond sous la surface des choses.

2

Dimanche 22 mai 2005 – Châtenay-Malabry, Arboretum de la Vallée-aux-Loups.

Malgré le beau temps, la mélancolie dont Nicolas était accablé ne s'atténuait pas. Un ciel serein, le clapotis de l'eau, les promesses d'un printemps tout d'agrément et de douceur, rien ne semblait pouvoir détourner de son cœur mille réflexions douloureuses. *Comme quoi, contrairement à ce que prétend Aznavour, la misère est bien plus pénible au soleil...*, constata-t-il amèrement. Il fredonna ensuite tristement du Michel Jonasz : « *Dites-moi qu'elle est partie pour un autre que moi mais pas à cause de moi...* » *Tiens, je vais lui écrire cette phrase dans un SMS...*

Il sortit son téléphone de sa poche, le regarda et se mit soudain à sangloter. Sur le petit écran qu'il venait de ranimer, Cécilia, souriante, le dévisageait avec son sourire un peu triste, ses beaux yeux perçants et son petit nez curieux de tout. Il remit lentement l'appareil à sa place, tout contre lui.

Il se rappelait les promenades faites avec elle, en ces lieux autrefois bénis. Que s'était-il donc passé ? Comment son amour, leur amour, leur si indéfectible et si fusionnel amour, avait-il pu se fissurer à ce point ? Et comment espérer ravauder un jour la déchirure qui entaillait son âme de part en part ? Y avait-il quelque chose ou quelqu'un au monde capable de comprendre cette peine ? À défaut de la guérir...

« La vie politique est l'une des plus violentes. Et le fait d'avoir quelqu'un d'inconditionnel à vos côtés, qui vous aime, et qui n'attend rien d'autre en retour que de l'amour, c'est peut-être rassurant... » C'était « la patronne » elle-même qui avait déclaré cela à *VSD*. Il connaissait ses propos par cœur. Il les savait sincères. Ils ne dataient que de quelques mois. Ils avaient été prononcés le 25 novembre 2004, exactement. Cela aussi, il s'en souvenait parfaitement. C'était juste avant les cérémonies du sacre à la tête de l'UMP... Pendant quelques jours, quelques heures, il s'était cru invulnérable. Il avait eu entre les mains tout ce dont un homme peut rêver. Et il avait omis d'écouter cet avertissement qu'elle lui avait lancé à la télévision : « Jouer les *first lady*, cela me rase ! » Et, à présent, tous les sentiments enivrants qui l'exaltaient alors ne formaient plus qu'un souvenir impalpable, des images d'une félicité qui semblait se dérober à jamais. Les rendez-vous câlins improvisés entre deux réunions ; les Post-it™ amoureux qu'elle laissait sur un coin de parapheur ; les cadeaux échangés à la sauvette quitte à faire patienter dans l'antichambre du bureau ministériel les petits et gris fonctionnaires de Bercy ; les écrans plasma qu'elle avait choisis elle-même et fait installer dans toutes les pièces des appartements privés, les Encas Jockey et les compotes sans sucre dont elle pensait toujours à garnir le minibar... Tous ces petits riens de leur bonheur passé, tout revenait dans son souvenir pour augmenter sa mélancolie présente.

Est-il possible que ces temps heureux ne soient plus, qu'ils aient disparu à jamais ? J'espère qu'elle saura que c'est pour elle, pour elle seule, que j'ai renoncé à faire le 20 heures de TF1 ! Quoi qu'il en soit, je ne suis pas en état... Et cette migraine...

En regardant les eaux scintillantes du lac – de leur lac –, il se laissa aller à rouler dans son esprit de funestes projets. Poussé par une brusque pulsion de désespoir, il s'approcha dangereusement de la pointe du bateau. Là, son agitation intérieure sembla avoir enfin trouvé un exutoire. Un sentiment encore plus sombre mais aussi plus doux s'insinua en lui. *La délivrance est toute proche*, songea-t-il avec un terrible soulagement. Il vit, sans les regarder, les gestes désespérés de son garde du corps qui, depuis la rive, lui enjoignait d'être prudent. Il entendit, sans les écouter, les cris d'alarme : « Attention, monsieur le ministre ! La barque penche ! »

Il eut soudain les larmes aux yeux. Cette réaction le surprit lui-même. Dix ans qu'il n'avait autant souffert. La dernière fois, c'était à l'occasion des européennes de 1999. Il avait ravi la tête de liste à Philippe Seguin et fait sombrer la coalition RPR-DL : 12 % ! Il avait cru alors que sa carrière politique ne s'en relèverait jamais.

Il avança encore un peu au bord de la barque qui gîta dangereusement. Il leva un pied au-dessus de l'eau et regarda son reflet onduler sous l'effet des vaguelettes soulevées par son garde du corps qui avait plongé tout habillé pour le rejoindre. Le dévoué cerbère n'était plus qu'à quelques brasses. *On ne me laisse même pas en finir une fois pour toutes...*, songea-t-il, plus amer que jamais et toujours en équilibre sur un pied. C'est à cet instant que son téléphone se mit à vibrer dans la poche de sa veste. *Ah ! C'est elle, je le sens. Cécilia ! Ma Cécilia à moi... J'en étais sûr.*

Elle reviendra toujours... Il recula pour consulter l'écran de l'appareil « Appel anonyme ». *Elle ne veut pas que je puisse la rappeler. Je comprends. C'est trop tôt...* Il pressa sur le bouton de prise de communication.

– Allô ! C'est toi ? commença-t-il aussitôt. Laisse-moi t'expliquer, je t'en supplie...

Quelques secondes de silence à l'autre bout du fil, puis se fit entendre une voix oubliée et néanmoins terriblement familière.

– Hélas, non, mon petit Nicolas. Ce n'est pas elle. Ce n'est que moi...

– Vous ? Encore vous... Vous n'allez pas recommencer avec vos nouveaux mystères de Paris et vos mises en scènes à la Maurice Leblanc. Ce n'est vraiment pas le moment !

– Elle est partie, Nicolas. Et, comme convenu, je vous rappelle...

– Tout va bien, monsieur le ministre ? Je suis là ! Ne faites pas de bêtises, j'arrive ! dit une voix entrecoupée de gargouillis.

Se tournant vers la poupe, Nicolas vit son garde du corps, costume de service collé au corps, qui se hissait à la force des bras dans l'embarcation.

– Qu'est-ce que vous faites là, vous ? Vous voyez bien que je suis au téléphone, laissez-moi !

Essoufflé et confus, le sauveteur replongea aussitôt dans l'eau pour regagner la rive. Nicolas se laissa retomber sur la planche servant de siège.

– Excusez-moi pour cette interruption, mon garde du corps a dû croire que j'allais faire une bêtise. Il est costaud mais pas très futé...

– Vous alliez sauter, hein ? Ah ! l'amour des femmes est notre point faible à tous...

– Je vous répète qu'il s'est mépris sur mes intentions.

Mais j'ai une question à vous poser : quand nous nous sommes rencontrés au Sénat, en novembre dernier, tout allait bien dans mon couple. Alors expliquez-moi comment vous, vous pouviez déjà savoir que cela allait arriver ?

– Si ma mémoire est bonne, je vous ai averti que nos ennemis allaient tout tenter pour vous déstabiliser. Je connais, comme eux, votre talon d'Achille. Ils vous ont frappé là où ils étaient sûrs que cela vous ferait le plus mal.

– Et qui me dit que ce n'est pas vous qui avez intrigué pour que mon mariage vole en éclats ?

– Vous faites allusion à la lettre anonyme reçue par votre épouse ? Avec ces noms, ces dates précises, ces endroits... Écoutez, mon petit Nicolas, dit le vieillard d'un ton qui se fit soudain cassant, la jeunesse, l'inexpérience et le chagrin n'excusent pas toutes les insolences. Je suis un vrai républicain et depuis beaucoup plus longtemps que vous ! Le respect de la vie privée est un des principes premiers de la vie politique française. Il est si évidemment consubstantiel à nos institutions que personne n'a jamais jugé nécessaire de l'inscrire dans nos constitutions successives. Oser s'attaquer ainsi à l'intimité d'un des plus hauts personnages de l'État, violer – pardonnez la dureté du terme – le secret de sa vie conjugale, cela ne peut émaner que de gens qui tiennent en mépris cette règle tacite... Il n'y a que des ennemis irréductibles de la République pour perpétrer des actions aussi méprisables.

– Je vois ! Toujours votre thèse du complot qui vient de l'intérieur. Comment les appelez-vous déjà, vos AZF des temps anciens ?

– Ne plaisantez pas ! Je vous croyais affermi par l'épreuve, mais je vois que vous n'avez pas encore assez souffert et qu'il vous manque un peu de plomb dans la cervelle... Croyez-moi, pendant que vous péroriez à la tête de votre parti, les Survivantistes de la Première Heure agissaient, eux. Allons, nous avons assez perdu de temps ! Après la victoire du « Non » au référendum, on va vous demander de revenir au gouvernement. Faites semblant d'hésiter, refusez Matignon et exigez de redevenir ministre de l'Intérieur.

– Attendez un peu... Vous êtes en train de me prédire que le « Non » va l'emporter au référendum de dimanche prochain ?

– Évidemment. Et pas besoin d'avoir mon expérience pour ça, lisez les journaux ! À votre place, je me serais d'ailleurs abstenu de poser en photo avec l'époux de Marie-Ségolène. Je vous conseille de mener désormais une campagne *a minima* pour le « Oui » et de laisser le président actuel se dépatouiller avec la déconfiture qui s'annonce. Vous avez beaucoup plus important à faire. Mais, d'abord, j'ai besoin que vous retrouviez votre poste place Beauvau.

– Vous ignorez donc que l'« actuel président », comme vous l'appelez, m'a forcé à démissionner du gouvernement quand j'ai pris la présidence de l'UMP.

– Après la victoire du « Non », il va opportunément oublier ses principes anti-cumul. Et il va se défaire de son actuel Premier ministre...

– Il va enfin virer Raffarin ?

– Raffarin, c'est ça. J'avais son nom au bout de la langue. Un homme du passé comme moi et qui m'est d'ailleurs fort sympathique. Quelqu'un, en plus, qui connaît bien mon département de Mayenne-et-Loire...

– S'il vire Raffarin, pourquoi n'irais-je pas à Matignon, alors ?

– Je vous répète que vous ne devez surtout pas aller

perdre votre temps à Matignon ! Il va y caser Villepin et c'est tant mieux, ça libère l'Intérieur. À ce poste clef, vous pourrez protéger votre vie privée des coups tordus. Vous aurez les mains libres et tous les leviers pour retrouver la Cocarde.

– Encore la fameuse Cocarde, hein ?

– Évidemment ! Et c'est avec l'aide de Marie-Ségolène que vous allez tenter de la retrouver !

– La Royal ! Vous n'y pensez pas !

– Vous n'avez pas le choix !

– Vous ne me croyez pas assez fort pour y parvenir tout seul ?

– Assez de fanfaronnades ! Vous ne serez pas trop de deux, croyez-moi. Je vous répète qu'ils vous espionnent. Ils sont prêts à tout et ils auront sans doute un mouchard dans le futur gouvernement Villepin, comme ils en ont déjà un dans l'actuel.

– Vous êtes certain qu'il est au gouvernement, ce traître ? Parce que moi, dans le rôle du félon, je verrais bien Bayrou. Il est tout à fait capable de me faire distancer par Le Pen au premier tour et...

– Allons ! Ne perdez pas votre temps en gloses inutiles. Laissez les supputations politico-médiatiques à Alain Duhamel ou à Christophe Barbier.

– Vous les connaissez, ceux-là aussi ?

– Évidemment ! Au Sénat, on a tout son temps pour regarder la télévision et lire des revues... Ils sont irrésistibles de drôlerie. Mais nous, en revanche, nous devons être plus sérieux que ces messieurs. Voilà ce que j'ai résolu de faire : vous allez travailler avec Marie-Ségolène...

– Mais enfin, je vous répète que c'est impossible !

– Il le faut ! Le salut de la République l'exige. Le vôtre aussi !

– Dans ce cas...

– J'aime mieux ça, Nicolas. Et pour être sûr que vous collaborerez avec elle, je vais donner à chacun d'entre vous la moitié des informations indispensables. Je commence par vous... Quand vous m'avez rendu visite, l'autre soir, je ne vous ai pas tout dit sur la Cocarde.

– Je vous écoute.

– Elle a déjà été beaucoup utilisée.

– C'est-à-dire ?

– Si mon décompte est correct, il ne reste plus qu'un vœu à exaucer avant qu'elle ne perde à jamais tous ses pouvoirs. La République, et la France, seront ensuite privées à jamais de son ancestrale protection... Vous comprenez pourquoi cette Cocarde ne doit pas tomber entre des mains ennemies ou même négligentes. Et c'est évidemment pour prévenir ce risque que le président Mitterrand, après l'avoir utilisée pendant deux septennats, l'a mise à l'abri.

– Vous maintenez que Chirac ne l'a jamais eue ?

– Il en connaît l'existence mais réfléchissez, Nicolas. Si le président actuel avait eu entre les mains un tel talisman, le pays aurait-il eu à supporter la dissolution ratée de 1997, l'échec à la candidature pour l'organisation des J.O, l'état préoccupant des banlieues, les ventes records d'antidépresseurs... ?

– Sous Mitterrand, ce n'était guère mieux : or vous nous avez dit que lui, il l'avait en sa possession.

– Ce n'est pas faux. L'explication, c'est que le président Mitterrand économisait la Cocarde. Il comptait l'utiliser pour son propre compte. Souvenez-vous qu'il était malade... Il espérait solliciter le talisman après son départ du pouvoir pour conjurer la mort. Or, comme je vous l'ai expliqué, elle n'a de pouvoirs qu'entre les mains d'un président en exercice...

– Aussi abracadabrant que tout cela puisse paraître, j'avoue que ça a au moins le mérite d'une certaine cohérence... Il y a autre chose à savoir ?

– Oui, autre chose...

Le vieil homme sembla hésiter.

– Eh bien, quoi ? insista Nicolas.

– La Malédiction de l'Élysée.

– Pardon ? !

– Mais ça, j'en réserve la primeur à Marie-Ségolène. Vous lui demanderez de vous raconter... À propos, comme prévu, elle vient de vous dépasser dans les sondages pour l'élection présidentielle de 2007.

– Merci, j'avais l'information. Figurez-vous que cela me laisse indifférent désormais. À quoi bon lutter, si c'est pour vaincre seul... J'abandonne !

– Non, vous n'abandonnez pas ! Vous irez demain à la télé raconter ce qui vous arrive, les Français comprendront, ils aiment ça, les histoires de couple. En attendant, reposez-vous et apprenez la patience. Elle va revenir, croyez-moi. L'affreuse solitude ne durera pas... Vous connaissez « La mort des amants » ?

– Jacques Brel ?

– Charles Baudelaire, jeune homme !

Et plus tard un Ange,
Entrouvrant les portes,
Viendra ranimer, fidèle et joyeux,
Les miroirs ternis et les flammes mortes

3

Mercredi 8 juin 2005 – Paris, ministère de l'Intérieur et de l'Aménagement du territoire.

– Monsieur le ministre, vous avez Mme Néderlande en attente sur la deux.

– Néderlande, vous dites ? Connais pas ! Demandez-lui ce qu'elle veut et surtout comment elle a atterri à mon secrétariat. Le standard de l'Intérieur est devenu une passoire ! Décidément, Villepin a laissé une sacrée pétaudière !

– Cette dame est en attente sur l'une de vos lignes privées, monsieur le ministre. Elle appelle de la part d'un certain M. des Hayes de Marcère. C'est urgent, selon elle...

– Des Hayes de Marcère, vous dites ? Je prends. Laissez-moi, Sandrine.

Le nouveau ministre de l'Intérieur se leva pour raccompagner sa fidèle assistante et referma lui-même derrière elle les immenses portes capitonnées du sas qui l'isolait du reste du ministère. D'un pas pressé, il rejoignit son bureau et prit la ligne.

– Allô ?

– C'est moi. Je dois vous parler...

– Vous m'appelez au ministère ? En plein jour ?

– Je n'ai pas le choix, figurez-vous ! Lors de notre visite nocturne du Sénat, nous n'avons pas échangé nos numéros de téléphone personnels que je sache ! Moi aussi, en vous parlant, je prends des risques vis-à-vis de ma majorité au Conseil régional. Si vous croyez que c'est une sinécure, la conduite d'une région dynamique comme le Poitou-Charentes...

– Vous êtes sur une ligne qui est peut-être sur écoute. Mon prédécesseur est capable d'avoir truffé de micros tout le ministère ! Donnez-moi votre téléphone portable, je vous rappelle.

– Non, c'est vous qui me donnez le vôtre.

– Très bien : 06 77 19 [1]...... J'attends votre appel.

Il enfila son manteau et ouvrit aussi discrètement que possible la porte-fenêtre donnant sur le jardin puis se faufila sur le balcon. Son téléphone sonnait déjà.

– Je vous écoute, mais faites vite. Je pars en banlieue dans quelques minutes.

– Vous allez y balancer quelques-unes de vos provocations pour piquer des électeurs à Le Pen ?

– Je vous en prie ! Ça, c'est fini. J'y vais en RER, cette fois ! Reprendre contact avec le terrain et ne pas perdre de temps : tel est mon mot d'ordre désormais. Pour ça, rien de tel qu'un tour de transport en commun : rame bondée, banlieusards à bout, remugles de fin de journée. Ça crée des liens...

– Vous n'avez pas peur des contrôleurs ? ironisa-t-elle avec une pointe de jalousie pour ce qui s'annonçait comme un nouveau coup médiatique réussi de Nicolas. Votre police du rail, ça fait carrément froid dans le dos...

1. Suite à l'amicale et discrète pression du ministère de l'Intérieur sur notre éditeur, nous avons jugé inutile de publier ici le numéro personnel de Nicolas Sarkozy. (*NdA.*)

– Je vous trouve bien ingrate envers cette corporation. Sans eux, vous ne seriez sans doute plus là !

– Je ne comprends pas.

– Le vieux sénateur avait raison : il y a bien eu une tentative d'attentat sur le Poitiers-Paris dans lequel vous vous trouviez.

– Qu'est-ce que vous dites ! s'exclama-t-elle avec plus de désarroi dans la voix qu'elle ne l'aurait souhaité. Mais je n'ai rien lu de tel dans la presse...

– J'ai fait mener une enquête ultra-discrète. On a retrouvé de la poudre noire dans la poubelle des toilettes de votre wagon et le type que la police du rail a serré se promenait avec un dispositif de mise à feu dans son sac à dos...

– C'est... c'est très troublant, en effet, réussit-elle à peine à articuler sous l'effet d'une terreur irrépressible. Vous en êtes sûr ?

– Absolument certain. Détail documentaire qui a son importance : ce détonateur bricolé était entièrement constitué de pièces d'armurerie datant de... Mais vous devinez, je parie...

– Non, désolée, je ne suis pas calée en explosifs ! souffla-t-elle d'une voix à peine audible

– ... de la fin du XVIIIe siècle..., annonça Nicolas.

Un silence presque complice s'installa pour la première fois entre eux. Nicolas laissa Ségolène surmonter les émotions qu'il avait lui-même dû affronter quand il avait compris la réalité de la menace qui pesait sur eux et la nature singulière du combat qu'un jour prochain ils devraient fatalement livrer côte à côte. Même si leurs ennemis étaient encore invisibles.

– Le sénateur existe donc bien, finit par dire Ségolène. Et nous n'avons pas rêvé, n'est-ce pas ?

– Je crains bien que non, hélas...

– C'est aussi à ce sujet que je vous appelais. Il m'a contactée, hier.

– Moi aussi, il m'a appelé. Peu après le départ de...

– Je... Je suis au courant pour votre épouse, dit Ségolène, décontenancée par le brusque accès de faiblesse de son interlocuteur. Je... je suis vraiment désolée. François et moi, nous traversons nous-même une période troublée depuis ma course à la candidature du PS et ma place de leader dans les sondages...

– Il a tort de s'inquiéter. Les sondages vont et viennent. Qu'il se rassure, ce n'est pas avec les enquêtes d'opinion qu'on gagne une élection !

– C'est ce que nous verrons en temps utile..., le coupa-t-elle. Revenons à notre vieux sénateur. Que vous a-t-il dit exactement ?

– La moitié de ce que je devais savoir. Mais il m'a assuré qu'il vous raconterait l'autre partie. Selon lui, c'est la meilleure garantie pour que nous agissions ensemble...

– Je vous écoute... Quelle est votre moitié d'information ?

– Très bien, je commence, mais je vous préviens que c'est bref et qu'il y a peu de nouveautés : la Cocarde de La Fayette qui est censée protéger la République perdra ses pouvoirs dès qu'aura été exaucé le prochain vœu. Ça n'est pas tout : François Mitterrand est le dernier président à l'avoir eue en sa possession.

– Quoi d'autre ? Rien sur l'attentat auquel j'ai survécu ?

– Auquel vous avez échappé grâce à la police du rail que j'ai mise en place..., la corrigea-t-il. La bombe du TGV a été conçue par des sortes de terroristes passéistes qui s'appellent entre eux les « Survivantistes de la Première Heure ». Ils vomissent la République française, recherchent la Cocarde, et sont prêts à tout pour la récupérer. J'ajoute qu'ils auraient un espion dans le gouvernement de Villepin. Mes services le recherchent. À ce jour, ils n'ont rien trouvé. Voilà, c'est à vous !

– C'est encore plus court en ce qui me concerne : il m'a demandé de trouver, avec votre aide, un moyen de rentrer en contact avec une certaine Marie-Anne de Vieuxjoncourt. J'ignore qui est cette dame mais, selon lui, elle détient un mot de passe qui remonterait aux tout premiers temps de la République. Cette femme a aussi en sa possession un texte apocryphe et, paraît-il, capital, d'Alain Decaux.

– Alain Decaux ? L'historien ? Le Alain Decaux qui siège à l'Académie française ? L'ancien ministre de la Francophonie de Mitterrand ?

– Lui-même ! confirma-t-elle. Mais le sénateur m'a prévenue qu'il était inutile d'essayer d'interroger Decaux directement. Il niera toute responsabilité dans la rédaction de ce texte...

– Mouais... Une fois de plus, nous voilà donc obligés de croire sur parole notre vieillard. Mais j'avoue que les événements récents m'incitent à me fier à lui. Il avait prédit le départ de... de mon épouse.

– Exact. Mais il avait aussi prédit que je vous dépasserais dans les sondages... ce qui n'est toujours pas le cas...

– Pas dans ceux que vous connaissez, Ségolène. Mais dans ceux que je fais régulièrement effectuer par les renseignements généraux, vous me battez au deuxième tour... De peu, mais vous êtes devant. C'est d'ailleurs très bon signe pour moi. Souvenez-vous de Rocard, Balladur, Jospin... tous favoris sur le papier mais tous broyés menu par les urnes. Et puis, n'oublions pas les sondages qualitatifs. Ceux-là me sont beaucoup plus favorables. Savez-vous que si la France était une ferme, Chirac serait un chien, Villepin un paon, vous une oie et moi, un panda... C'est sympa un panda, non ?

– Un panda dans une basse-cour ? Ils se moquent de vous aux RG ! Mais là n'est pas la question. Je constate que le vieux sénateur avait raison là aussi... Et tout cela commence à m'alarmer sérieusement, commenta sombrement Ségolène

– Oui, je suis comme vous... Plus je découvre que notre homme est crédible et plus je trouve cette histoire inquiétante. De quoi parle-t-il, ce texte qu'Alain Decaux n'assume pas ?

– Selon notre sénateur, il démontrerait, preuves à l'appui, qu'il existe une malédiction à l'Élysée.

– Il l'a mentionnée quand il m'a appelé, mais avouez que c'est de plus en plus fort... Pourquoi pas un fantôme à l'Opéra !

– Hélas, nous avons désormais la preuve que le sénateur n'est pas du genre à plaisanter..., le coupa-t-elle sèchement. Pas plus que les terroristes qui ont failli décapiter la région Poitou-Charentes !

– Écoutez, je vais essayer de « loger » cette Mme de Vieuxjoncourt. Je vais demander sa fiche aux RG, si toutefois elle en a une. Ensuite, si vous en êtes d'accord, nous lui rendrons visite. Je ne vois pas ce que l'on peut faire de plus pour le moment.

– Entendu. Bon... Eh bien... prenez soin de vous, ajouta-t-elle dans un souffle. Si vous vous sentez seul... nous pourrions peut-être... enfin... Évidemment, je ne vous propose pas de venir dîner à la maison... Ça risquerait de poser des problèmes...

– Oh, vous savez, votre François et moi, nous avons posé ensemble pour la couv' de *Paris Match*...

– Je sais bien. Ce n'est pas la chose la plus intelligente qu'il ait faite...

Un silence gêné s'installa entre eux.

– Vous aussi, Ségolène, prenez soin de vous. La bataille s'annonce rude et nous aurons besoin de toutes nos forces, poursuivit-il, aussi embarrassé que son interlocutrice.

– Bien... Je dois rentrer en réunion participative de développement des intelligences éthiques territoriales. Rappelez-moi quand vous serez prêt à agir. Je vous envoie mon numéro de téléphone par SMS dès que nous aurons raccroché.

– Entendu. Merci d'avoir appelé.

– Je n'ai fait que ce que me dictaient ma conscience et mon amour pour notre pays...

– Et comme vous n'avez le monopole ni de la conscience ni de l'amour, j'agirai moi aussi. À très vite...

4

Vendredi 1er juillet 2005 – Paris, boulevard Exelmans.

Malgré la chaleur écrasante, l'homme portait un imperméable gris sur une veste bleu marine. Seule concession à la canicule, un pantalon clair en toile de lin. Sous une épaisse moustache, sa bouche se tordait en un rictus dont il était difficile de dire s'il était dû à la tension ou à une secrète douleur. Il s'épongea plusieurs fois de suite le front en scrutant le boulevard désert en cette heure de déjeuner.

Mais qu'est-ce qu'elle fout ? Quand je pense que j'ai dû annuler une réunion de crise sur les rave-parties dans les aérodromes en prétextant une migraine.

Un taxi le dépassa, freina quelques mètres plus loin, fit demi-tour au mépris du code de la route et revint s'arrêter à sa hauteur.

Elle va arriver à nous faire repérer avec sa manie de se déplacer exclusivement en taxi !

Une femme brune à l'agréable silhouette descendit aussitôt du véhicule et, après avoir réglé la course, se dirigea vers lui.

– Toujours vos cinq minutes de retard…, ne put-il s'empêcher de faire remarquer, dès qu'elle fut assez proche.

– Désolée mais la perruque ne tenait pas ! J'ai essayé trois modèles, tous glissaient. Je meurs de chaud là-dessous !

– Le brun ne vous va pas si mal, finalement, commenta-t-il avec un début de sourire.

– Vous, en revanche, la moustache et les fausses dents, ce n'est pas à votre avantage, répliqua-t-elle en se mettant en route en direction d'un immeuble cossu à la façade art déco.

– Dites, je ne sais pas si vous êtes si bien placée que ça pour me parler de mes dents, lui dit-il, goguenard et suant, tout en lui emboîtant le pas.

L'attaque avait dû porter car elle s'arrêta sur place et se retourna en rougissant.

– Vous... vous êtes au courant ? demanda-t-elle presque timidement.

– Ça fait partie de mon boulot d'être au courant, figurez-vous. Je ne suis pas le seul, d'ailleurs. Préparez-vous à voir un « avant-après » sur votre dentition dans *Libération*.

– *Libé* ! Les saligauds ! J'ignore pourquoi, mais je crois qu'ils ne m'aiment pas.

– C'est votre côté DRH catho qui doit les hérisser. Le mieux, c'est de s'en foutre. Ou de faire semblant. La vengeance doit se déguster bien froide...

– De toute façon, cette opération des dents, je l'ai faite sur les conseils de notre vieux sénateur. Au début, j'ai pensé à une goujaterie de macho, mais quand il a évoqué les incisives de Mitterrand, j'ai compris qu'il n'y avait pas malice dans son conseil...

– Estimez-vous heureuse. Moi, il m'a suggéré les talonnettes ! avoua-t-il en grimaçant.

– Pour une fois, il se trompe ! Les hauts talons sont mauvais pour la colonne et je les déconseillerais formellement à un migraineux ! Vous n'avez qu'à mépriser ceux qui vous attaquent sur votre taille ! conseilla-t-elle pour le réconforter. Chez un adversaire politique, même le plus honni, c'est aux idées seules qu'il importe de s'en prendre. Combien de fois aurais-je pu attaquer Fabius sur sa calvitie précoce, Aubry sur son régime grossissant ou DSK sur sa paupière tombante qui lui donne l'air de regarder à gauche tout en clignant de l'œil à droite...

– Ce sont eux que vous appelez vos « adversaires politiques » ? remarqua-t-il perfidement.

Elle feignit de ne pas avoir entendu et dit :

– Nous allons au 67, c'est bien ça ? Nous y sommes.

Ils étaient arrivés devant une porte vitrée qui laissait deviner, à travers les ferronneries en volutes dont elle s'ornait, un hall en marbre blanc veiné de roux. Au fond de l'entrée, réfléchissant la lumière du jour dans ses eaux calmes, un miroir créait de capricieux jeux de lumière. Ils composèrent le code convenu sur un petit boîtier doré et pénétrèrent dans la fraîcheur de l'entrée. L'immeuble tout entier semblait respirer le luxe, le calme et, même s'il eût été difficile d'expliquer pourquoi, une certaine volupté.

– Eh bien ! Les affaires de Mlle Lebel ont l'air de marcher fort, fit-il remarquer en refermant derrière eux la porte de l'ascenseur.

– Juste ce qu'il faut de dorures, un tapis rouge dans l'escalier, une esthétique d'immeuble pour radiologue et vous voilà impressionné ! Vous êtes décidément un incorrigible nouveau riche...

– Toujours aussi aimable, madame l'ex-bourgeoise catho tradi ! Il va falloir être patiente avec moi, je ne suis effectivement pas très « gauche caviar »... Votre perruque ! Redressez-la, on voit vos cheveux dessous !

Avec un ultime hoquet, le vieil ascenseur à grillage

métallique s'arrêta sur un palier embaumant l'encaustique dont l'unique porte s'ornait d'une plaque de cuivre sur laquelle était gravé en lettres anglaises :

Léontine Lebel & Cie
Coaching VIP

Après avoir sonné, ils patientèrent quelques secondes. Une jeune hôtesse aux grands yeux bridés, les cheveux de jais coiffés en chignon vint leur ouvrir avec le plus charmant des sourires.

– Bienvenue au cabinet de coaching de Mlle Lebel, dit-elle en s'inclinant à l'orientale. Je m'appelle Moon Huong, ce qui signifie « Orchidée humide ». Mon père était français et ma mère indochinoise... Mais tout le monde m'appelle Moon. Je suis l'assistante de Mlle Lebel. Mademoiselle termine un rendez-vous important. Elle va vous recevoir immédiatement. Si vous voulez bien me suivre...

En se déhanchant avec une grâce naturelle, la jeune femme les précéda dans un long couloir aux murs tendus de toile de Jouy. Au bout du corridor, elle ouvrit une porte donnant sur un boudoir cosy.

– Quelle riche idée d'avoir installé la clim' ! s'exclama Nicolas en se laissant tomber dans un fauteuil crapaud et en desserrant sa cravate.

– Et maintenant, la touche finale !... commenta à voix haute Ségolène en ajustant sur son nez une paire de lunettes à épaisses montures.

Ils entendirent une porte s'ouvrir tandis qu'une caractéristique odeur de cigare de luxe s'insinuait jusqu'à eux. Des rires étouffés leur parvinrent du couloir, vite couverts par une voix féminine agréablement modulée.

– Oh, non, non, non ! Il faut y aller maintenant, monsieur le président ! Vous allez encore être en retard à votre conseil d'administration... Oui, c'est ça : jeudi prochain, à Juan-les-Pins... Promis, monsieur le président... Bonne semaine à vous aussi.

À nouveau, le parquet craqua et, enfin, la porte du salon s'ouvrit. La silhouette d'une femme à la vaporeuse chevelure dorée se dessina dans l'encadrement.

Ses pieds étaient chaussés d'escarpins à talons en prunelle mauve, sa taille étroite, dessinée par une robe moulante, s'épanouissait en un plantureux buste qu'une manière de collerette brodée ne cachait pas entièrement. Mlle Léontine Lebel, créature magnifique âgée d'une quarantaine d'années environ, s'avança pour leur serrer la main. Les mouvements rapides de sa marche relevèrent un peu le tissu de sa robe, laissant apercevoir la rondeur de jambes racées, finement moulées par des bas résille. Le visage, dont l'incarnat était discrètement rehaussé par un hâle parfait, semblait autant animé par le désir de plaire que par l'impatience de jouir de la vie. Une candide malice irradiait des yeux noirs fendus en amande, surmontés de sourcils à l'arc soigneusement entretenu.

– Soyez les bienvenus, annonça-t-elle. Et n'hésitez pas à m'appeler Léontine... J'espère que je ne vous ai pas trop fait attendre ?

– Nous avions dit midi trente, il est quarante, fit remarquer Ségolène.

Fugace, quasi invisible, une ombre d'anxiété passa à l'improviste sur le visage de Léontine.

Une biche traquée, pensa Nicolas. *Une splendide, sensuelle, irrésistible biche aux abois ! Quelle femme singulière...*

– Vous avez raison ! Je déteste moi aussi l'inexactitude. Je suis désolée, absolument désolée, madame... ?

– Néderlande. Martine Néderlande, DRH du groupe Botul & Frères.

– Botul, dites-vous ? Je ne connais pas cette entreprise.

– C'est normal, intervint Nicolas. Nous sommes la filiale française d'un groupe américain qui tient à rester discret. Nous faisons de la gestion de patrimoine.

– Et en quoi puis-je vous aider, monsieur... ?

– Pardonnez-moi, je croyais m'être déjà présenté : Guillaume Prieur-Martinot. Responsable des achats. Nous avons entendu parler de vos services de coaching et nous avons pensé que vous pourriez aider le président de notre compagnie qui est, disons, un homme assez âgé.

– Mais certainement ! L'expérience montre qu'un président qui se fait régulièrement stimuler a toujours les idées plus claires pour diriger sa compagnie... Et puis, vous savez, avec les progrès de la médecine, il n'y a plus d'âge limite pour se faire coacher de temps en temps... Tenez, l'autre jour, j'ai *drivé* pendant une semaine le vice-président de...

– Parfait ! l'interrompit abruptement Ségolène. Mais le nôtre, de président, est vraiment très, très, très âgé...

– Tant que ça ? Quel âge exactement ? demanda-t-elle en écarquillant ses grands yeux ingénus.

– Difficile à dire..., répondit Nicolas. Mais, j'y pense, vous le connaissez peut-être. Vous connaissez tellement de monde... Amédée Félicien Saturnin des Hayes de Marcère. Ça vous dit quelque chose ?

Le nuage qui, quelques instants auparavant, avait fugacement voilé le joli visage de leur hôtesse l'assombrit cette fois durablement. Il leur sembla même qu'un éclair d'effroi avait traversé ses beaux yeux. Tout en continuant à leur faire face, Léontine recula jusqu'à un fauteuil où elle se laissa choir. Elle était devenue très pâle et son sourire conquérant s'était mué en un rictus de peur.

– ...des Hayes de Marcère, vous dites ? Non, ça ne me dit rien. Rien du tout...

– Étrange, vraiment étrange... C'est pourtant lui qui nous a vanté vos services..., fit remarquer Ségolène.

– Mais attendez, j'y suis, poursuivit sans pitié Nicolas. Nous avons dû faire erreur sur la personne. Il nous a parlé d'une certaine Marie-Anne de Vieuxjoncourt...

Cette fois, de pâle, le visage devint livide. Baissant ses yeux égarés, la « coach particulière » se voûta imperceptiblement. Pendant quelques secondes, ils la regardèrent se tordre les mains.

– Cette Marie-Anne, c'est vous, n'est-ce pas ? reprit Ségolène.

– Pourquoi donc avez-vous pris cette nouvelle identité ? enchaîna Nicolas sans attendre la réponse de Léontine.

Après quelques secondes de silence, Léontine se reprit. Rassemblant ses forces, elle se redressa, et regarda ses interlocuteurs avec un air de défi.

– Mon vrai nom est effectivement Marie-Anne de Vieuxjoncourt. Et alors ? Est-ce un délit de recourir à un pseudonyme commercial ?

– Non, bien sûr, répondit Nicolas avec un sourire féroce. Mais la prostitution, voire le proxénétisme aggravé, eux, sont sévèrement punis par la loi...

– Ah oui ? Et vous ? Qui êtes-vous vraiment, vous qui vous êtes introduits dans mes bureaux avec de minables déguisements pour m'intimider ? Des flics de la mondaine ? Des agents du fisc ?

Ses yeux lançaient des éclairs de fureur. Sa poitrine se gonflait fièrement. Elle alluma une cigarette ultra-fine dont les volutes s'envolèrent au-dessus de sa tête.

– D'ailleurs, qui que vous soyez, je n'ai pas peur de vous, reprit-elle. Ma clientèle a le bras trop long pour que vous puissiez m'atteindre, croyez-moi. Dites-vous bien qu'on ne peut rien faire contre moi sans faire exploser plusieurs fois la Cinquième République... Maintenant, laissez-moi ! J'ai du travail. À ma façon, je sers la Nation...

– Juste une dernière question avant que nous vous laissions travailler, dit Ségolène. Tout à l'heure, quand nous avons mentionné le nom du sénateur des Hayes de Marcère, vous avez eu l'air profondément troublée. Pourquoi cela ?

– Ne serait-ce pas, continua Nicolas, parce que, l'espace d'un instant, vous nous avez pris pour d'autres ?

– Je... Je ne vois pas de quoi vous voulez parler..., se troubla-t-elle à nouveau.

– Allons, réfléchissez ! exigea Ségolène.

– Je vous dis que je ne vois pas. N'insistez pas ! Maintenant, laissez-moi, dit-elle en se levant brusquement.

– Asseyez-vous ! ordonna Nicolas. Nous savons que vous nous avez d'abord pris pour des Survivantistes de la Première Heure, mademoiselle de Vieuxjoncourt !

Léontine blêmit à nouveau et se rassit. Cette fois, elle sembla s'avouer vaincue.

– Comment... comment avez-vous entendu parler des Survivantistes. Personne ne...

– Nous avons rencontré le sénateur des Hayes de Marcère, l'interrompit Nicolas.

– Quoi ? Mais c'est impossible ! Cet homme est né...

– ... en 1736. Nous le savons, confirma Ségolène. Et pourtant, nous l'avons bel et bien rencontré. La meilleure preuve, c'est que c'est lui qui nous a envoyés jusqu'à vous.

– Disons plutôt, s'empressa de corriger Nicolas, que

mes services du ministère de l'Intérieur ont fait le nécessaire pour retrouver la nouvelle identité de Marie-Anne de Vieuxjoncourt, née des amours adultérines de Marie-Anne de Vieuxjoncourt mère et d'un illustre dirigeant de la Cinquième République...

– Vous travaillez au ministère de l'Intérieur ? demanda Marie-Anne.

– Je le dirige ! répondit le ministre en s'efforçant de décoller sa moustache.

– Et moi, je dirige une région phare de la République, déclara à son tour Ségolène en quittant ses lunettes.

Sonnée par la tournure que prenaient les événements, Marie-Anne ouvrait de grands yeux hébétés.

– Nicolas Sarkozy et Ségolène Royal ? Le... Le pouvoir est donc au courant pour... ?

– Pour la Cocarde ? Non, trancha Ségolène. À notre connaissance, nous ne sommes que deux à connaître son existence. Le sénateur nous a dit que vous déteniez un document capital qui pourrait nous éclairer sur une certaine malédiction...

– Inutile de vous dire que nous sommes plus que sceptiques sur cette histoire d'un autre âge mais nous voudrions néanmoins y jeter un coup d'œil.

– Le texte d'Alain ? Le sénateur connaît l'existence de ce document ?

– D'une façon générale, il nous a semblé étonnamment au courant de tout, pour un vieux sage qui vit retiré depuis des siècles au Sénat..., commenta Ségolène

– Ce texte, vous l'avez ? insista Nicolas.

– Oui, il est à l'abri dans le coffre de mon bureau. Mais je dois vous prévenir qu'à sa lecture vous découvrirez que vous avez tort de douter de la malédiction dont vous a parlé le sénateur des Hayes de Marcère...

– C'est à nous d'en juger, fit remarquer Ségolène. Le sénateur a aussi mentionné un mot de passe qui doit nous aider à mettre la main sur la Cocarde. C'est vous qui l'avez également ?

Marie-Anne sembla hésiter. Elle tordit ses doigts qu'elle avait longs et gracieux.

– Oui, c'est moi, finit-elle par avouer.

– Où est-il ? demanda Nicolas.

– Dans ma tête. Ce sont les derniers mots prononcés par ma mère sur son lit de mort. Elle me les a confiés quelques secondes avant d'expirer. Elle, au moins, a eu la chance de mourir de mort naturelle, ce qui n'a pas toujours été le cas pour les femmes de notre famille...

– Ces derniers mots, quels sont-ils ? la pressa Ségolène.

Marie-Anne, les yeux embués de larmes, se mit à chantonner, comme pour elle seule, en se berçant d'avant en arrière :

De Nantes à Montaigu
La digue, la digue
De Nantes à Montaigu,
La digue du cul

5

Vendredi 1er juillet 2005 – Paris, boulevard Exelmans.

Mon Dieu, ai-je bien fait ? se demanda Marie-Anne après avoir refermé la porte sur ses deux visiteurs. *N'est-ce pas la première fois que le secret de M. de La Fayette sort de notre famille sans que nous ayons à le payer de notre vie ? Quand il a confié le secret de la Cocarde à la grand-mère de ma grand-mère, le grand homme lui a fait jurer de ne le livrer qu'en cas d'extrême nécessité, si elle se sentait en danger de mort. Ma grand-mère en est morte noyée. A-t-elle parlé avant de périr ? Ou alors, suis-je, hélas, la première à trahir ?*

Chancelante, elle passa ses mains dans sa lourde chevelure, y fixa un serre-tête retrouvé sur le coin d'une crédence du couloir et appela son assistante.

– Moon, apportez-moi un whisky sur glace, je vous prie. Je vais me relaxer dans le boudoir bleu.

– Tout de suite, mademoiselle, répondit docilement la jeune fille.

Les questions, obsédantes, continuaient à tourner sans trêve dans l'esprit de Marie-Anne de Vieuxjoncourt, cinquième du nom.

Le sénateur des Hayes est-il encore vivant ? Pourquoi ne

s'est-il encore jamais manifesté ? Et pourquoi le fait-il aujourd'hui ?

D'un geste prompt, elle ôta sa robe pour passer un peignoir de satin mauve, cadeau d'un ex-ministre resté l'un de ses plus tendres et plus fidèles habitués. Elle s'allongea sur une méridienne en damassé bleu et fit glisser ses chaussures qui chutèrent en silence sur l'épais tapis persan. On frappa à la porte.

– Entrez, Moon.

– Que se passe-t-il, mademoiselle, êtes-vous souffrante ? demanda l'assistante. Désirez-vous un massage shiatsu pour vous détendre ?

– Un massage ? Pourquoi pas ? J'en aurais bien besoin..., gémit Marie-Anne.

– Délacez votre peignoir, mademoiselle. Relâchez toute cette tension dans vos épaules et tournez-vous...

Marie-Anne s'exécuta, enlaçant le traversin de soie sur lequel elle posa sa joue tout en fermant les yeux. Moon releva sa jupe, dévoilant le galbe de jambes somptueuses à la chair brune nuancée d'ambre. Elle s'assit derrière sa patronne, les mollets de chaque côté de la méridienne. Ainsi installée, elle commença à masser les épaules de Marie-Anne avec une savante lenteur.

– Vous avez un grain de peau très fin, mademoiselle, murmura Moon en faisant délicatement rouler l'épiderme de la nuque entre ses doigts.

Le délicat pincement se mua en caresse, les doigts de la masseuse pianotant le long des vertèbres, du cou jusqu'à la chute des reins. Ces attouchements subtils firent courir un délicieux frisson sur l'échine de Marie-Anne.

– Merci, Moon. Appelez-moi Léontine, si vous le voulez. Et sachez, quant à vous, que vous êtes une bien jolie jeune femme. Avec tous vos diplômes, vous mériteriez mieux que l'emploi d'assistante que je vous offre ici. Je ne comprends d'ailleurs pas pourquoi vous vous obstinez à vouloir travailler chez moi... C'est décidé, je parlerai de vous au président du Crédit ***, il ne peut rien me refuser ! Il vous trouvera au moins une place d'attachée à la direction de la communication de son groupe.

– Mademoiselle, je veux dire, Léontine, vous êtes si généreuse !

– C'est vous qui êtes formidable. Sous la pression de vos doigts agiles, tous mes soucis s'envolent comme par magie...

À ces mots, Moon dégrafa prestement le soutien-gorge de Marie-Anne et la fit allonger sur le dos. Malgré le calme avec lequel elle dirigeait cette manœuvre, la jeune Eurasienne fut impressionnée en découvrant la rare beauté de ces fruits jumeaux à l'élastique fermeté. Elle commença aussitôt à pétrir leur chair tiède et veloutée.

Marie-Anne soupira un « Oh là, là ! » de surprise et de plaisir, où, à la confusion, se mêlait le ravissement. Moon enveloppa le corps de sa patronne de caresses dont elle suivait les voluptueux effets dans les grands yeux mi-clos qui la fixaient.

– Mademoiselle a beaucoup de soucis ? Ce sont cet homme moustachu et cette femme sévère qui vous ont troublée, n'est-ce pas ?

Un nuage d'inquiétude voila le regard de Marie-Anne qui se sentit soudain rappelée à la réalité. *Mon angoisse est donc si visible, pour que même Moon, d'ordinaire si circonspecte, l'ait remarquée* ?

– Tu n'es pas seulement une masseuse experte. Tu as aussi de l'intuition. Cela te sera utile dans ta carrière..., biaisa-t-elle pour éviter de répondre.

– Mademoiselle a vraiment de magnifiques seins d'Occidentale, dit Moon en pinçant du bout des doigts la pointe des brunes aréoles qui se durcirent davantage. Ils sont si fermes... et d'une telle douceur... Je comprends que le cabinet de Mademoiselle ne désemplisse pas...

Marie-Anne de Vieuxjoncourt fut piquée par cette remarque qui mêlait si intimement le compliment et le rappel trivial de son « métier ».

– Vous savez, le commerce de la sensualité ne fait de mal à personne, surtout lorsqu'il est exercé avec passion et dévouement... Il a même rendu de fiers services à la République...

Moon se pencha davantage. Paupières closes, rejetant la tête en arrière, Marie-Anne offrit sa gorge. Elle sentit des lèvres charnues s'y poser puis le baiser devint plus surprenant, plus délicieux encore. De la frange de ses longs cils noirs, Moon s'était mise à lui effleurer le cou. La chevelure d'ébène se maria à la crinière dorée. Le corps souple de la jeune Eurasienne se noua en nœuds reptiliens aux formes voluptueuses de la Française de vieille souche. Les cuisses s'encastrèrent au plus près, les jambes et les bras s'enlacèrent comme des lianes, les fesses se heurtèrent de leurs cambrures félines, les mains frémissantes s'insinuèrent jusqu'aux replis les plus secrets... Bientôt, le dialogue cessa entre les deux tribades déchaînées, tordues de spasmes si intenses qu'à deux reprises elles furent jetées à bas de la méridienne.

Peu à peu les halètements cessèrent d'emplir le boudoir de leur mélopée lascive et le silence se fit. Ce silence épais qui suit toujours l'anéantissement des sens.

Marie-Anne, apaisée, susurra :

– Oublions tout ça, ma chère enfant. Ce sera notre petit secret. Maintenant, laissez-moi. J'ai un déjeuner avec le secrétaire d'État aux ***.

Elle tenta d'extraire sa cuisse droite de l'entrejambe de la jeune fille mais celle-ci, la chavirant à nouveau sur le dos, s'agenouilla de part et d'autre de son buste, l'immobilisa de ses deux jambes repliées et, d'une poigne de fer, lui plaqua les bras sur la méridienne. Chevauchant celle qui était devenue sa prisonnière, la jeune femme devint menaçante.

– Je veux baiser votre corps tout entier, mademoiselle. Tant d'autres l'ont fait avant moi. C'est mon tour ! Je veux embrasser vos pieds divins, vos longues jambes, votre cambrure, vos épaules si rondes... Tout ! Je veux tout de vous. Nous ne nous quitterons pas avant !

– Qu'est-ce que vous dites ? Vous voulez donc me quitter ?

– C'est vous qui allez nous quitter, mademoiselle.

– Mais pourquoi, Moon ? Ne vous ai-je pas toujours bien traitée depuis que vous travaillez pour moi ? Songez que je vous ai tout appris. Vous entendez ! Tout ! acheva-t-elle dans un cri où le désespoir le disputait à la colère.

– Vous ne m'avez rien appris, mademoiselle, ricana Moon en soufflant sur les pointes des splendides globes à présent à sa merci. J'ai regardé, c'est tout.

– Vous... vous voulez dire que vous m'avez espionnée pendant toutes ces années ?

– Quel meilleur poste d'observation pouvions-nous trouver pour étudier de près les turpitudes et les mœurs de la Gueuse.

– La Gueuse ?

– La République ! Cette maquerelle dont vous êtes la putain, madame de Vieuxjoncourt !

– Qui vous a envoyée chez moi ? paniqua Marie-Anne, la gorge nouée de terreur.

– Ceux-là mêmes dont vous venez de vous entretenir

avec vos visiteurs... De vieilles connaissances de votre famille, n'est-ce pas ?

– Les Survivantistes de la Première Heure ! Ceux qui ont assassiné ma grand-mère et fait croire à son suicide par noyade ! Vous divaguez vous aussi, ils n'existent plus !

– La fidélité ne se lasse pas, mademoiselle ! Sans doute connaissez-vous la formule, mais je conçois que la notion vous en soit étrangère !

– Je suis fidèle à mon pays et à mes valeurs, qui sont laïques et républicaines ! Et vous, à quoi donc êtes-vous fidèle ? Aux descendants de cet escroc de Naundorff qui a prétendu être Louis XVII ? Ou aux dizaines de faux dauphins de France qui ont voulu récupérer le titre et surtout les privilèges qui vont avec ?

La jeune femme serra encore plus fort entre ses cuisses la tête de Marie-Anne.

– Vous vous trompez au-delà du pardonnable, si vous pensez pouvoir impunément assimiler notre futur Souverain à tous ces usurpateurs.

– Alors, sans doute allez-vous pouvoir m'expliquer pourquoi c'est le vôtre qui est le vrai..., réussit à ironiser Marie-Anne malgré l'étau de plus en plus douloureux qui lui serrait le cou.

– L'heure, madame la putain ! La première heure ! L'heure qui authentifie sans risque de méprise ou de trucage l'origine royale de Mgr Louis XIX, aujourd'hui en exil loin de son palais !

– De quelle heure parlez-vous ? Que sont ces dangereuses chimères ?

– Quelle arrogance ! Vous osez parler de « chimères » à propos de notre œuvre de Restauration alors même que votre République est, depuis plus de deux siècles, au bord de l'autodestruction ? Peut-être ignorez-vous que cette

République dont vous êtes si fière ne survit que grâce à un talisman aux pouvoirs bientôt épuisés !

– Je sais cela. Mais de quelle sacro-sainte heure parlez-vous ? Aurez-vous au moins le courage de me dire les inepties au nom desquelles je suis condamnée à mort ! ?

– Eh bien soit, mademoiselle de Vieuxjoncourt ! Le 21 janvier 1791, après la décapitation de son père, Louis-Charles, le deuxième fils de Louis XVI, est devenu, à huit ans, Louis XVII, roi de France. Le 3 juillet 1793, des gardes vinrent chercher l'enfant-roi et le confièrent aux mains d'un cordonnier, puis, comme si le sacrilège n'était pas assez grand, on l'emmura vivant dans une cellule aveugle de la prison du Temple.

– ...où il mourut en 1795, victime de la tuberculose et des mauvais traitements subis.

La jeune Eurasienne darda ses ongles *french manucure* à quelques millimètres du visage de sa prisonnière.

– Ta gueule ou je crève tes grands yeux lubriques ! Le corps que l'on a retrouvé le 8 juin 1795 n'était pas celui de Louis XVII...

– C'est vrai, j'oubliais ! réussit à articuler Marie-Anne, la fumeuse théorie survivantiste ! Quelques mois avant sa mort présumée, le vrai Louis XVII a été exfiltré de la prison et remplacé par un innocent gamin, dont on a d'ailleurs retrouvé les ossements... Dommage que les analyses ADN pratiquées en 2000 sur le cœur du gamin conservé à Saint-Denis démontrent formellement sa parenté avec sa mère, Marie-Antoinette...

– Quoi de plus naturel puisque ce cœur est celui du premier fils de la reine : Louis Joseph, mort le 4 juin 1789 ! Ce que vos analyses ADN démontrent, c'est que ce cœur est celui de Louis-Joseph, pas celui de Louis XVII !

– Car Louis XVII est réapparu à Spandau en 1812 sous les traits de Karl Wilhelm Naundorff ! Le plus célèbre et le plus crédible des faux dauphins...

– Un imposteur ! coupa Moon.

– Que dites-vous là ? Pour vous, Naundorff et le roi Louis XVII ne sont donc pas une seule et même personne ?

– J'appartiens aux Survivantistes de la Première Heure. Ceux qui savent que Naundorff est un menteur... Et pour cause ! Le 21 janvier 1795, date anniversaire de la mort de Louis XVI, à la première heure du jour, nos partisans se sont emparés de Louis XVII et ont laissé à sa place un enfant du bas peuple qui lui ressemblait comme deux gouttes d'eau. Quelques heures plus tard, le même jour, le comte de Provence, frère de Louis XVI et héritier du trône, a fait enlever à son tour celui qu'il croyait être Louis XVII et qui n'était que le leurre que nous avions laissé ! À sa place, ses ravisseurs ont laissé un autre enfant maladif, celui qui a été autopsié en juin 1795 et dont le cœur a été ensuite remplacé par celui de Louis-Joseph...

– Les partisans du comte de Provence ont pensé enlever Louis XVII alors qu'en réalité ils libéraient le faux Louis que vous aviez laissé... Naundorff ! s'exclama Marie-Anne.

– Exactement ! Quand ses ravisseurs ont compris leur erreur, ils l'ont relâché et Naundorff a aussitôt filé en Prusse... Vous savez ce que peu de gens savent : la France a encore un roi, le descendant de Louis XVII, mort de vieillesse en 1867 en Bourgogne.

– Quelles sornettes ! Et c'est au nom de ces fables invraisemblables que vous vous battez et que vous tuez...

Moon, toujours à califourchon au-dessus de Mlle de Vieuxjoncourt, leva un bras nerveux.

– Allez-y, frappez-moi ! cria Marie-Anne, offrant sa joue dans un sursaut de désespoir. Qu'est-ce que vous attendez pour cogner ? Vengez-vous, si vous pensez que cela rendra moins démentes vos croyances de détraquée !

Ce disant, en se tordant des pieds à la tête, elle parvint à se retourner sur le ventre, offrant ainsi à sa tortionnaire la cambrure michelangelesque de ses reins et l'oméga parfait de deux fesses charnues.

– Tais-toi ! Garce ! siffla Moon.

Presque simultanément, le bras de la jeune assistante fendit l'air et sa paume vint atterrir sur le postérieur de Marie-Anne.

– Je me bats... Nous nous battons tous... pour restaurer la Monarchie, sauver la France, et donc le monde ! se mit à hurler Moon.

La cadence des soufflets redoubla.

– Car la Monarchie fait face, la Monarchie suffit ! Mais à la différence des monarchistes du dimanche, nous avons avec nous le seul véritable Héritier du trône... On ne transige pas avec la Vérité !

– Aaaaaaaaah ! Tous les criminels et tous les fous ont toujours été persuadés de la détenir, votre Vérité !

Une claque encore plus forte vint marbrer la fesse gauche qui rougit sous l'outrage.

– Louis XIX, dont nous avons récemment fêté le 84e anniversaire, est prêt à remonter sur le trône dès que la Gueuse ne sera plus protégée par sa maudite Cocarde.

– Et où réside donc votre Monarque ? demanda Marie-Anne. À l'hospice ? À Monaco, à San Marin ou à la foire du Trône ?

– Ah, comment oses-tu ? Tu es donc irrémédiablement possédée !

Une nouvelle grêle de claques s'abattit sur le fessier martyr. À peine les coups eurent-ils cessé que Marie-Anne reprit avec l'énergie du désespoir :

– Frappez tant que vous voudrez, mais vous ne pourrez jamais me faire renoncer aux valeurs républicaines.

– Tu es obstinée et tu n'abandonnes jamais, Marie-Anne, reconnut Moon, encore hors d'haleine. Tu aurais pu être des nôtres si, au lieu de te prostituer à la Gueuse, tu étais restée fidèle aux valeurs de ta caste. Puisque tu vas mourir, je peux te dire toute la vérité : le roi se cache, terré dans un cachot, comme son aïeul Louis XVII au Temple... Mais la Gueuse est à l'agonie, bientôt elle ne respirera plus et qui d'autre que Lui pourra, alors, assurer l'unité de commandement du pays face à l'ennemi ?

D'un coup sec et imparable, Moon retourna à nouveau sa prisonnière et referma les implacables mâchoires de ses cuisses sur le cou de Marie-Anne.

Les yeux révulsés, le teint livide, la belle captive s'abandonna.

6

Samedi 2 juillet 2005 – Autoroute Paris-Nantes.

L'Opel Corsa de location venait de dépasser le kilomètre 75 de l'autoroute A11 en direction de la province lorsqu'un éclair lumineux la nimba d'un furtif halo blanchâtre.

– Qu'est-ce que c'est que ça ? demanda Ségolène

– À votre avis ? répondit Nicolas en grimaçant de colère. C'est un radar évidemment ! Je ne suis pourtant qu'à 140... Elles sont mal réglées, ces saloperies !

– Quoi ! Vous êtes en train de me dire que nous venons de nous faire flasher par une de vos machines automatiques ? C'était bien la peine de prendre une voiture de location minable pour passer inaperçus !

– Calmez-vous, je ferai sauter le PV ! Et puis, après tout, c'est vous qui n'avez pas voulu prendre le train ! En TGV, nous serions déjà arrivés.

– On voit que vous n'avez pas échappé récemment à un attentat !

– Quand tout cela sera terminé, vous retrouverez vos esprits, vous vous reprendrez, dit Nicolas en ébauchant un geste en direction du bras de Ségolène. Allons, un peu de cran ! Si vos groupies vous voyaient...

– Ah ça ! il en faut du cran pour sillonner les routes de France une perruque sur la tête, les lunettes de Nana Mouskouri sur le nez et le tout dans une voiture de location conduite par le ministre de l'Intérieur, lui-même déguisé en... en quoi, d'ailleurs ?

– En patron de PME. J'oubliais que les entrepreneurs, les gens qui produisent de la richesse, ce n'est pas trop votre truc... Vous, vous faites plutôt dans le genre prof à col roulé Camif...

– Vous êtes bien content de les trouver les profs à col roulé quand il s'agit d'apprendre à lire, à compter et à penser à des jeunes avec lesquels vous ne supporteriez pas de passer trois minutes dans un ascenseur !

– Et sans mes patrons poujados, vous n'auriez pas un sou pour les payer, vos profs !

– Et qui leur a appris à entreprendre à vos entrepreneurs, hein ? Qui ? demanda-t-elle d'une voix stridente.

Elle a changé d'incisives mais elle ne sait toujours pas poser sa voix correctement..., ne put s'empêcher de remarquer avec satisfaction Nicolas. *Elle grince comme une crécelle, c'est insupportable. Elle ne tiendra jamais un Zénith de province à bout de bras !*

– Calmez-vous ! lui dit-il. Nous sommes sous pression, vous et moi... C'est normal. Nous avançons en terrain inconnu. Tâchons de nous montrer à la hauteur de nos responsabilités, même si nous ne les avons pas choisies et même si nous sommes contraints de les assumer à deux. Ah, ce n'est pas à ce grand dadais de Chirac que l'on aurait demandé de sauver la France ! Il a fallu que ça tombe sur moi...

– Et sur moi ! Et vous croyez qu'on aurait demandé à Jospin ? Pensez-vous !

– Cessez de jouer avec le GPS, vous allez finir par le

dérégler et nous risquons d'en avoir besoin. Vous feriez mieux de me lire le texte de Decaux que vous a remis Marie-Anne de Vieuxjoncourt, et m'expliquer pourquoi nous allons à Nantes.

– Si j'étais un homme, vous me demanderiez ça ?

– Évidemment, je ne vois pas le rapport...

– Très bien, je vais vous le lire puisque vous conduisez. Mais ne comptez pas sur moi pour y mettre le ton. Les effets de tribune, très peu pour moi...

C'est ça ! pensa-t-il. *Lis-moi ça comme tu lis tes notes dans les meetings. Ça va être monocorde et assommant comme un discours de Juppé !*

Elle remarqua qu'il arborait un discret sourire en coin.

– Je ne vois pas ce qui vous amuse, dit-elle. Vous allez vite vous rendre compte qu'il n'y a rien de drôle dans tout ça... Bien, je commence, vous êtes prêt ?

– Prêt !

Lectrice, lecteur de ces lignes, qui que vous soyez, si vous venez à les parcourir, c'est parce qu'elles vous auront été remises par une dévouée servante de la République française. J'ai en effet estimé qu'il ne pouvait se trouver meilleure dépositaire de ces documents que cette accorte et loyale personne, habituée depuis des générations aux services secrètement rendus à notre pays.

Si je choisis aujourd'hui de relater les terribles malheurs qui ont affecté la plupart de nos présidents de la République durant leur séjour à l'Élysée, si je décide de dévoiler les calamités qui ont frappé des destins aussi illustres, ce n'est pas pour tenter d'analyser les raisons politiques ou prosaïques qui les provoquèrent. D'autres que moi, journalistes, écrivains, chansonniers... s'y sont essayés, réussissant parfois à recueillir dans le tamis de leur sagacité quelques pépites de vérité.

Là n'est pas mon but.

Ce que je veux, avant tout, c'est me libérer du poids d'un secret. Un secret beaucoup trop lourd pour moi qui suis désormais au crépuscule de ma vie. Quand je considère mon existence – avec le recul que me permet le grand âge –, il me semble que mon parcours n'a eu dans le fond qu'un seul but : transmettre la découverte la plus importante de toute ma carrière d'historien.

Tout a commencé « par hasard », comme souvent dans ma discipline. Dans le cadre de mes travaux, j'ai été, très jeune, introduit dans les cercles du pouvoir. Ceci a tout naturellement éveillé mon intérêt pour les fonctions de gouvernement et, fatalement, pour la première d'entre elles : la présidence de la République.

En me fondant sur les écrits des éminents historiens qui m'ont précédé et à l'occasion d'enquêtes plus poussées nécessitées par les émissions de télévision que j'ai préparées et présentées durant plus de vingt ans, j'ai patiemment réuni une immense quantité d'informations provenant, pour certaines, de témoins directs... Et c'est ainsi que, peu à peu, au fil de mes travaux, la terrible vérité m'est apparue.

Quelques initiés, dans les sphères du pouvoir, connaissent ce secret, mais tous ceux qui ont tenté de le rendre public ont subi les foudres d'un sort impitoyable. Certains sont devenus subitement fous, d'autres ont été frappés de mutisme ou de cécité. Il en est, qui, dans leur salle de bain, se sont fracassé le crâne en glissant sur une savonnette ou ont été asphyxiés par leur chauffe-eau. D'autres ont été retrouvés dans leur garage, écrasés par leur propre voiture. Il y en a eu qui ont fait naufrage ou qui sont montés dans des avions qui ont explosé en vol alors qu'ils tentaient de fuir la France. C'est dire si, avec mon épée d'académicien, je n'étais pas de taille à ferrailler contre des forces adverses aussi puissantes.

Je me demande parfois ce que je serais devenu si, plus courageux ou plus insensé, j'avais, malgré ces dangers, rendu public ce que j'ai découvert sur le palais de l'Élysée. Sans doute aurais-je été chassé de l'Académie française, ce que peu me chaut. Probablement aurais-je été banni des cercles de la pensée historique respectable ? La belle affaire ! Mais aujourd'hui, serais-je encore vivant ?

J'ai renoncé à la publication de l'ouvrage relatant mes inquiétantes découvertes. Pourtant – ô cruel paradoxe –, dans ce combat inégal, c'est la mort qui sera mon alliée la plus fiable. C'est elle qui me délivrera de toute crainte et qui balaiera toutes les menaces qui m'ont contraint au silence.

Mon vœu le plus cher est que les lignes qui suivent tombent entre de bonnes mains et qu'elles soient un jour utiles à la République. Si elle existe encore quand on les lira...

– Eh ben ! commenta Nicolas, en profitant d'une pause de sa lectrice, on voit que le vieux cabot a fait toute sa vie de la télé ! C'est ce qu'on appelle un prégénérique en béton !

– Vous allez moins rire en écoutant ce qui suit, croyez-moi, répondit sombrement Ségolène avant de replonger dans la lecture du document apocryphe.

La chronique maudite de l'Élysée commence bien avant l'instauration de la République. Depuis sa construction, peu de demeures ont été associées à ce point à autant de drames et de catastrophes.

C'est en 1718 qu'Henri de la Tour d'Auvergne, comte

d'Évreux, acquiert un terrain d'une trentaine d'arpents, faubourg du Roule à Paris, appelé « terrain des Gourdes ». Il y fait édifier sa demeure, s'y installe et, pour des raisons jamais élucidées, il y meurt fou trois ans plus tard. L'hôtel d'Évreux est alors vendu à Jeanne-Antoinette Poisson, plus connue sous le nom de « la Pompadour ». Le jour de l'inauguration de la statue de Louis XV, place Royale, la marquise de Pompadour reçoit le roi à l'Élysée. Quelques mois plus tard, le 15 avril 1764, elle agonise inexplicablement à Versailles. À sa mort, Louis XV refuse l'hôtel de l'Élysée que lui a pourtant explicitement légué sa maîtresse. La demeure de la Pompadour devient garde-meuble national et résidence des ambassadeurs de passage...

En 1773, la Couronne décide de se débarrasser du palais qui est vendu au banquier Beaujon. À peine installé, celui-ci y meurt d'hydropisie.

En 1786, l'Élysée est vendu à Louis XVI qui le cède très vite à la duchesse de Bourbon. L'Élysée devient l'Élysée-Bourbon. La révolution éclate...

En 1793, la famille royale est emprisonnée, le roi guillotiné et la duchesse de Bourbon internée au fort Saint-Charles à Marseille.

Par l'arrêté du 12 floréal de l'an II, le Comité de Salut public transforme l'Élysée en imprimerie nationale.

En janvier 1794, la duchesse de Bourbon reprend possession de l'Élysée qui devient un établissement de débauche et de jeux.

En 1797, la duchesse est expulsée de France et le Directoire met le palais en vente. L'établissement est alors concédé à un montreur de marionnettes puis à un marchand de glaces qui tous deux font faillite. Le premier meurt dans un naufrage, le second se suicide en se pendant dans le parc à la branche d'un marronnier.

Le 15 juillet 1808, Napoléon rebaptise le palais « Élysée-Napoléon » L'Empereur s'y installe en 1809. Son couple bat très vite de l'aile et il divorce de Joséphine à qui il laisse l'Élysée. Joséphine y habite du 8 février au 9 mars 1810, consulte en secret un prêtre exorciste puis s'enfuit sans donner d'explications.

Napoléon revient y habiter de février à mars 1812, juste avant les désastres de la campagne de Russie...

En 1814, le tsar Alexandre Ier, qui occupe Paris avec les alliés, réside à l'Élysée. Dès cette date, le tsar développe une crise mystique. Il meurt fou.

Le 5 mars 1815, à la Restauration, Louis XVIII devient propriétaire de l'Élysée et y séjourne. Le 20 mars de la même année, il est renversé.

Rentré à Paris, Napoléon habite à nouveau l'Élysée du 17 avril au 12 juin 1815 à 5 heures du matin, heure de son départ pour Waterloo...

Le duc de Berry et la duchesse de Bourbon-Sicile emménagent dans le palais le 19 juin 1816. Le 13 février 1820, le duc est assassiné et la duchesse déménage en hâte pour s'installer aux Tuileries.

Entre 1820 et 1848, seuls les visiteurs étrangers, ignorant tout de la réputation inquiétante de cet endroit, acceptent d'habiter le palais.

Puis, les années passant, l'Élysée semble retourner à une tranquillité sans histoire. La mémoire des malheurs qui s'y attachent commence peu à peu à s'estomper.

Après la révolution de 1848, le domaine est attribué par décret comme résidence officielle au prince Louis-Napoléon Bonaparte, qui vient d'être élu président de la République.

Après ses années d'abandon, le palais est devenu sinistre. Les tapis sont mités, les rideaux déchirés, les boiseries rongées par les vrillettes. Les carreaux sont cassés... Invité à dîner à l'Élysée le 23 décembre 1848, Victor Hugo en parle comme d'une « demeure abominable, maléfique, pernicieuse... ». Sourd à ces avertissements, Louis-Napoléon se fâche avec le génial poète qui le surnomme dès lors Naboléon.

– Il est atteint de gâtisme, Decaux ! interrompit Nicolas. C'est Mégret que Le Pen appelle Naboléon !

– Voyez-vous, Nicolas, l'Histoire de France avait déjà commencé quand votre père est arrivé en France...

– C'est malin, madame la savante de souche ! Continuez plutôt, c'est passionnant...

Napoléon III engloutit une fortune dans les travaux de rénovation de sa nouvelle résidence.

Mais pourquoi diable le prince-président s'empresse-t-il de faire percer une porte dans le mur de clôture du parc de l'Élysée ? À la nuit tombée, où se rend donc Louis-Napoléon, à l'occasion affublé d'une perruque, quand il emprunte discrètement cette nouvelle issue secrète ? Va-t-il rejoindre l'une de ses maîtresses ? Ou s'en va-t-il quérir quelque chose supposé le protéger de cette « maison damnée » pour reprendre l'expression rapportée par son demi-frère, le duc de Morny, à qui il se confia à plusieurs reprises ?

Tous les historiens sérieux ont été frappés par le fait inexplicable que, peu après son arrivée au pouvoir, Louis-Napoléon se révèle soudain un politique brillant et retors. D'où lui viennent ses étonnantes capacités ?

J'ai fatigué mes yeux dans l'étude des archives les plus secrètes, j'ai rompu mon dos en exhumant des documents enfouis dans de lourds cartons poussiéreux que j'ai été le premier à ouvrir, j'ai écouté pendant des heures les témoignages de vieux radoteurs et voici ce que j'ai découvert : l'enveloppe cachetée contenant le plan du coup d'État du 2 décembre 1851 renfermait également une mystérieuse pièce de tissu de forme circulaire d'environ trente pouces de diamètre.

À quoi devait servir ce morceau d'étoffe dont certains témoins oculaires rapportent qu'il était tricolore ? Pourquoi l'Empereur semblait-il si attaché à cette cocarde, au point de ne jamais s'en séparer, même « à l'heure des plaisirs charnels », comme le confirma Harriet Howard, sa jeune maîtresse britannique ? Quelle est l'origine de ce curieux porte-bonheur ? Explique-t-il, à lui tout seul, le succès du plébiscite qui suivit le coup d'État ? Je ne peux ni ne veux me prononcer. Ce que je sais, c'est que le Second Empire fut pour la France l'une des époques les plus prospères en matière de développement économique, urbanistique, social, scientifique et artistique.

Mais comment expliquer, dès lors, l'incroyable retournement de situation qui suivit ? Le quiproquo de la dépêche d'Ems et ses terribles conséquences pour le pays ? Pourquoi Napoléon III a-t-il soudain perdu la main et s'est-il brusquement mis à subir les coups du sort ? En mai 1871, les émeutes, la mise à sac puis l'incendie des Tuileries ont-ils permis aux Communards d'emporter du palais impérial l'objet qui, jusque-là, avait protégé son illustre locataire des mauvaises fortunes ? Je laisse le lecteur...

– Hum, excusez-moi de vous interrompre en plein suspens, mais il est encore long, le cours d'histoire ? demanda Nicolas lassé.

– Qu'est-ce que vous voulez dire par là ? s'étrangla

Ségolène. Ne me dites pas que ce document vous ennuie ? C'est notre patrimoine historique après tout !

– Je me demande si ce ne sont pas plutôt des élucubrations séniles : l'Élysée qui serait maudit, Napoléon III qui ne sortait jamais sans son doudou fétiche...

– Décidément, vous êtes bien un type de droite ! Aucune finesse, aucune humanité dans vos rapports aux gens...

– Hé, ho ! Allez-y mollo avec les clichés ! Je vous rappelle que moi, je m'intéresse à la « France d'après », pas à la France d'avant... Mais continuons, faites-moi passer de l'ombre à la lumière et expliquez-moi ce que j'ai raté dans ce texte digne d'une soirée Thema...

– Tout ! Vous avez tout raté si vous ne comprenez pas ce que veut nous dire Decaux avec ses mots à lui d'historien honnête et consciencieux. Il a été contraint par les faits d'admettre qu'il existe une malédiction à l'Élysée ! Vous imaginez ce que ce doit être pour un homme comme lui d'avoir compris cela et de ne pouvoir le confier à personne d'autre qu'à une prostituée de luxe ! s'enflamma Ségolène.

– Vous avez raison..., admit à voix basse Nicolas. Excusez-moi. Il m'arrive parfois d'être trop cassant. Et je vais finir par comprendre que l'on soit tenté me quitter pour aller s'oxygéner avec un publicitaire mielleux...

Il s'était interrompu, laissant sa phrase en suspens. Elle l'observa discrètement. Il fixait toujours la route, mais ses yeux avaient pris une expression de tristesse indicible. Elle réalisa qu'il lui était pénible de le voir ainsi, blessé et qu'elle le préférait vainqueur, cynique, conquérant.

Ah, ces hommes, ces hommes... Quand je pense que c'est nous qui sommes supposées appartenir au sexe faible..., songea-t-elle.

– Allons, ne vous reprochez pas trop d'être ce que vous êtes, Nicolas. Cette crise, vous allez la surmonter ! Et puis, moi aussi, vous savez, il m'arrive d'être sèche et inhumaine avec mes collaborateurs. François me le reproche assez...

– Il a quand même de la chance de vous avoir à ses côtés, lâcha-t-il en regrettant aussitôt ce commentaire.

– Qu'est-ce que vous croyez ! Nous aussi, nous avons eu nos orages. Et vous connaissez fort bien les rumeurs qui ont couru sur François et moi... Franchement, ça ne volait pas haut. Croyez-vous plausible que François puisse batifoler avec une journaliste ?

– Je vous vois venir. Mais il faut pourtant me croire : je n'y suis pour rien. Vous devriez plutôt vous méfier de certains de vos amis... Au fond, c'est toujours le même topo : le poids des mots, le choc des photos...

Un camion espagnol les dépassant par la droite vint à point les distraire de l'embarras qui les avait saisis.

– Non mais vous avez vu ce malotru d'Espingouin ! s'exclama-t-elle d'une voix inutilement forte. On est samedi, il ne devrait même pas rouler, aujourd'hui ! Quand je vois des chauffards pareils, je me prends à regretter d'avoir fait campagne pour le « Oui » à la Constitution européenne.

– Moi aussi ! Je relèverais bien le numéro de cet enfoiré ! Mais en Espagne, je ne peux pas faire grand-chose. Zapatero, c'est un ami à vous, non ?

– Ne mélangeons pas tout..., reprit Ségolène. Revenons à notre document... Ce qu'a entrevu Decaux, c'est que la Cocarde existe bel et bien. Le « porte-bonheur » de Napoléon III dont il parle, c'est évidemment d'elle qu'il s'agit...

– Dans ce cas, elle a dû apparaître à d'autres occasions dans l'Histoire de France, remarqua-t-il.

– J'allais vous lire la suite quand vous m'avez interrompue...

– Reprenez, je vous... Excusez-moi, mon téléphone...

– Vous n'allez tout de même pas conduire en téléphonant ?

– Ai-je vraiment le choix ? dit-il en jetant un coup d'œil sur le cadran de son appareil. À moins que vous ne vouliez prendre l'appel ? C'est le ministère de l'Intérieur, ça leur ferait une jolie surprise !

– Je croyais que vous aviez interdit qu'on vous appelle. C'est ce que j'ai demandé, moi, et, comme vous le voyez, on m'obéit à la Région.

– J'ai dit que j'étais en thalasso à Quiberon. S'ils appellent quand même, c'est que c'est urgent.

– Bon, eh bien allez-y, qu'est-ce que vous attendez pour répondre, monsieur le ministre surbooké ? ricana Ségolène.

Nicolas s'exécuta et prit l'appel.

– Allô ?... Oui, c'est ça : en route... Non, je préfère la voiture... Que se passe-t-il ?... Un homicide ? Vous me dérangez pour un homicide ! Au domicile d'une personnalité ? Qui ça ?... Quoi !... Quelle barbarie !... Vingt-quatre heures ? Et où est-elle, cette assistante ?... Bon sang, tenez-moi au courant ! Non, je ne peux pas rentrer pour l'instant. Oui, c'est ça, des enveloppements d'algues, j'y penserai...

Il raccrocha et tendit le téléphone à Ségolène. Sans un mot, elle prit l'appareil et le posa sur la boîte à gants. Il avait l'air bouleversé.

– Rien de trop grave, j'espère..., demanda Ségolène, le plus évasivement possible.

Il resta silencieux quelques secondes. Elle vit les muscles de ses mâchoires se contracter et sa veine jugulaire droite se gonfler sous la tension.

– Ils l'ont eue ! finit-il par lâcher d'une voix éteinte en desserrant à peine les dents.

– Qui ça ? De qui parlez-vous ?

– La Vieuxjoncourt... Léontine Lebel, si vous préférez. On a retrouvé son corps dénudé, sans tête, à son « cabinet ». Un coup de fil de son assistante a prévenu la police... La mort remonte à vingt-quatre heures environ. Depuis, l'assistante s'est volatilisée. Au domicile de la Vieuxjoncourt, les flics ont forcé son ordinateur et ils ont découvert qui étaient les « clients » du cabinet. Autrement dit, la moitié du Bottin politico-industriel ! Comme ça sent l'affaire d'État à plein nez, ils m'ont appelé aussitôt...

– Mon Dieu... Quelle horreur !

Il garda à nouveau le silence. Puis il accéléra brutalement et dit, en fixant sombrement le ruban d'asphalte qui défilait de plus en plus vite sous leurs roues.

– Il faut que tout cela s'arrête. Et vite ! Le secret ne va pas tenir longtemps. Songez que nous sommes peut-être les derniers à avoir vu la Vieuxjoncourt vivante. Vous imaginez le scandale, si cela se sait ? Et, croyez-moi, ça finira par se savoir...

– J'imagine surtout la joie des jospinistes et des strauss-kahniens de me voir compromise avec vous dans une histoire d'assassinat ! Et ma région Poitou-Charentes ? Qui va s'en occuper si je suis mise en garde à vue en qualité de témoin ? Car, évidemment, personne ne nous croira si nous racontons ce que nous savons sur le sénateur et la Cocarde...

– Nous devons forcer les salopards qui ont fait ça à commettre une erreur... pour les faire sortir de leur tanière... Ça va saigner, croyez-moi ! Le sénateur avait raison, ma place est bien au ministère de l'Intérieur. Vous imaginez Villepin dans une affaire comme celle-ci ? Si ce n'est pour pousser des cris de gargouille, je ne vois pas à quoi il est bon, celui-là...

– Calmez-vous, on est entre nous, il n'y a aucun journaliste dans le coin. Inutile de me bombarder de vos petites phrases ! Au lieu de faire des effets d'annonce à coups de Kärcher, je suggère que vous écoutiez plutôt la suite des découvertes de Decaux. Ça vous aidera sans doute à mieux comprendre dans quel pétrin nous sommes...

7

Samedi 2 juillet 2005 – Paris, sous-sol du pont de l'Alma.

Au secrétariat de Monseigneur, le grand chambellan venait de s'assoupir dans son fauteuil lorsque sonna le téléphone posé sur son bureau. Un son sourd et puissant, comme celui d'un gros frelon emprisonné dans une bouteille. Après une longue série de bourdonnements, le dormeur eut un haussement d'épaules nerveux et émergea enfin de son sommeil. Il identifia immédiatement la sonnerie.

C'est le ministre ! Il y a du nouveau...

Le chambellan s'éclaircit la voix et attendit encore deux ou trois sonneries supplémentaires pour décrocher :

– Ici le grand chambellan, j'écoute..., dit-il d'une voix qui se voulait professionnelle et efficace malgré l'heure tardive.

– C'est moi !

– Mes respects, monsieur le ministre

– Qu'est-ce que vous fichez dans votre bunker moisi ? Cela fait cinq minutes que le téléphone sonne dans le vide. Vous n'avez pourtant rien d'autre à faire que de répondre au téléphone !

– Je... Cette nuit, nous étions en réunion protocolaire, monsieur le ministre. Monseigneur tient beaucoup à préparer lui-même la cérémonie de son retour sur le trône de France. Il veut que tout soit parfait pour le grand jour...

– Eh bien, il n'est pas superstitieux, Monseigneur ! Parce que rien n'est encore fait. Nous n'avons toujours pas la Cocarde et nous n'avons même pas la moindre idée sur sa cachette...

– Je comprends votre circonspection, monsieur le ministre. Mais notre plan est clair : il nous suffit de suivre les deux suppôts de la Gueuse que le sénateur a lancés à la recherche du talisman...

– Justement, l'interrompit le ministre. Ils sont entrés en contact avec la putain de la République. Je dois parler à Monseigneur...

– Monseigneur repose, monsieur le ministre, je viens de lui faire sa saignée.

– Réveillez-le ! C'est important !

– Impossible, monsieur le ministre. Monseigneur a beaucoup travaillé aujourd'hui, malgré les souffrances que lui inflige son genou. Et demain, il doit choisir le chorégraphe qui va mettre en scène les cérémonies du couronnement. Figurez-vous qu'il s'est entiché de ce Philippe Découflé...

– Pourquoi pas Shirley et Dino ! s'exclama le ministre. C'est n'importe quoi ! Enfin... Assez bavardé. Passez-moi le Roi. Je vous dis que j'ai des informations capitales à lui fournir. Je les tiens de mon contact à la place Beauvau !

– Je regrette, monsieur le ministre, je ne peux accéder à votre demande. Vous oubliez parfois que Monseigneur n'est pas, tel un simple président de la République, corvéable à merci. On ne peut le réveiller à toute heure du jour et de la nuit. Je vais prendre note de vos informations et demain matin, dès potron-minet, à l'heure de son petit lever, je les lui ferai tenir en mains propres.

– Comme vous voudrez ! Mais quand il sera de retour aux affaires et quand je serai son premier ministre, comptez sur moi pour réformer tout ça ! Nous allons changer d'ère, croyez-moi !

– Je n'en doute pas, monsieur le ministre. Je vous écoute...

– Bon, dites à Monseigneur que les deux envoyés du sénateur ont rencontré la Vieuxjoncourt. Celle-ci leur a donné le mot de passe,

– Celui que nous détenons déjà depuis 1910 ?

– Oui, celui-là même.

– Mais nous ne savons que faire de cette chanson aussi stupide qu'obscène, monsieur le ministre...

– Je le sais aussi bien que vous. Mais la Vieuxjoncourt leur a également remis un texte

– Un texte, monsieur le ministre ? Quel genre de texte ? S'agirait-il du décryptage de la chanson ?

– Peut-être. Moon nous a appelés juste après le départ des deux émissaires du sénateur. Elle a dit qu'elle allait immédiatement essayer d'en savoir plus. Depuis, nous n'avons plus de nouvelles.

– Vous avez perdu notre contact auprès de la Vieuxjoncourt ?

– Le plus étrange, c'est que je viens d'apprendre par le ministère de l'Intérieur que c'est elle qui a appelé les flics pour leur signaler que la Vieuxjoncourt avait été supprimée.

– La police ? Mais pourquoi diantre a-t-elle appelé la police ? Nos règles ne prévoient pas cela !

– Je vous répète que je n'en sais rien. L'essentiel est que la putain soit morte et qu'elle n'ait pas eu le temps d'alerter qui que ce soit. Moon porte une puce GPS dans son piercing au nombril. Nous ne devrions pas avoir trop de difficulté à la localiser.

– Et les deux chercheurs de Cocarde, monsieur le ministre ?

– D'après mes sources, à l'heure qu'il est, ils filent toujours vers l'ouest.

8

Samedi 2 juillet 2005 – Autoroute Paris-Nantes.

– Où en étais-je quand vous m'avez grossièrement interrompue ? demanda Ségolène.

– À la subite et incompréhensible déveine de Napoléon III qui s'expliquerait par la perte de la Cocarde...

– Monsieur suit, mine de rien...

– Qu'est-ce que vous croyez ? Je suis capable de faire plusieurs choses en même temps : conduire, m'ennuyer et écouter « Alain Decaux raconte »...

– Très drôle ! Je continue :

Adolphe Thiers

Premier président de la Troisième République, il dit redouter un attentat et s'installe à l'hôtel de la préfecture de Versailles. Une fois encore, en tant qu'historien, je suis contraint de m'interroger : que redoute Thiers en logeant à l'Élysée ? Et comment expliquer que c'est en 1872, lors d'un de ses brefs séjours dans le palais abandonné, que la majorité monarchiste de l'Assemblée nationale jure de se débarrasser de lui ?

Le 20 mai 1873, Thiers est acculé à la démission. Il meurt quatre ans plus tard. Dès lors, sa tombe est régulièrement profanée et sa chapelle mortuaire a même été plastiquée. Ce tourment post-mortem se perpétuera jusqu'en mai 1971. Cent ans après la répression sanglante de la Commune, des inscriptions injurieuses seront peintes sur son monument funéraire : « Assassin du peuple », « Chef des chiens et des cochons », « On te crèvera, salope ! », « Qu'as-tu fait de la Cocarde, pourriture ? ».

Vengeance cousue de fil rouge ont conclu les historiens... À moins qu'il ne s'agisse de tout autre chose ?

Le maréchal de Mac-Mahon

Élu président de la République le 24 mai 1873, le maréchal de Mac-Mahon, après avoir hésité longuement, finit par s'installer à l'Élysée en 1874. Dès qu'il a emménagé, le grand militaire, victorieux à Malakoff, bourreau sanglant et sans scrupules des communards, donne des signes d'étiolement mental, perdant la mémoire des noms et des visages, et provoquant l'hilarité générale avec ses phrases qu'il ne termine jamais.

Mais il y a plus intéressant. Et plus inquiétant. Mac-Mahon est manipulé par un personnage singulier, éminence grise des conservateurs les plus ultras et chef de son gouvernement : le duc de Broglie. Face au chef de l'État qui est affligé d'une inexplicable idiotie, le duc de Broglie décide néanmoins de renforcer le rôle du président de la République ! Il allonge le mandat présidentiel à sept ans et, surtout, il fait voter une loi qui prévoit que le palais de l'Élysée sera désormais la résidence officielle des présidents de la République...

Quel intérêt, quelle urgence, avait de Broglie – monarchiste convaincu, je le rappelle – à doter la République de ce palais ? Pour qui travaillait-il vraiment ?

Un siècle plus tard, l'un des plus mystérieux scandales

qu'ait connu la République viendra confirmer le bien-fondé de ces questions. En effet, le 24 décembre 1976, le prince Jean de Broglie, petit-fils du duc Albert de Broglie et député de l'Eure, est abattu rue des Dardanelles, en plein Paris.

Peu à peu, cet assassinat se transforme en l'un des plus grands scandales de la présidence de Valéry Giscard d'Estaing, dont Jean de Broglie est l'ami intime. Le prince est-il mort parce qu'il détenait un terrible secret que lui aurait livré son père, qui lui-même le tenait du duc Albert de Broglie, ministre de Mac-Mahon ?

Et si ce secret mettait en jeu le salut de la République ?

– Eh bien ! s'exclama Nicolas. Tout à l'heure je commençais à décrocher, mais j'avoue que sur ce coup-là, je suis bluffé par le vieux Decaux !

– Merci pour lui..., répondit-elle en avalant une gorgée d'eau à même la bouteille.

– Je n'oublie pas la lectrice ! Vous y mettez de la conviction, du rythme... Vous allez finir par enfin savoir parler en public !

– Je vous dispense de vos commentaires, monsieur le spécialiste de la communication, le coupa-t-elle.

– Vous devriez peut-être envisager d'en prendre un...

– Pour qu'il se fasse la malle avec François ? ironisa-t-elle.

– Très amusant ! dit Nicolas dont le visage s'était à nouveau fermé.

– Excusez-moi... C'est vous qui avez commencé avec vos communicateurs. En 95, Jospin était cerné par les communicants professionnels en tout genre, ça ne l'a pas empêché de disparaître dès le premier tour avec 17 % des suffrages.

– Si vous appelez Séguéla et Karl Lagerfeld des professionnels de la communication, pas étonnant que Jospin ait sombré corps et bien avec son « atelier de campagne ». Ha, ha, ha ! Quand j'y pense ! Un « atelier de campagne », fallait vraiment la trouver, une idée pareille ! Ça avait un petit air « côté Sud », très « village de charme » pour bobos dans le Lubéron. Pourquoi ne pas avoir appelé ça : « L'échoppe de Lionel » ou « La Jospinière », pendant que vous y étiez ? Sûr que ça aurait marché super auprès des classes populaires.

– Dites donc, ça vous va bien, de parler de marketing raté ! Les « jeunes populaires », vous trouvez ça mieux ?

– Et alors ? Il faut faire simple et masse. Moi, mes jeunes UMP, ils avaient une réputation de têtes à claque en Barbour et Paraboot avec foulard dans le col de chemise. Eh bien, dès cet été, ils vont sillonner les plages de France en caravanes avec des t-shirts, des tongues et même des préservatifs aux couleurs de l'UMP...

– En chantant en chœur : « Je suis jeune et populaire, pourquoi pas vous ? » Tordant !

– Vous pouvez toujours ricaner avec vos adhésions en solde à 20 euros la carte ! On comparera les chiffres à la rentrée... Continuez plutôt votre lecture.

– À vos ordres, monsieur le chef des « populaires » !

Jules Grévy

À peine a-t-il mis les pieds à l'Élysée, en janvier 1879, qu'il semble frappé d'une avarice obsessionnelle. Bien que recevant 300 000 francs pour les frais de représentation, Il ne donne que trois bals par an et lésine sur tout : chauffage, nourriture, vêtements, voyages. Durant son mandat, il n'effectuera qu'un seul déplacement officiel, à Cherbourg !...

Le 22 octobre 1881, Alice, la fille du président, épouse un certain Daniel Wilson, frère d'une des maîtresses de Grévy. Le président grippe-sou nomme aussitôt son gendre sous-secrétaire d'État... aux Finances. Celui-ci devient, on s'en doute, le conseiller privilégié du président. En octobre 1887, après un premier septennat digne des Misérables, *éclate le scandale des décorations. On découvre un trafic de légion d'honneur dans lequel Wilson est gravement compromis. Le « conseiller personnel » utilisait la signature présidentielle pour obtenir des décisions favorables à ses amis et, moyennant finances, faire décorer ses fournisseurs ! Frappé de sidération, Jules Grévy se maintient malgré tout au pouvoir, générant une terrible agitation nationaliste dans tout le pays et décrédibilisant pour longtemps la fonction suprême. Il quitte l'Élysée le 2 décembre après deux mois de tempête.*

Comment expliquer tant d'entêtement, de maladive cupidité, d'insondables maladresses ?

Sadi Carnot

À l'opposé de son prédécesseur, il est atteint de la folie des grandeurs. À peine installé à l'Élysée, il fait construire une immense salle des fêtes, le long de l'avenue Marigny, et généralise l'électricité dans le palais dont les zones d'obscurité le terrorisent. Fuyant la solitude oppressante qu'il ressent, il lance régulièrement des milliers d'invitations pour des bals, des garden-parties gargantuesques et il offre le premier banquet des maires de France avec 19 000 invités !

Le 24 juin 1894, à l'issue d'un plantureux raout, le président Carnot se rend au Grand Théâtre de Lyon. Rue de la République, un individu se précipite sur le marchepied du landau présidentiel. Aux cris de « Vive la Révolution », il porte à Carnot un coup de poignard de Tolède puis s'enfuit en hurlant : « Vive l'Anarchie ! » Le poignard, dissimulé dans du papier journal, a pénétré de plus de dix centimètres le foie présidentiel. Carnot expire peu après minuit, tandis que retentissent au loin les explosions d'un feu d'artifice que, dans leur affolement, les autorités municipales n'ont pas songé à annuler. La mort du président est attribuée au jeune anarchiste italien de vingt et un ans Santo Caserio, qui a voulu venger ses camarades Ravachol, Vaillant et Henry dont Carnot a refusé la grâce.

Mais qui a armé, tenu et poussé le bras de Caserio ?

– Eh ben... ça, c'est de l'assassinat politique comme on en fait plus, commenta Nicolas. Un meurtre au poignard, c'est autre chose que l'attentat raté contre Chirac, le 14 juillet 2002 !

– Le jeune déséquilibré du MNR ?

– Un amateur qui a sorti une 22 long rifle devant tout le monde ! Il n'avait aucune chance.

– Vous avez presque l'air de le regretter.

– Qu'est-ce que vous allez chercher ! Allons, continuez...

Jean Casimir Perier

Après la mort de Carnot, Jean Casimir Perier fut le premier à admettre, avant même son installation à l'Élysée, la réalité d'une malédiction. Le 27 juin 1894, il est élu à la présidence de la République au premier tour par 451 voix sur 851 votants. Dès l'annonce de la nouvelle, il fond en larmes et cherche à se récuser. Le visage défait, les yeux exorbités comme s'il devinait le sort qui lui est promis, il déclare à ses amis : « Je ne suis pas l'homme de cette magistrature impossible ». Casimir Perier sait ce qui l'attend. C'est sa mère, tragique ironie du sort, qui va le convaincre d'entrer à l'Élysée. « Ainsi me voilà prisonnier... Si maman savait ce qu'elle a fait, elle en deviendrait folle... », soupire-t-il en s'installant au palais. Son calvaire durera deux longues années au bout desquelles, à bout de forces, bravant pour la première fois l'autorité maternelle, il remet sa démission, sans un mot d'explication, avant de disparaître à jamais dans les bas-fonds de l'Histoire...

Quelle mystérieuse force l'a convaincu de s'enfuir ?

Félix Faure

C'est via son penchant pour la gent féminine que le mal mystérieux de l'Élysée va atteindre Félix Faure. Le 16 février 1899, légèrement souffrant, le locataire de l'Élysée se rend dans le salon d'argent où il se fait apporter, outre sa bouteille quotidienne de Vouvray, un verre d'un cordial à base de quinquina, aux vertus supposées aphrodisiaques. Un cri fait bondir Le Gall, directeur du cabinet présidentiel. Bien qu'il ait reçu ordre de ne déranger le président sous aucun prétexte, le fonctionnaire fait irruption dans le salon argenté. Un spectacle effroyable l'y attend. Sur le tapis, Félix Faure, vêtu d'un gilet de flanelle et de ses chaussettes, gît le postérieur à l'air. Il est affalé sur Marguerite Steinheil, elle aussi dans le plus simple appareil. Aidé de l'huissier, Le Gall dégage la jeune femme, s'aidant de ciseaux pour couper les cheveux de la belle sur lesquels les doigts bleuis de Félix Faure se sont refermés à jamais. Tandis qu'elle s'éclipse, survient Mme Faure qui, dans un bouleversant cri du cœur, s'écrie : « C'était un si bon mari. » Faute de trouver le curé de la Madeleine, un prêtre hélé dans la rue donne l'extrême-onction à l'agonisant. Au maître d'hôtel qui l'introduit auprès du mourant, le curé demande : « Le président a-t-il encore sa connaissance ? », et s'entend répondre : « Non, elle est partie par la petite porte. » Plus tard, Clemenceau forgera cette épitaphe pour Félix Faure : « Il est retourné au néant. Il a dû se sentir chez lui. Il a voulu finir César et il est mort Pompée. »

Mais qui est responsable de cette fin tragique ?

Émile Loubet, Armand Fallières

Si le ridicule tuait, les successeurs de Félix Faure à l'Élysée, Émile Loubet, et Armand Fallières seraient morts foudroyés dans l'exercice de leur fonction. Mais, cruelle, l'Histoire n'a retenu d'eux que de grotesques anecdotes.

Émile Loubet n'a survécu dans la mémoire nationale, et encore uniquement chez les érudits, que par les coups de canne que reçut son chapeau haut de forme huit-reflets au Grand Steeple-Chase d'Auteuil le 4 juin 1899.

Encore plus pitoyable sans doute : on ne retient le nom du président Fallières, quand on le connaît, que parce qu'il s'est fait tirer la barbiche et égratigner l'oreille par un garçon de café, le 25 décembre 1908, en effectuant sa promenade quotidienne dans les jardins de l'Élysée... Par respect pour ceux qui me liront un jour, je préfère passer sous silence les chansons que se permirent de lui dédier certains chansonniers. À titre d'exemple, la plus convenable, dit notamment :

Le président Fallières
A la peau si tendue...

Ségolène interrompit sa lecture et laissa retomber les feuillets qu'elle tenait sur ses genoux.

– Je n'en peux plus. Je crois que je vais vous remplacer au volant, ça me tiendra réveillée...

– Si vous voulez. Mais avant que nous ne nous arrêtions, continuez, répondit Nicolas en se tournant brièvement vers elle. Je commence à trouver cela passionnant. Alors, dites-moi ce qu'ils écrivent, les chansonniers, sur ce pauvre président Fallières ?

– Vous le lirez vous-même.

– Mais enfin, qu'est-ce qui vous prend, tout à coup ?

– Je vous l'ai dit : je suis éreintée. J'ai la gorge sèche et nous n'avons plus d'eau minérale...

– Allons, vous n'allez pas me faire croire que c'est pour cela que vous vous êtes interrompue. Donnez-moi ce texte que je vois de quoi il retourne..., dit-il en tendant la main.

– Vous n'allez pas lire en conduisant, tout de même !

– Alors trouvez-moi le passage en question.

Ségolène lui mit sous les yeux le feuillet dont elle venait d'interrompre sa lecture. Dans la pénombre de l'habitacle, il parvint à déchiffrer :

Le président Fallières
A la peau si tendue...
Que quand il ferme la paupière
Il ouvre le trou de son cul...

Nicolas partit aussitôt d'un bruyant éclat de rire.

– J'étais certaine que cela vous amuserait, dit-elle avec une moue dégoûtée

– Moi, en revanche, j'étais loin d'imaginer que cela vous choquerait à ce point. Franchement, vous êtes bien pudibonde, ma chère !

– J'exècre les plaisanteries graveleuses et les bons mots égrillards... Ces histoires salaces de postérieur, de poils... je trouve cela dégoûtant. Il faut avoir supporté les blagues de fin de repas de Dray ou Rebsamen pour comprendre ce que je veux dire !

– Vous exagérez, ce n'est tout de même pas du Charasse ou du Georges Frêche ! Cette innocente chanson pourrait presque être chantée dans les cours de récréation !

– C'est ça ! On commence comme ça et on continue avec la pornographie, l'image dégradante de la femme et du corps humain en général. Je suis peut-être pudibonde mais j'ai quand même bien le droit de ne pas trouver ça drôle. Si Fallières était gros, ce n'était pas de sa faute...

– Ouais... Vous n'avez peut-être pas tout à fait tort..., concéda-t-il, pensif. Sans compter que ces humoristes, ils ne savent pas le mal qu'ils peuvent faire avec leurs quolibets et leurs caricatures. Moi-même, si vous saviez ce que j'ai dû endurer sans broncher : petite taille, grandes oreilles, traître de comédie, opportuniste, mégalo, parano, maître chanteur auprès des patrons de presse et des éditeurs, rancunier, colérique... Il n'y avait que Cabu qui arrivait à me faire sourire, mais depuis qu'il m'a fait pousser des cornes, ça ne passe plus. Il ne perd rien pour attendre, celui-là ! Je le briserai !

– Quelle horreur, approuva-t-elle avec un frisson de dégoût, ces prétendus comiques qui ne font rire qu'eux-mêmes et leur public, une bande de dégénérés qui bien souvent ne votent pas d'ailleurs ! Enfin, ce qui me console, c'est que je suis très copine avec Jamel Debbouze, Diam's et Bénabar...

– Remarquez, moi j'ai Bigard. Il remplit les stades de France à lui tout seul. Et Clavier ! Lui, il n'attaque jamais sur le physique.

– Je ne devrais pas vous dire ça, mais c'est vrai qu'il est très rigolo, Clavier, quand il se tire sur le nez. Finalement, on ne devrait pas trop se plaindre. Imaginez un peu, si Coluche était encore là... Au moins, avec Dubosc, Chevalier, Laspalès... on est tranquille !

– Mais il y a tous les autres. Les irresponsables : les Grolandais, les Guignols, les Yannick Noah, les *Paris Match*... Ils le paieront, je vous le jure.

– À qui le dites-vous ! confirma Ségolène. Ils le paieront tous, ces malotrus ! Quand je pense qu'ils sont allés jusqu'à faire parler Bourdieu d'outre-tombe ! Ou à résumer mon programme à « Travail – Famille – Poitou » !

– Et moi, tous ces lazzis, ces quolibets... On va voir si je suis colérique et rancunier !

– Et moi, on va voir si je suis une peste, cassante et égocentrique ! Une « calebasse », une « oie blanche », une « Madonna de province habillée dans des rideaux », une Evita Peron, une Margaret Thatcher, une « Rika Zaraï socialiste », une « mère Merkel qui va se faire faire pan, pan sur le popotin » ! Fallières sera vengé, croyez-moi !

– Et moi aussi, par la même occasion ! gronda Nicolas.

– Bon, nous avons au moins un bout de programme en commun. Mais nous n'en sommes pas encore là. Ralentissez et arrêtez-vous. Je prends le volant.

9

Samedi 2 juillet 2005 – La Hardouilière (Saint-Herblon), hôtel La Drouaise.

Dans le hall d'entrée éclairé *a giorno* par deux boudins de néons circulaires et grésillants, Nicolas et Ségolène avaient tous deux le teint cireux et les traits tirés. Appuyés au comptoir de la réception, ils attendaient la patronne de l'établissement partie vérifier l'état de leurs deux chambres avec vue sur la place du marché.

La perruque de Ségolène avait glissé vers l'avant et des mèches de vrais cheveux s'échappaient, pendantes et indisciplinées. En croisant son reflet dans le miroir, elle eut un mouvement de recul.

Je ressemble à Yolande Moreau ! songea-t-elle en détournant aussitôt les yeux. Le canapé en skaï vert pomme et le comptoir en miroir doré de la réception contribuaient à rendre triste et même inexplicablement sinistre cet « hôtel de village » situé à quelques kilomètres à peine de l'A11. Nicolas avait renoncé aux fausses dents utilisées pour rencontrer la Vieuxjoncourt, mais, avec sa moustache et son costume en faux lin pied-de-poule, son allure générale était celle d'un représentant de commerce au bout du rouleau.

« Patron de PME », tu parles ! se consola Ségolène en détaillant discrètement son compagnon de voyage des pieds à la tête. *Petit VRP en Twingo, oui ! Les Deschiens, nous sommes dans un sketch des Deschiens !*

– Qu'est-ce que vous avez à me regarder comme ça ? demanda-t-il

– Rien. Je me disais que nous devrions partir de bonne heure demain. Nous sommes encore à quatre-vingt-dix kilomètres de Nantes...

– Je ne sais toujours pas ce que nous allons y faire. Mais je suppose que je dois vous faire confiance...

– Lisez la suite du texte de Decaux cette nuit et vous comprendrez... La prochaine étape devrait se trouver entre Nantes et Montaigu...

La patronne de l'auberge de la Drouaise revint avec de bonnes nouvelles :

– Les chambres sont impeccables, j'ai tout vérifié. Les chasses d'eau marchent et les télés aussi. En souhaitant une bonne soirée à ces messieurs dames, ajouta-t-elle avec un sourire et un clin d'œil complice qui leur fit instantanément baisser les yeux.

Malgré la chaleur étouffante, la chambre de Nicolas était humide. Il se libéra de ses mocassins à glands, défit sa ceinture, laissa tomber son pantalon et se jeta en slip sur le lit double dont le matelas rendit un son plaintif. Sous la lumière blafarde du plafonnier, il fut tenté d'attendre le journal télévisé de la nuit. La mort de Marie-Anne de Vieuxjoncourt était-elle déjà connue des rédactions ? *Non, trop tôt,* conclut-il. Appeler Patrice, le rédac' chef du *** pour lui filer le tuyau en lui demandant de ne pas bouger ? *Mieux vaut attendre lundi, au moins, je serai à Paris, je pourrai peut-être faire un 20 heures...* Il renonça à la télévision et se plongea dans la lecture du document confié à la pauvre femme par le célèbre académicien.

(...) Je passerai rapidement sur le cas de Raymond Poincaré. À un certain degré, la cruauté du ridicule est insoutenable et, sous son règne, la tête de l'État fut ridiculisée comme jamais elle ne l'avait été auparavant. Un après-midi de 1917, Henriette Adeline Benucci, pétulante épouse du président Poincaré, se fit enlever par un orang-outang ! Échappé du cirque du Rond-Point tout proche, l'animal se précipita sur la première dame de France et tenta de l'entraîner avec lui dans un arbre. On devine aisément pour quel motif...

Ces faits, hélas rigoureusement authentiques, pourront choquer certains républicains, et je conçois que l'on puisse légitimement se demander s'il était bien nécessaire de les relater. Le pire restait pourtant à venir.

Paul Deschanel

À trente ans, il déclare : « Je brigue deux choses : l'Académie française et la présidence de la République. »

Il aura les deux, hélas ! En 1920, alors que Clemenceau, « le Père la victoire », espère être élu président de la République, c'est Deschanel qui l'emporte avec 408 voix contre 399. Cette trahison dans les urnes est le fruit d'une cabale contre le Tigre que beaucoup de députés craignent. En effet, de Clemenceau émanent une force étrange, une maîtrise, une autorité, un sens de l'État et de la République qui semblent le transcender. D'où tient-il ce pouvoir, qui lui a permis de faire et défaire les gouvernements pendant vingt ans ?

À peine entré à l'Élysée, Deschanel paraît aussitôt dépassé, écrasé, par son succès. Lui, si fringant jusque-là, paraît diminué et désemparé. Il est pris d'accès d'angoisse inexplicables, et il se met à souffrir d'un resserrement épigastrique, accompagné d'élancements aigus de l'estomac... « Ça me brûle ! J'ai une torche dans la poitrine, nuit et jour (...). Cela me possède, je donnerai mon âme pour que cela cesse ! » confie-t-il un jour à son chef de cabinet...

Très vite, les signes de possession se multiplient. Le 1er mars 1920, au cours d'un déplacement à Bordeaux, il embrasse sur la bouche une « gueule cassée », un soldat horriblement mutilé au visage. Un peu plus tard, à Menton, après d'autres extravagances, le voici à quatre pattes dans la boue, ramassant les fleurs qui lui ont été lancées, envoyant des baisers aux femmes qui l'acclament.

Le 23 mai 1920, survient le célèbre épisode du train Paris-Montbrison qui fera ricaner l'Europe entière.

Que s'est-il passé dans ce train ? Deschanel, toujours aussi fatigué, fiévreux, s'est retiré tôt dans sa chambre située au centre du wagon. La version officielle prétend que, réveillé en pleine nuit par des sons étranges, le président se serait levé, aurait ouvert la vitre inférieure d'une des fenêtres, se serait penché à l'extérieur et serait tombé... À moins qu'il n'ait été poussé ?

Par miracle, au moment où Deschanel bascule sur la voie, le convoi roule à faible allure et le défenestré atterrit sur de la terre fraîchement remuée. Quand il se retrouve sur la voie, Deschanel est en pyjama et soufre de légères contusions au visage. C'est dans cette tenue qu'il rencontre André Radeau, un cheminot auprès de qui il prétend être le président de la République. Le soir même, Deschanel regagne Paris en automobile. Les chansonniers se déchaînent aussitôt :

Il n'a pas abîmé son pyjama
C'est épatant mais c'est comme ça
Il n'a pas abîmé son pyjama
Il est verni l'chef de l'État

Dans les semaines qui suivent, de nouveaux incidents sont signalés. On retrouve Deschanel grimpant aux arbres dans le parc de l'Élysée. Le 10 septembre, à 6 heures du matin, les gardes le découvrent en train de barboter dans le bassin où il tente d'étrangler un canard... Il est ramené inconscient dans sa chambre et, le lendemain, c'est seulement vêtu du grand cordon de la légion d'honneur qu'il reçoit un ambassadeur ! Un décret soumis à sa signature revient avec le paraphe « Napoléon »... Discrètement interné dans une maison de repos de Rueil-Malmaison, il y apprendra la nouvelle de sa destitution.

Comment, une fois encore, ne pas poser la lancinante, obsédante, terrible question : qu'est-il arrivé au brillant Paul Deschanel quelques heures à peine après son arrivée à l'Élysée ?

– Bon sang ! murmura Nicolas. Tout ça commence peu à peu à se mettre en perspective. Prise séparément, chacune de ces histoires peut sembler amusante, pittoresque ou cruelle, mais quand on commence à les relier entre elles, ce qu'on découvre est tout bonnement... terrifiant. Comment Decaux a-t-il pu garder une telle découverte pour lui ?

En reprenant sa lecture, il s'aperçut que son poignet s'était mis à trembler légèrement.

Alexandre Millerand

Inconscient du danger ou déjà ensorcelé ? Étienne Alexandre Millerand, succède à Deschanel le 23 septembre

1920. Peu de temps après son arrivée au pouvoir, la France va de crise en trou d'air. Le Bloc national remet en question la séparation de l'Église et de l'État, le Grand Orient de France appuie les radicaux-socialistes et la SFIO et Le Quotidien *écrit : « La question n'est pas de savoir comment M. Millerand s'en ira, elle est de savoir comment on le jettera dehors. » Tous ceux que le président appelle pour former un nouveau cabinet se dérobent. En désespoir de cause, ne comprenant rien aux forces contradictoires qui déchirent le pays, Millerand démissionne. Il part sans daigner accueillir son successeur et disparaît dans les sables mouvants de l'histoire. Les causes de sa mort sont aujourd'hui encore inconnues...*

Qui a fait de Millerand une marionnette ?

Gaston Doumergue

Alors que tout espoir semble perdu pour le pays, un homme se lève. Gaston Doumergue est élu au premier tour à la présidence de la République, le 13 juin 1924, par 515 voix sur 860. Malgré son installation officielle à l'Élysée, le nouvel élu décide de garder son logement privé, situé 73 bis avenue de Wagram où il défend expressément qu'on le suive. Dort-il à l'Élysée ou a-t-il compris ou découvert quelque chose sur cette demeure ?

Cet homme a tout contre lui : il est homosexuel notoire et premier chef d'État français protestant depuis l'abjuration d'Henri IV. De plus, le 15 juillet 1926, c'est en sa présence qu'est inaugurée la mosquée de Paris. Car Gaston Doumergue est en faveur de l'acceptation de l'islam par la France. Il sera pourtant un président inexplicablement aimé et protégé.

Il intervient activement, et avec un égal succès, tant dans la formation des gouvernements que dans les débats minis-

tériels. Il exerce une autorité gracieuse et sait « agréablement » dire les choses les plus désagréables. Un charme insaisissable semble entourer toute sa personne. Et la France est irrésistiblement séduite par celui qu'elle surnomme affectueusement « Gastounet ».

À la fin de son dernier conseil des ministres, le président Doumergue se lève. Selon plusieurs témoins, il serre dans la poche droite de son pantalon ce qui ressemble à un mouchoir multicolore et dit, en s'épongeant le front de la main gauche : « Ouf ! » À quel terrible danger pense-t-il avoir échappé ? Comment s'est-il protégé de la malédiction qui a frappé tant de ses prédécesseurs ? Et qui va causer la mort violente de son successeur à l'Élysée ?

– Encore un mort ! sursauta Nicolas.

En dépit de la chaleur étouffante qui régnait dans la pièce, le ministre fut parcouru par un frisson glacé. Autour de lui, l'hôtel était parfaitement silencieux, comme figé dans une torpeur malsaine, propice aux mauvais rêves.

Il occupait la chambre 17, Ségolène la 18. Malgré la faible épaisseur des murs et la mauvaise isolation acoustique des chambres, aucun bruit ne lui parvenait depuis la pièce occupée par sa camarade d'aventure.

Il sourit en repensant à sa réaction quand elle avait dû lire la chanson sur Fallières. *C'est une adversaire mais elle est touchante, y'a pas à dire ! Ce mélange de force, d'énergie et de candeur. Ah, les femmes, les femmes... Et la mienne, où est-elle en ce moment ? Pourquoi ne me donne-t-elle plus aucun signe de vie ? Pourquoi a-t-elle interrompu brutalement nos échanges de SMS quotidiens ? Si elle me voyait dans cet hôtel miteux, sans costume de rechange, ni pyjama, sur les traces de dangereux agités de la couronne, avec ma rivale politique qui dort dans la chambre d'à côté ! Si elle voyait ce que j'engloutis comme cochonneries sucrées et comment je me coiffe ! Elle qui veillait sur ma ligne, mon sommeil, ma tenue...*

À cet instant, le téléphone de Nicolas se mit à émettre une série de petits couinements aigus.

Un SMS ! Enfin ! J'en étais sûr... Elle pense à moi...

Il tapota aussitôt frénétiquement sur le clavier de l'appareil et découvrit le message à peine arrivé.

« Le 21, à la Loreda : BBQ avec les potes. Tu v1 ? Y'aura JR. Jojo. »

Il jeta le téléphone à l'autre bout de son lit et replongea tristement dans sa lecture.

– Voyons, qui succède à Gaston Doumergue, déjà ? s'interrogea-t-il à voix basse. Paul Doumer, je parie !

Il vérifia aussitôt en jetant les yeux sur le document qu'il avait posé sur sa table de chevet.

– Bingo ! J'ai encore quelques beaux restes d'histoire de la République. Qui sait, ça pourrait bien me servir un jour..., soupira-t-il.

Paul Doumer

Quand il accède au pouvoir suprême, Paul Doumer a soixante-treize ans. Très sobre, il ne fume pas, ne boit pas d'alcool, jouit d'une mémoire exceptionnelle et mange modérément. Quant à ses mœurs, elles passent pour être austères. Jamais malade, il ne conçoit pas qu'on puisse l'être. Les médecins qui l'examinent avant son élection lui trouvent d'ailleurs la constitution d'un homme de quarante ans. Bref, un homme fait pour durer à la présidence. Après avoir hésité, et malgré les avertissements de Doumergue, il choisit d'habiter à l'Élysée. Après tout, Gaston Doumergue est passé au travers. Pourquoi pas lui ?

Élu le 13 mai 1931, il est le treizième président de la

République. En roulant vers l'Élysée, il déclare à son aide de camp : « Avec des chiffres pareils, je ne peux être qu'assassiné. » A-t-il déjà entrevu sa fin prochaine ? Sait-il à quel point ses paroles sont prémonitoires ? Je ne peux l'affirmer.

Presque un an plus tard, le vendredi 6 mai 1932, Doumer assiste à la vente des écrivains anciens combattants à l'Hôtel Salomon de Rothschild. Il y achète quelques ouvrages qu'il tient à payer de sa poche puis se dirige vers une table où l'écrivain Claude Farrère est en train de dédicacer son livre, La Bataille. *Alors que Farrère signe son ouvrage au président, des coups de feu éclatent. Doumer s'écroule, tachant de son sang les livres qu'il entraîne dans sa chute. Deux balles l'ont atteint : à la base du crâne et à l'aisselle droite.*

Le président est transporté en urgence à l'hôpital Beaujon. Sa constitution vigoureuse laisse espérer qu'il va s'en sortir. Hélas, au cours de la nuit son état s'aggrave. Avant de sombrer dans le coma, Paul Doumer dit à sa femme : « Doumergue l'avait, je ne l'avais pas... C'est pour cela que je m'en vais si vite. Où est-elle ? »

De qui ou de quoi parle-t-il, alors ?

Nicolas se leva, alla fermer la fenêtre de sa chambre restée béante sur la nuit d'été, puis vérifia la fermeture de la porte d'entrée. Il se sentait nerveux, tendu, perturbé au-delà de ce qu'il voulait bien s'avouer par les incroyables découvertes d'Alain Decaux. Comme souvent dans ces cas de tension, il se mit à faire, aussi discrètement que possible, une série de tractions abdominales puis une dizaine de pompes. En sueur, mais passablement apaisé, il reprit sa lecture.

Albert Lebrun

En mai 1932, à peine élu président de la République, Albert Lebrun s'empresse de déclarer : « Le président n'a qu'un seul pouvoir : le droit de grâce. » Espère-t-il conjurer le sort ou échapper à ses écrasantes responsabilités ? Son martyre à l'Élysée sera pourtant l'un des plus longs et des plus éprouvants de l'histoire de la République. Lebrun, surnommé « le sot pleureur » parce qu'il a toujours la larme à l'œil et un air perpétuellement ahuri, n'a pas toujours été dans l'état d'ahurissement où on le trouve à l'Élysée. N'est-il pas sorti major de l'École polytechnique ? Qu'est-il arrivé à sa brillante intelligence analytique ?

Il est dommage qu'elle ait mystérieusement disparu car le pays en aurait eu grand besoin pour affronter les épreuves qui l'attendent : plébiscite de la Sarre, affaire Stavisky, émeute du 6 février 34, grèves, dévaluation du franc et affaiblissement de l'économie nationale, guerre civile espagnole, montée du nazisme, guerre avec l'Allemagne...

En 1936, la gauche gagne les élections et Lebrun nomme Léon Blum, son ennemi politique, à la tête de l'exécutif. En 1939, aucun responsable politique sérieux n'accepte de le remplacer à la présidence. Daladier lui-même renonce et Lebrun est réélu. Le chemin de croix continue, pour lui et pour le pays. En juin 1940, il part pour Bordeaux avec le gouvernement puis désigne le maréchal Pétain, favorable à l'armistice, comme président du Conseil. Georges Mandel, ancien collaborateur de Clemenceau, est un des rares hommes politiques qui tente d'enrayer le processus.

Nicolas soupira.

– Mandel, mon idole ! En voilà un, au moins, qui avait quelque chose dans le buffet. Faudra d'ailleurs que je songe à mettre en vente le bouquin que j'ai écrit sur lui sur le site des Populaires.

Le 13 juillet 1940, Albert Lebrun confie au maréchal Pétain : « Soyez sans souci à mon égard. J'ai été toute ma vie le serviteur fidèle de la Loi... » De quelle « Loi », invisible et supérieure à sa volonté, Albert Lebrun parle-t-il ? Fait-il allusion aux forces inexpliquées qu'il a dû affronter, tel « un serviteur fidèle », durant son séjour à l'Élysée ? Pétain prenant le titre de « chef de l'État Français », Albert Lebrun garde officiellement son titre de président de la République jusqu'en 1946.

Des années plus tard, le général me confia : « Vous savez, Decaux, comme chef d'État, trois choses ont manqué à Lebrun : qu'il fût un chef, qu'il y eût un état et... » Le général a toujours refusé de finir sa phrase en ma présence. De Gaulle connaissait-il le secret de l'Élysée ? Ou le moyen de lui survivre ?

Sur le couvre-lit damassé luisant d'usure, Nicolas reposa la prose du grand historien et chercha à remettre de l'ordre dans ses idées, rendues brumeuses par la fatigue et le sommeil.

De deux choses l'une : soit Decaux est victime d'un délire interprétatif particulièrement grave et il voit des signes, des causes et des conséquences là où n'existe que le chaos de l'histoire des hommes. Soit il a mis au jour un tel faisceau de coïncidences que le hasard seul ne peut les expliquer...

Il se sentit soudain pris d'une fatigue comme il n'en avait jamais éprouvé jusque-là. Une fièvre proche du vertige. Posant sa nuque sur le traversin, il sentit le contact du tissu amidonné sur la peau de son cou et scruta au-dessus de lui la peinture craquelée. Ses yeux s'arrêtèrent sur la bulle de verre qui pendait du plafond, sphère immobile autour de laquelle la chambre semblait s'être mise à tourner. De plus en plus vite.

Des mouches mortes gisaient à l'intérieur du globe lumineux. *Comment ont-elles pénétré là-dedans ? Allons-nous finir comme elles, Ségolène et moi, à trop vouloir y voir clair dans cette ténébreuse affaire ?*

La lueur blanche ranima en lui une terreur ancienne.

Il vient d'avoir huit ans, couché pour la première fois sur le fauteuil du dentiste, il attend, regardant avec effroi les instruments de métal placés sur un davier immaculé. La sueur perle à son front, ses mains d'enfant agrippent les accoudoirs. *« Ouvre grand ! »* lui ordonne une voix autoritaire. Obligé de fermer ses yeux qui clignent sous la lampe aveuglante, il écoute le bruit strident de la roulette que le bourreau approche de sa bouche. *« Non ! »*

Nicolas a poussé un cri qui le réveille lui-même. Il se redresse un instant et laisse retomber sa tête en arrière au moment où retentit la sonnerie du téléphone

– Allô ?

– C'est moi, Ségolène. C'est vous qui avez crié ? Qu'est-ce qui se passe ?

– Rien ! Juste un mauvais rêve.

– Vous êtes sûr que ça va aller ?

– Oui, merci, oui ! Bonne nuit.

– Bonne nuit.

À peine a-t-il raccroché qu'il sombre à nouveau. Il fait son jogging sur la plage, à Arcachon. Au loin, se profile la dune du Pyla dont il entreprend l'escalade. Son sommet est barré d'une banderole « Élysée » qui claque au vent. Dans le sable, ses pieds pèsent des tonnes. Il a beau s'accrocher aux touffes d'aloès, l'ascension tourne au calvaire. Il tombe sous les huées de touristes aux faces hilares parmi lesquelles il reconnaît Villepin qui lui tend une gourde. À peine a-t-il bu qu'il recrache en hoquetant : *du vinaigre* ! Il s'effondre mais au moment où il va perdre connaissance, une oie sauvage géante l'arrache à ses bourreaux. Nicolas s'agrippe à la crinière du palmipède. Il survole maintenant la mystique Vézelay puis le voici à la verticale du plateau de Millevaches, où François Hollande cherche des champignons à l'orée d'une forêt de châtaigniers centenaires. Mais déjà se profilent les tourelles du château de Bity, propriété des Chirac. Comme photographiée par Yann Arthus-Bertrand, Bernadette Chirac agite à bout de bras une interminable facture : les frais de bouche de la mairie de Paris. La Corrèze s'éloigne et le vol continue. Au-dessus de Chasseneuil en Poitou, il voit Raffarin brandir un fusil de chasse en direction du ciel. Une détonation déchire l'azur : l'oie se cabre dans les airs, mais poursuit sa folle trajectoire dans un sillage de plumes. Ils survolent maintenant les remparts de Fort Boyard où le père Fouras et Passe-Partout poursuivent un Lionel Jospin en larmes. Cap au nord ! L'embouchure de la Loire est franchie. Le Mont-Saint-Michel surgit des sables mouvants comme un miracle inespéré. Au-dessus du Grand Hôtel de Cabourg hanté par Marcel Proust, l'oie vire à droite. Au loin, dans la lumière mourante du crépuscule se profilent les cent clochers de la ville de Rouen. Des flammes immenses montent vers le ciel. *Le bûcher ! Je dois éteindre le bûcher sinon la France entière va s'embraser comme un autobus de banlieue.* Mais en bas, les flammes redoublent d'intensité. Une plainte atroce s'élève. Un insupportable cri de femme. Pour se boucher les oreilles, il lâche le cou du volatile. Un vent puissant, le vent de l'Histoire, d'une force inouïe, irrésistible, l'emporte alors. Malgré les sifflements de l'air, la voix de la femme résonne toujours à ses oreilles. Il tourbillonne au-dessus du seizième arrondissement. À l'aplomb du boulevard Exelmans, il distingue une silhouette sur le balcon d'un immeuble. Appuyée à la rambarde, une femme au cou tranché tend ses bras vers lui. Elle crie son prénom. C'est elle qui l'appelle depuis si longtemps. Il comprend. Enfin. *La Vieuxjoncourt !* Il atterrit. Aussitôt, la putain de la République le serre contre son corps décapité et froid comme du marbre. Il tente de se défaire de cette étreinte mais une nouvelle tornade les emporte tous deux, atrocement enlacés. Bientôt, ils survolent un paysage inconnu et néanmoins familier. Une austère colline boisée, un de ces lieux où souffle l'esprit, où l'on se sent irrésistiblement inspiré par la puissance du sol, de la terre et de l'Histoire. Le souffle les dépose au sommet de l'éminence. Le corps sans tête de la Vieuxjoncourt reprend son essor pour disparaître dans les lourds cumulus, en route vers l'est. Nicolas reste seul. Seul au milieu des bois, frissonnant dans le vent. Le vent sacré des origines.

10

17 mai 1995 – Paris, palais de l'Élysée.

Après une poignée de main, longuement prolongée pour permettre à tous les photographes présents de faire leur travail en immortalisant l'instant, François Mitterrand et Jacques Chirac montèrent l'escalier d'honneur desservant le perron de l'Élysée et y pénétrèrent de concert. En traversant les premières pièces, dont la plupart avaient été transformées en cabinets de travail, Jacques Chirac, qui n'était pas revenu au palais depuis sa cohabitation malheureuse, fut très étonné par ce qu'il découvrit :

– Monsieur le président, je constate, avec l'agréable surprise que vous imaginez, que vous avez eu l'insigne bonté de faire réaménager les bureaux pour que je les trouve dans l'état où le général de Gaulle les avait laissés...

– Effectivement. Et cela au moindre tabouret près, croyez-moi..., répliqua François Mitterrand en clignant les yeux.

– Comment vous exprimer ma gratitude ?...

– Ce n'est rien ! Allez..., répondit le sortant en posant sa main sur l'épaule de son successeur. Un geste qui sera mis à mon crédit dans les biographies qui me seront consacrées...

– Ha, ha, ha ! s'esclaffa Chirac. Je l'espère bien, monsieur le président ! Et comptez sur moi pour faire circuler l'information sur la grande élégance de cette attention. Mais, dites-moi, tout y est-il vraiment ?

– Évidemment, que voulez-vous dire par là ?

– Écoutez, enfermons-nous quelques instants dans mon... pardon, dans votre bureau. Nous serons plus tranquilles pour procéder à la passation des pouvoirs : code nucléaire, affaires d'État en cours, amis que vous souhaitez mettre à l'abri du besoin et de l'adversité après votre départ...

– Et les canards du bassin ! J'ai des choses importantes à vous dire sur les canards...

– Parfait ! Je vous suis, c'est encore vous le locataire officiel...

Une fois enfermés dans le bureau présidentiel, les deux hommes reprirent aussitôt le cours de leur conversation.

– N'êtes-vous donc pas chasseur, monsieur le président ? demanda Mitterrand à Chirac. Un grand dévoreur de gibier et de viandes faisandées comme vous, cela ne serait guère étonnant...

– Pas le moins du monde, monsieur le président ! Depuis que j'ai tiré sur Giscard – par accident, vous vous en doutez –, je n'ai plus jamais touché à un fusil.

– Vraiment ? Vous avez failli dézinguer Giscard ? Vous êtes sérieux ? s'anima soudain Mitterrand dont on devinait pourtant l'immense fatigue que lui causait sa maladie. D'Ormesson, qui ne me cache rien, ne me l'a jamais rapporté...

– Hé, hé, hé ! Personne n'est au courant. C'était il y a longtemps, Giscard m'avait invité à un week-end de chasse à Rambouillet, avec les Ceausescu. Une purge ! Le premier soir, au salon, après avoir joué les Tartarin en nous racontant ses massacres d'éléphants avec l'empereur Bokassa, il a sorti son accordéon et nous a infligé de la musette à sa façon. « Perle de cristal », « Le dénicheur »... Il a massacré tout le répertoire sur son piano à bretelles. J'étais à bout. En plus il s'acharnait à vouloir chanter ! Ça m'a collé un bourdon affreux et j'en ai fait une insomnie. Le lendemain matin, je ne sais pas ce qui m'a pris, j'ai vu une plume trembler au-dessus d'un buisson. Par réflexe, j'ai tiré, sans réfléchir.

– Évidemment ! approuva Mitterrand.

– En fait, c'était le chapeau tyrolien de Valéry, un cadeau d'Helmut Schmidt... Cinq centimètres plus bas et... Hum, mais ça reste entre nous, n'est-ce pas ? À l'époque, je lui ai promis que l'incident ne sortirait pas du parc. Vous êtes le premier à qui je le raconte. Je n'ai jamais rien dit, pas même à Franz-Olivier Giesbert

– Surtout, méfiez-vous de Giesbert..., grimaça le vieux président. Celui-là, j'ai vite compris : tout sourire, tout miel, toujours compatissant... mais en fait il est sur le motif. Il écoute tout, retient tout, note tout. Je me demande même parfois s'il n'a pas un micro-cravate sur lui ! Ensuite, il retranscrit tout ça et le moment venu... Paf ! Il sort un bouquin gorgé de venin ! Une vraie tique ! Pire qu'Attali ! Et ce n'est pas peu dire, croyez-moi !

– C'est bon à savoir, je serai sur mes gardes. Mais en ce qui concerne les colverts du bassin, n'ayez aucun souci. Je m'en occuperai personnellement.

– Surtout, ne les nourrissez pas artificiellement, ils ont l'habitude de se débrouiller tout seuls. Ce qui m'inquiète le plus, ce sont les pies des alentours ; elles font des piqués et perforent le crâne des canetons à peine éclos !

– Quelle horreur ! Mais ne vous inquiétez pas, j'irai moi-même les chasser s'il le faut. Je m'y connais en dissuasion. Je peux d'ailleurs d'ores et déjà vous annoncer, sous le sceau de la plus stricte confidentialité évidemment, que j'ai décidé de reprendre les essais nucléaires dans le Pacifique. Je tiens à asseoir ma réputation mondiale tout de suite.

– Ho, ho..., jaugea Mitterrand en connaisseur. Ça me semble effectivement une excellente idée pour démarrer !

– Je sais ! Mais dites-moi, monsieur le président, pour en revenir au mobilier des De Gaulle. Tout est bien en place ?

– Vous l'avez vu vous-même, monsieur le président. J'ai fait remettre l'Élysée dans l'état où le Général l'avait laissé...

– Les bibelots de Mme de Gaulle aussi ? insista Chirac.

– Les bibelots ? Oui, je le suppose... À quelle bimbeloterie songez-vous en particulier ?

– À un napperon.

– Un napperon ? répéta Mitterrand en clignant plusieurs fois de suite ses yeux noirs aux orbites creusées par ses longues nuits de lutte contre le mal qui le rongeait inexorablement.

– Oui, un napperon circulaire, tricolore, précisa Chirac en guettant l'effet de ses paroles sur son prédécesseur. Trois cercles concentriques : un bleu, un blanc, un rouge... Yvonne de Gaulle en avait fait un dessus de guéridon. Elle avait coutume d'y poser le portrait de son mari.

– Je ne vois pas ce dont vous voulez parler..., répondit Mitterrand en se levant péniblement de son fauteuil. Mais si vous y tenez, appelez-moi à mon bureau au sujet de ce set de table, nous en reparlerons tranquillement... Hélas, je dois m'en aller, mes amis socialistes m'attendent rue de

Solférino. Pour la suite de la passation, voyez les détails avec Lauvergeon, Védrine et Pilhan. Vous me l'avez piqué celui-là, hein ? Vous avez raison, il est épatant... Faites tout ce qu'il vous dira.

– Vous ne m'avez pas répondu, monsieur le président, dit sèchement Chirac en se levant à son tour. La Cocarde, où est-elle ?

– Vous êtes à peine en fonction et déjà vous divaguez, monsieur le président. Cela n'est pas de bon augure pour la suite de votre septennat, si je puis me permettre..., lâcha Mitterrand en faisant mine de se diriger vers la porte du bureau.

– La Cocarde ! cria Chirac en barrant le passage au président sortant. Vous ne sortirez pas d'ici tant que vous ne m'aurez pas dit où vous l'avez cachée !

Un éclair de malice amusée traversa fugitivement le regard de Mitterrand.

– Comment osez-vous traiter de la sorte celui qui est encore le plus haut personnage de l'État ? dit le président sortant en retournant s'asseoir dans son fauteuil tandis que le nouvel élu restait planté devant son bureau. Pensiez-vous que je pouvais vous parler spontanément de la Cocarde ? reprit le vieil homme malade en caressant sa main droite du plat de sa main gauche. Je suis un familier des choses de l'esprit, tout le monde n'a pas ce privilège. J'ignorais que vous eussiez cela en commun avec moi et le Général...

Quel extraordinaire cabot ! songea Chirac, mi-agacé, mi-séduit.

– Seuls ceux qui savent que la Cocarde existe s'en entretiennent lors de la passation des pouvoirs, poursuivit Mitterrand. Comment pouvais-je deviner que vous étiez au courant ? Pompidou et Giscard ne l'étaient point...

– Et pour cause. Je sais que vous l'avez volée à de Gaulle en 69 ! C'est Rocard qui me l'a dit, il vous a vu.

– Encore lui ! L'ignoble félon..., grinça Mitterrand. Je n'aurais donc jamais fini de le trouver en travers de ma route celui-là...

– Où est-elle ? insista Chirac

– Sachez d'abord que je ne l'ai pas volée, monsieur Chirac. Quoi qu'il en soit, elle n'était pas la propriété du Général. Elle appartient depuis toujours à la République française. Même si peu de ses présidents en ont eu la jouissance... Le Général, encore jeune officier, l'a reçue de Gaston Doumergue qui, lui-même, la tenait de Clemenceau... Mais asseyez-vous, je vous prie.

Chirac se laissa tomber sur l'un des deux fauteuils Directoire disposés devant le bureau.

– Je vous écoute, dit-il en croisant les mains.

Le vieux sorcier ! comprit-il aussitôt. *Il m'a remis dans ma position de premier ministre écoutant respectueusement le sermon du sage ! N'est-ce pas moi le président désormais ?*

– Êtes-vous bien sûr de vouloir connaître la vérité, monsieur le président ? demanda Mitterrand en dévisageant avec un indéchiffrable rictus son successeur.

– Je vous répète que je vous écoute, monsieur le président, répondit Chirac en soutenant sans ciller le regard perçant posé sur lui.

– Bien, si tel est votre souhait, je vais vous éclairer davantage, lâcha Mitterrand. Brièvement, car le temps m'est compté, vous le savez... Napoléon III détenait la Cocarde. D'où la réussite exceptionnelle qui fut la sienne jusqu'à la mort de son demi-frère, le duc de Morny, en mars 1865. À partir de cette date, le rôle de l'impératrice Eugénie devient subitement prépondérant dans la conduite de l'État. Et pour cause : elle a mis la main sur la Cocarde et l'a cachée dans le double fond d'un des tiroirs de sa coiffeuse du palais des Tuileries... Pour Napoléon III, privé du talisman, c'est le début d'une inexplicable série d'erreurs politiques et diplomatiques dont le pompon sera naturellement la déclaration de guerre à la Prusse.

– Ah ! Les gonzesses..., s'indigna Chirac.

– Ne soyez pas injuste avec les femmes, monsieur Chirac, écoutez plutôt la suite. Le 24 mai 1871, la Commune est à l'agonie. Tout quartier pris par les Versaillais est transformé en abattoir. Les Communards décident de répondre au massacre par l'incendie. Avant de mettre le feu au palais des Tuileries, une poignée de fédérés le dévalise. En forçant la coiffeuse d'Eugénie, ils découvrent le talisman. À la tête des incendiaires, un certain Benot. Ardent républicain, il a entendu parler de la Cocarde et comprend l'importance de la découverte. Il hésite pourtant à emporter le morceau de tissu. S'il venait à être fait prisonnier, la Cocarde risquerait de se retrouver entre les mains du bourreau de la Commune : Adolphe Thiers. Quelques instants avant de se faire arrêter et d'être fusillé, Benot remet le précieux insigne à une amie sûre : Louise Michel. Il sait que les femmes sont moins fouillées que les hommes. Et il connaît le courage héroïque de cette institutrice devenue l'égérie des communards. Il est certain qu'elle fera tout pour empêcher la Cocarde de tomber entre les griffes du sanglant nabot versaillais. Vous connaissez la suite : arrêtée, Louise Michel est condamnée à la déportation et envoyée en Nouvelle-Calédonie...

À ces mots, Chirac pâlit soudain mortellement et serra les dents.

– Eh bien, que vous arrive-t-il, monsieur le président ? demanda Mitterrand avec un ineffable sourire de triomphe.

– Rien, monsieur le président. Poursuivez, je vous en prie...

– Hé, hé, hé. Je sais, reprit Mitterrand, que vous ne pouvez entendre le nom de cette belle île française sans repenser au différend qui nous opposa, en son temps, au sujet de son statut. Conseil des ministres du 14 mai 1986, c'est cela ?

– Vous avez une mémoire extraordinaire, monsieur le président.

– Qu'est-ce que vous croyez ? L'esprit est plus fort que la chair. Je vous en ai fait baver, pas vrai ? Avec mes « extrêmes réserves », et mes « avertissements »...

– Où est cette putain de Cocarde ? articula Chirac, un éclair de froide colère dans le regard.

Se tournant avec peine vers les rayonnages de la bibliothèque située derrière lui, Mitterrand en saisit un volume.

– Voici ce que Louise Michel rapporte dans ses *Mémoires*. C'est l'édition originale, évidemment...

Mitterrand chaussa ses lunettes avec l'un de ces gestes augustes dont Chirac était jaloux pour avoir tant de fois échoué à les imiter.

– Le passage se rapporte au moment où Louise Michel quitte la France : « J'aurais voulu, en quittant mes amis, agiter en dernier adieu l'écharpe rouge que j'avais conservée, mais elle était dans les bagages et je n'eus que mon voile noir. Cette écharpe, dérobée à toutes les recherches ; cette écharpe rouge de la Commune conservée à travers mille difficultés, a été divisée là-bas, en deux morceaux, une nuit où deux Canaques, avant d'aller rejoindre les leurs, insurgés contre les Blancs, avaient voulu me dire adieu. Il s'en est fallu de peu que je fisse de même avec la Cocarde sacrée que m'avait confiée Benot. »

– Quoi ? Louise Michel a failli confier la Cocarde à des Canaques ! ?

– Et alors ? Le massacre d'Ouvéa ne vous a donc pas ouvert les yeux ?

– Ce n'est pas de moi qu'est venu l'ordre de donner l'assaut. C'est Bernard Pons qui a envoyé les gendarmes !

– Soit, brisons là. Lors de l'insurrection de 1878 qui fut noyée dans le sang, comme quoi votre ami Bernard Pons n'a fait qu'appliquer les vieilles recettes...

– Ne venez-vous pas de dire « brisons là » ? s'impatienta Chirac

– C'était pour plaisanter entre nous...

En souriant, avec une fausse candeur, Mitterrand fit saillir ses incisives. L'émail terni ne brillait plus comme naguère mais Chirac frémit intérieurement.

Mitterrand poursuivit :

– Où en étais-je ? Ah oui, je vous disais que Louise Michel avait failli remettre la Cocarde à un chef des tribus rebelles. Je vous rappelle qu'elle avait fondé une école où elle faisait la classe à des indigènes. Elle a été une pionnière du combat anticolonialiste.

– Admettons. Et alors ?

– En novembre 1880, grâce à la loi d'amnistie votée par la gauche, Louise Michel arrive à Paris. À la gare Saint Lazare, une foule énorme se presse pour l'accueillir. Parmi les camarades et les amis, il y a Clemenceau. Malgré leurs divergences, l'estime réciproque qu'ils se vouent ne s'est jamais démentie. Aux yeux de Louise, il est le seul homme politique digne de recueillir la Cocarde.

– Il n'a pourtant jamais été président !

– Mais sa place dans l'Histoire n'en a été que plus éclatante ! Sa puissance intellectuelle, son charisme, son intuition ont toujours fait peur aux médiocres qui soupçonnaient là quelque magie... Notez bien qu'ils n'avaient pas tout à fait tort puisque la Cocarde a beaucoup fait pour lui... Quoi qu'il en soit, Clemenceau a sauvé la France et je le tiens pour l'un des plus grands hommes que la République ait connu.

– Avec le général de Gaulle !

– Le de Gaulle de l'appel du 18 juin, si vous voulez.

– Mais Clemenceau, à qui a-t-il transmis la Cocarde ?

– Écœuré par les politiciens de la IIIe, dont la bêtise et la petitesse n'avaient rien à envier à celles de notre classe politique actuelle, il leur a joué un tour à sa façon. Vous savez que Gaston Doumergue avait été ministre de Clemenceau qui l'appréciait. En 1924, quand Doumergue est élu président, le Tigre tient sa revanche. Il décide aussitôt de transmettre la Cocarde à cet anticonformiste qu'il aime bien. Doumergue, quant à lui, se gardera bien de transmettre la Cocarde à son successeur, Albert Lebrun, qu'il ne tient pas en haute estime. Et qui, comme vous ne l'ignorez pas, a dû faire face aux pires calamités.

– À qui Doumergue l'a-t-il transmise alors ?

– À votre avis ?

– À Pétain ?

– Je vous en prie !

– À de Gaulle !

– Exact. En 1934, alors qu'il est à la retraite depuis trois ans, Doumergue reçoit un exemplaire dédicacé de *Vers l'armée de métier*, ouvrage visionnaire d'un jeune officier qui préconise l'utilisation massive de l'arme blindée. Doumergue demande à rencontrer l'auteur de l'essai. Le coup de foudre est immédiat et réciproque...

– Vous sous-entendez que Doumergue et de Gaulle ont été...

– Mais non ! Doumergue comprend tout de suite que

ce lieutenant-colonel est promis à un destin national exceptionnel. Ils se revoient. Et, le 16 juin 1937, la veille de sa mort, il remet la Cocarde à Charles de Gaulle qui la gardera plus de trente ans par-devers lui. Jusqu'en 1969, exactement. Cet accaparement personnel constitue, vous en conviendrez avec moi, un coup d'État permanent...

– Vous voulez dire que ni Vincent Auriol ni René Coty n'étaient dignes de la recevoir ?

– J'ai été ministre de l'Intérieur et garde des Sceaux sous la présidence de Vincent Auriol, qui, d'ailleurs, était socialiste et qui a appelé à voter pour moi en 65. Mon avis est qu'il méritait amplement d'avoir la Cocarde. Mais votre Général ne l'en a pas jugé digne... En revanche, il est vrai que René Coty était une grosse moule. Songez qu'il a été élu au bout de treize tours de scrutin. Un record ! Mais passons... Je suis très fatigué... Et ces solennités assommantes qui m'attendent... Il paraît que les socialistes m'ont acheté une Clio NRJ pour me faire une surprise... Les crétins...

– Et en 69 ? l'interrompit grossièrement le nouveau président.

– Quoi, en 69 ?

– Que s'est-il passé, monsieur le président ?

– Là, vous m'en demandez trop.

– Je ne vous demande que mon dû. Celui de l'homme qui va devoir gouverner ce pays pendant au moins sept ans ! En juin 1968, les gaullistes triomphent : 293 députés UDR à l'Assemblée nationale ! Puis, patatras, voici qu'en avril 1969, le « non » l'emporte au référendum. Et de Gaulle démissionne. Je ne vois qu'une seule explication : le Général n'est plus en possession du talisman. Vous lui avez volé la Cocarde !

– Surveillez votre langage, monsieur le président ! Je

vous ai déjà dit que ce n'est pas moi qui ai emprunté la Cocarde ! Réfléchissez un peu. En cas de démission du Général, à qui revenait la présidence de la République ?

– Bon sang ! À Alain Poher, le président du Sénat, constitutionnellement nommé président par intérim...

– Exactement. Alain Poher était résolument opposé au référendum qui prévoyait une réduction des pouvoirs du Sénat. Le 31 janvier 1969, de Gaulle part pour Washington afin d'assister aux obsèques d'Eisenhower. Poher se rend séance tenante à Colombey-les-Deux-Églises sous prétexte de présenter *in extremis* ses vœux de bonne année 69 à Yvonne de Gaulle ! Un informateur lui a appris qu'à la Boisserie, l'épouse du Général se sert de la Cocarde comme dessus-de-table pour servir le thé. Poher profite d'un moment d'inattention de tante Yvonne pour la subtiliser et la remplacer par une grossière contrefaçon dénichée sur le catalogue Manufrance. Le tour est joué ! Dès le lendemain, un 1er avril, Poher fait une déclaration solennelle contre la réforme du Sénat. La suite, vous la connaissez...

– Pas complètement ! Comment, de Poher, la Cocarde est-elle arrivée jusqu'à vous ?

– Après la mort de ce pauvre Pompidou, un innocent qui n'a jamais rien compris selon moi, Poher redevient président intérimaire. Se pose alors la question de sa candidature aux élections présidentielles de 1974. À cause des manœuvres giscardiennes, il doit finalement y renoncer. Pauvre bougre ! Le dépit qu'il en a conçu a été affreux, soupira Mitterrand avec gourmandise. Je me suis aussitôt offert pour être son confident secret. Ah, j'en ai passé des soirées à l'entendre lancer des imprécations contre Giscard ! Je le revois encore, en larmes, ivre de Fernet-Branca, titubant rue de Bièvre au petit matin...

– Et vous l'avez, peu à peu, incité à vous transmettre la Cocarde ! le coupa Chirac

– Il me l'a remise de lui-même entre les deux tours de la présidentielle de 81.

– Quelle terrible vengeance contre Giscard !

– Et quel service il vous a rendu ! s'exclama Mitterrand.

– Que voulez-vous dire, monsieur le président ?

– Réfléchissez un peu, monsieur Chirac. Détenir la Cocarde a permis mon arrivée au pouvoir et, par conséquent, aujourd'hui même...

– Elle a permis la mienne ! ricana Chirac, soudain ravi de la tournure que prenait la conversation. Mais dites-moi, s'il avait conservé la Cocarde, de Gaulle n'aurait pas perdu le référendum de 69 et n'aurait pas dû démissionner ?

– Absolument. Et Pompidou ne serait sans doute pas tombé malade et ne serait pas mort en fonctions. Et le septennat de Giscard n'aurait certes pas été si calamiteux...

– Qu'est-ce que vous sous-entendez ?

– Je ne sous-entends rien, je constate, monsieur le président. Vous savez, j'ai beaucoup lu, beaucoup enquêté, beaucoup parlé... À mon âge et à l'heure qu'il est, je peux bien vous le dire. Je crois que, depuis l'origine, il existe ici une sorte de... comment dirais-je, de *malédiction*.

Allons, restons calme, essaya de se raisonner Chirac. *Ce n'est pas le moment de montrer trop d'émotivité. Il délire. Contrairement à ce qu'affirme son entourage, il abuse de la pompe à morphine pour lutter contre la douleur, c'est évident.*

– Une « malédiction » ? Ici, monsieur le président ? demanda-t-il quand il eut retrouvé un peu de sang-froid.

– Pourquoi croyez-vous que, pendant des années, je suis retourné, chaque soir, dormir dans ma maison de la rue de Bièvre ?...

– À cause de... heu... votre double vie.

– Je comprends votre trouble et votre incrédulité, président Chirac..., articula cruellement Mitterrand. Je suis passé par là, moi aussi. Ce que je tente charitablement de vous faire comprendre, c'est que les présidents qui habitent l'Élysée sont tous plus ou moins rapidement frappés de maux étranges. Beaucoup en meurent. Et seuls ceux qui ont la Cocarde semblent préservés...

Chirac avait blêmi. Désormais aussi pâle que son prédécesseur malade, il resta silencieux de longues secondes avant de se racler la gorge et de reprendre, d'une voix encore altérée par l'émotion.

– Réalisez-vous ce que vous m'annoncez le jour même de mon entrée en fonctions à l'Élysée : que cet endroit est maudit ?

– Encore une fois, je n'annonce rien, je constate. Dans *Le Pendule de Foucault*, mon ami Umberto Eco a fort bien montré qu'à condition de le vouloir, on peut trouver l'équation du monde dans n'importe quel horaire de trains.

– Comprends pas..., lâcha Chirac d'une voix blanche.

– Cela signifie qu'on finit toujours par trouver ce que l'on cherche. Donc si l'on relit, sous une certaine lumière, l'histoire de l'endroit où nous nous trouvons, on s'aperçoit vite qu'il porte la poisse à celui qui y habite, et partant, on constate qu'il porte malheur à notre pays... Mais on peut tout aussi bien l'ignorer, gloussa soudain Mitterrand en se ranimant. Regardez ce pauvre Giscard, premier président de la Cinquième non réélu, il n'a jamais compris ce qui lui arrivait... Que retiendra-t-on de son passage au pouvoir ? Le ralentissement de la *Marseillaise* et son « au revoir » ridicule.

Le visage du président sortant s'était brusquement durci. Une douleur fulgurante venait-elle de traverser son corps malade ? Ou un souvenir cruel venait-il d'émerger dans sa mémoire ? Il posa à nouveau un regard scrutateur sur le président Chirac et dit dans un souffle :

– Mais après tout, peut-être vaut-il mieux qu'il ignore à jamais ce à quoi il a échappé...

Chirac se taisait. Incapable de prononcer un mot, il sentait le sol se dérober sous ses pieds. Malgré son trouble extrême, il savait qu'il lui fallait, en ces minutes décisives pour son avenir, revenir à sa première intention : récupérer la Cocarde. Pour cela, il devait se montrer à la hauteur de son « ennemi », s'en faire respecter. Il connaissait la règle : avec Mitterrand, pas question de quémander, il fallait exiger.

Il s'accorda quelques secondes supplémentaires de répit pendant lesquelles Mitterrand sembla le considérer d'un regard absent, déjà ailleurs. Quand il lui sembla avoir rassemblé suffisamment de forces, il reprit enfin la parole :

– Où est la Cocarde, monsieur le président Mitterrand ?

– En lieu sûr, ne craignez rien, monsieur le président Chirac, répondit Mitterrand en le regardant fixement.

– Au nom des pouvoirs qui me sont conférés, je vous ordonne de me la remettre, monsieur le président, énonça Chirac.

– Vous l'aurez, monsieur le président...

– Très bien ! souffla le nouvel élu, infiniment soulagé. Je suis heureux de voir que vous comprenez le bien-fondé de...

– Quand je serai mort, naturellement, l'interrompit Mitterrand.

11

Dimanche 3 juillet 2005 – La Hardouilière (Saint-Herblon), hôtel La Drouaise.

Quand, les traits tirés, les yeux cernés, Nicolas arriva dans la pièce où était servi le petit-déjeuner, Ségolène était déjà attablée et lisait un quotidien local, périmé depuis quelques semaines. Un remugle de boisson anisée, de produit d'entretien et de tabac brun flottait dans l'air, couvrant à peine les effluves corsés de la cafetière métallique dans laquelle le café maison, régulièrement allongé d'eau, réchauffait depuis déjà des heures.

– Bien récupéré ? demanda-t-elle en trempant un tiers de baguette beurrée dans un bol de chocolat et en levant à peine les yeux sur lui.

Il remarqua qu'elle avait parfaitement réajusté sa perruque sans remettre ses lunettes. Elle avait passé une robe sans manches, unie, simple mais élégante. Toute sa personne rayonnait le propre, le sain, le franc. *La voilà donc, en chair et en os, devant moi, la « Madone des sondages » ! La sixième femme la plus sexy du monde selon FHM, avec son air de chef scout qui dévore son petit-déjeuner*, pensa-t-il fugacement. *Comment fait-elle ?*

– Eh bien, qu'est-ce qui vous arrive ? Vous avez bien dormi, oui ou non ? insista-t-elle.

– Si on veut..., maugréa-t-il en s'asseyant. Mauvais rêves à gogo et réveil à 5 heures par les vendeurs du marché. À croire qu'ils faisaient exprès de décharger leurs camionnettes sous ma fenêtre...

– Bah, vous n'en êtes pas à une nuit blanche de plus ou de moins, non ?

– Détrompez-vous, je suis un grand dormeur. Mon épouse veillait strictement sur mes huit heures de sommeil...

– Hum, avec un peu de chance, si nous mettons aujourd'hui la main sur la Cocarde, nous dormirons mieux la nuit prochaine, chacun chez soi.

– C'est ça. Chacun chez soi et moi tout seul...

– Vous n'allez pas remettre ça avec votre sentimentalisme, le coupa-t-elle. Je vous rappelle que nous sommes en mission. Vous avez fini de lire le texte de Decaux ?

– Heu... oui, bredouilla-t-il en baissant les yeux.

– Bon, alors vous savez ce qu'il nous reste à faire.

– Oui... enfin, je suppose.

– Comment ça, vous « supposez » ? Pouvait-il être plus clair ?

– Heu... non, bien sûr.

– Bien, je monte me brosser les dents. Rendez-vous ici dans une demi-heure, bagages bouclés, OK ?

– Comme vous voudrez, marmonna-t-il

– À ce propos, je n'ai pratiquement pas de liquide sur moi. Et je ne peux pas utiliser ma carte : ça laisse des traces... Ça ne vous ennuie pas de régler ma chambre avec la vôtre ? Je vous rembourserai à Paris...

Elle s'esquiva. Les fragrances d'une eau de toilette fleurie d'Annick Goutal lui rappelèrent, une fois encore, l'absente.

Il porta la tasse à ses lèvres, espérant que l'amertume du breuvage lui ferait oublier ses étranges songes nocturnes.

Quand il eut payé les chambres en liquide, la patronne l'informa que sa « dame » était déjà sortie et l'attendait derrière l'hôtel. Il la retrouva, appuyée sur l'aile avant de « leur » voiture, profitant du beau soleil matinal. Elle avait ajusté un large chapeau de paille sur ses faux cheveux bruns.

– C'est à vous de conduire, n'est-ce pas ? dit-elle en lui tendant les clés du véhicule.

– J'aimerais autant que vous commenciez. Je me sens un peu patraque ce matin...

– D'accord, mais vous me guiderez. Vous trouverez un atlas routier sur le siège arrière.

– Je préférerais somnoler un peu, si vous n'y voyez pas d'inconvénient..., dit-il en s'asseyant aussitôt à la place du passager et en fermant les yeux.

Quand ils eurent retrouvé l'autoroute, elle s'adressa à lui d'une voix autoritaire et tranchante qu'il ne lui connaissait pas encore.

– Vous ne l'avez pas lu, c'est ça ?

– Hum ? Je dors, vous voyez bien. Laissez-moi reprendre quelques forces..., balbutia-t-il.

– Ça suffit ! Je vous rappelle que vous êtes ministre d'État et candidat à la prochaine élection présidentielle ! Alors cessez de vous comporter comme un collégien pris en faute. Vous ne l'avez pas lu, c'est évident !

– De... de quoi parlez-vous ?

– Vous m'avez très bien comprise. Je parle du texte de Decaux ! Hier soir, vous avez dû regarder la télé et vous vous êtes lamentablement endormi sans prendre connaissance de la fin du texte.

– Qu'est-ce que vous racontez ?! J'ai fini le texte de

Decaux, je vous l'ai déjà dit ! Poincaré, Deschanel, Millerand... tous maudits. Doumergue et son incroyable baraka. Doumer assassiné. Lebrun, pantin entre les mains de forces occultes... J'ai tout lu ! Alors je vous saurais gré de bien vouloir changer de ton. Et je vous demanderais aussi de bien vouloir ralentir, vous roulez au moins à 150 !

– Puisque vous savez où nous allons, quelle sortie dois-je emprunter maintenant ? siffla-t-elle en accélérant encore.

– Je viens de vous demander de ne pas me parler sur ce ton. Et ralentissez, bon sang !

– Soit, je me tais ! lâcha-t-elle avant de traverser en diagonale, au milieu d'un concert de klaxons furieux, les trois voies qui les séparaient de la bretelle de sortie rejoignant la N249.

L'Opel Corsa s'y engouffra avec un crissement de pneus strident et ne finit par ralentir brutalement qu'arrivée au péage.

– Bon dieu ! Qu'est-ce qui vous prend ! ? hurla Nicolas les deux bras appuyés sur la boîte à gants. Vous êtes complètement folle ? Vous avez coupé la route à des dizaines de voitures et à deux autocars !

– Si j'étais un homme, est-ce que vous auriez eu peur ?

– Évidemment que j'aurais eu peur ! Et si vous étiez mon chauffeur, je vous aurais viré sur-le-champ. Vous n'avez pas vu que nous avons frôlé l'accident !

– Je voulais finir de vous réveiller.

– Vous vouliez surtout me faire payer le fait de n'avoir pas répondu à vos questions !

– Peut-être... Avouez que c'est rageant d'être embarquée de force avec vous dans cette histoire sans pouvoir compter sur votre aide.

– Dois-je vous rappeler que c'est grâce à moi que la

Vieuxjoncourt a été retrouvée ? Et qu'en ce moment même, je devrais être place Beauvau à m'occuper de son assassinat avant que le scandale n'éclate. À part ça, vous ne me trouvez pas assez impliqué !

Elle le dévisagea du coin de l'œil. À sa grande surprise, elle sentit qu'elle s'attendrissait.

– Vous avez sans doute raison. C'est vrai que je suis très exigeante envers ceux sur qui je compte.

– Oui, moi aussi. Trop peut-être. Autant vous dire la vérité : hier soir, j'ai bien poursuivi la lecture du texte mais, à un certain moment, j'ai été pris d'une espèce de malaise – hypoglycémie ou hypotension, je l'ignore

– Et c'est à ce moment que vous avez crié !

– J'ai crié ?

– Mais oui, ça m'a réveillée et je vous ai même téléphoné.

– Je ne m'en souviens plus, désolé. Tout ce que je sais, c'est que je me suis comme évanoui et que j'ai fait un rêve vraiment troublant...

– Quel genre de rêve ?

– Quelque chose entre le cauchemar éveillé et l'hallucination...

Un silence complice s'installa dans l'habitacle de la voiture.

– Bah, conclut-il en se passant la main sur le visage comme pour en chasser les images de la nuit, c'est la fatigue et la tension... Où allons-nous, exactement ?

– Nous venons de pénétrer dans la vallée de Clisson, l'informa-t-elle. Savez-vous qu'avant de devenir bretonne à cause du traité signé entre Charles le Chauve et le roi de Bretagne, cette vallée extraordinaire était poitevine ? Je ne désespère d'ailleurs pas de la récupérer un jour pour ma région. On est presque chez moi, ici...

– Si tout se passe comme je le souhaite en 2007, je promets de vous aider... Mais dites-moi ce que nous allons faire à Clisson.

– Si vous aviez lu le texte jusqu'au bout, vous auriez déjà compris. D'abord, nous sommes exactement entre Nantes et Montaigu. Ça ne vous rappelle rien ?

– Si, évidemment ! La chanson immortalisée par les Frères Jacques : « La digue du... ».

Il s'interrompit et la regarda d'un air coupable qui la fit sourire.

– Allez-y, je vous en prie. Vous pouvez être grossier, si c'est utile à la cause.

– Bon, eh bien : « La digue du cul », puisque vous insistez ! La chanson dont nous a parlé Mlle de Vieuxjoncourt.

– Exactement ! Or Decaux donne le texte de la vraie « Digue du c... ».

– Il existe une autre version ?

– Oui, celle dont François Mitterrand a demandé qu'on la mette en exergue à son dernier livre.

– *Mémoires interrompus* ? Mais il n'y a aucune chanson dans ce bouquin d'autojustification assommant et pontifiant !

– Il y en avait une à l'origine... D'ailleurs, initialement, le bouquin devait s'appeler *Mémoires définitives*. Mais la famille, l'éditeur, les tontonmaniaques et autres gardiens du temple ont empêché qu'on reproduise les paroles de « La digue ». Selon eux, cela aurait décrédibilisé toute l'œuvre de Mitterrand.

– C'est littéralement incroyable !

– Le plus ahurissant, c'est que Mitterrand, en fin de vie, a confié à Decaux, venu le visiter dans son bureau-appartement du Champ-de-Mars, qu'il n'avait accepté de sortir ce bouquin chez Odile Jacob que dans un seul but : pour que la chanson y soit publiée !

– Mitterrand trahi par les siens ! Juste retour des choses... Mais que dit-elle, au juste, cette « Digue » originale ?

– À peu de chose près, elle est identique à la version de 1922 des Frères Jacques...

– C'est-à-dire ?

– Hum, ça me gêne...

– Ça va, j'ai compris.

Il se retourna et sortit de son sac de voyage le paquet de feuilles dactylographiées déjà passablement froissées.

– Dernière page..., indiqua Ségolène sans quitter la route des yeux.

– Voyons... Ah, voilà donc le message post-mortem censuré de Mitterrand :

De Nantes à Montaigu, la digue, la digue
De Nantes à Montaigu, la digue du c...
En revenant de Nantes, en revenant de Nantes,
Je rencontre une belle qui dormait le c... nu
Je me dirige là où le rouge
De ses deux fesses dodues
Se mêle au bleu et au blanc
De son jupon moussu
Je pointe mon arbalète
Et j'la lui fous dans l'c...
J'lui effeuille la rosace
Elle gueule comme un' perdue
J'l'emmène dans ma fabrique
La belle se réveille et dit j'ai l'diable au c...
Mais non, ce n'est pas le diable
C'est ma grosse tige poilue
Qui monte et qui s'érige
Et qui t'en fout plein l'c...
Au temple de Vesta, comme une flamme drue

Si ce n'est pas le diable, refous-la moi dans l'c...
Qu'elle entre et qu'elle y reste, et qu'elle n'en sorte plus

– Eh bien... souffla Nicolas. Je comprends mieux pourquoi les thuriféraires du président ont préféré que cela ne soit jamais publié ! Ça ferait même rougir un banquet de maires UMP avinés !

– Je ne vous le fais pas dire..., confirma Ségolène. Maintenant, relisez le texte en omettant une ligne sur deux.

– Un message codé avec le texte qui apparaît quand on saute des phrases ? Mais c'est du niveau *Pif Gadget* !

– Encore fallait-il le trouver ! N'oubliez pas que Mitterrand se savait analysé, interprété, décrypté... Entre les derniers mois de son règne et sa mort, en janvier 1996, pas moins de soixante-dix-sept bouquins sont sortis sur lui. Tout a été dit, pesé, vérifié sur sa vie, sa jeunesse française, Vichy, la Résistance, ses amours, ses amitiés, ses livres, son chien... Alors, il a fait gros, très gros, sûr de semer en route les fins politologues. Et il a décidé de mettre cette chanson paillarde en exergue de son ouvrage posthume, sûr que l'on mettrait cela sur le compte d'une démence sénile... Mais il a été trahi par ceux qui prétendaient le servir.

Elle avait garé leur voiture sur le bas-côté d'une petite route ombragée et encore déserte à cette heure de la matinée. D'un regard, elle lui demanda de commencer la lecture.

– Bon, voyons ce que ça donne... répondit dubitativement Nicolas.

De Nantes à Montaigu, la digue, la digue
En revenant de Nantes, en revenant de Nantes,

Je me dirige là où le rouge
Se mêle au bleu et au blanc
Je pointe mon arbalète
J'lui caresse la rosace
J'l'emmène dans ma fabrique
Mais non, ce n'est pas le diable
Qui monte et qui s'érige
Au temple de Vesta, comme une flamme drue
Qu'elle entre et qu'elle y reste, et qu'elle n'en sorte plus...

Quand il eut fini de lire l'étrange dépêche, ils restèrent tous deux silencieux.

– Bon sang, vous aviez raison, finit par dire Nicolas. Il s'agissait bien d'un message à décrypter ! En revenant de Nantes, sur la route qui va de Nantes à Montaigu, il y a Clisson !

– Là où le sang (le rouge) des patriotes (les Bleus) se mêle à celui des chouans (les Blancs)... Allusion évidente aux guerres de Vendée entre 1793 et 1796 dont Clisson fut l'un des hauts lieux !

– Et évocation explicite des trois couleurs de la Cocarde..., confirma-t-il

– Cocarde évoquée également par « la rosace »... Hélas, le reste du texte est beaucoup moins transparent !

– Cette histoire de fabrique, de temple... Qu'en dit Decaux ?

– Hum ? Ah, c'est vrai... J'oubliais que votre indisposition passagère ne vous avait pas permis de le lire jusqu'au bout... Je vous résume les dernières pages : selon lui, Mitterrand fut le dernier à avoir entre les mains le mystérieux talisman qui a protégé le pays et certains présidents de la malédiction élyséenne.

– C'est aussi l'avis de notre sénateur, si je me souviens bien...

– Exact. En mai 1995, lors de la passation des pouvoirs à Chirac, Mitterrand a promis au nouveau locataire de l'Élysée de lui confier la Cocarde après son décès. C'est Chirac lui-même, tout fier et sûr de lui, qui l'a affirmé à Decaux. Dès qu'il apprend, par un coup de fil de Rousselet, le décès de Mitterrand, le lundi 8 janvier 1996 à l'aube, Chirac se précipite avenue Le Play où Mitterrand a son bureau-appartement. Après s'être incliné devant la dépouille présidentielle, Chirac prend à part Jean-Pierre Tarot, le dernier médecin de Mitterrand, celui qui détient son testament. Il lui demande si le Président a laissé des « consignes » pour lui. « Rien », lui répond Tarot. Chirac s'adresse alors à Roger Hanin, présent depuis l'annonce du décès à la famille. Éperdu de douleur, Hanin a essayé pendant des heures de faire rire le défunt avec ses irrésistibles histoires pataouètes.

– « Pataouètes » ?

– Pieds-noirs, si vous préférez. Quand Chirac l'aborde, Hanin est exténué, il bafouille quelques mots que le nouveau président prend pour un message codé laissé par Mitterrand.

– Que dit ce message ?

– Decaux ignore les détails mais il y est question de « purée de nous autres », de « la mort de mes os » et de « scoumoune »... Chirac met immédiatement les services de renseignement sur le décodage de ces propos. Mais, toujours selon Decaux, les services secrets n'en ont rien tiré de probant. Et il n'a jamais retrouvé la Cocarde.

– Mais où le vieux renard socialiste a-t-il bien pu la planquer avant de mourir ? S'il l'a aussi bien cachée que sa francisque, ça ne va pas...

– Je vous en prie ! Évitons les coups bas ! Ça n'est vraiment pas le moment !

– Je plaisantais... Histoire de détendre un peu l'atmosphère !

– Decaux envisage deux possibilités : Clisson, sans plus de précisions que ce qu'en dit la chanson, et...

Elle s'interrompit et le regarda droit dans les yeux.

– Et ?... Cessez de faire durer le suspens ! dit-il en soutenant son regard. On se croirait dans un roman de Fred Vargas...

– Et Assouan. Là où Mitterrand a passé le dernier Noël de sa vie..., lâcha-t-elle à contre cœur.

– Assouan ? ! En Égypte ? ! Espérons que c'est la première hypothèse qui est la bonne et que nous allons trouver ici ce que nous cherchons ! Vous nous voyez partir en croisière ensemble sur le Nil à la recherche de la Cocarde perdue ? Sans compter que Mitterrand est tout à fait capable de l'avoir fait enfermer dans un tombeau pharaonique pour que plus personne n'y touche après lui...

– Je crois que vous vous méprenez lourdement sur le très haut sens de l'État qu'avait le président Mitterrand et sur l'amour qu'il portait à son pays. L'Histoire de France le possédait, il en aimait les héros, les fastes, les idées qui avaient soulevé le monde. Il voulait la continuer... C'est lui qui m'inspire encore aujourd'hui.

12

Dimanche 3 juillet 2005 – Paris, sous-sol du pont de l'Alma.

– Monseigneur... Il est 9 heures ! L'heure pour Monseigneur de se préparer à assister à la sainte messe..., glissa le grand chambellan à l'oreille du Monarque qui semblait profondément assoupi.

Celui-ci ne réagit pas et le fidèle serviteur se résolut à poser une main sur l'épaule découverte de son maître.

Dieu sauve la France ! pensa-t-il au contact de la peau du vieil homme. *Il est encore plus gelé que d'habitude ! Un de ces jours, je vais le retrouver mort dans son sommeil. Comme Louis XVIII le Vrai, feu son père ! Et qui pour le remplacer ? Son incapable de fils, Louis XX... Ce débauché qui refuse d'habiter dans le refuge souterrain familial et ne pense qu'à faire son intéressant à la radio et à se montrer à la télé ! Ah, on ne m'empêchera pas de penser que la monarchie héréditaire n'a pas que des avantages !*

– Monseigneur ! insista le serviteur en se permettant de secouer légèrement la royale épaule.

– Qu'est-ce que c'est encore ? ! finit par marmonner le souverain en tordant la bouche et en ouvrant un œil.

– Ce n'est que moi, Monseigneur, répondit le serviteur en s'inclinant profondément.

– Ha, par la Dieu mercy, c'est vous, mon bon Olivier..., dit le futur monarque en se faisant aider pour s'asseoir sur le bord de son lit. Savez-vous que vous nous avez tirés d'un fort mauvais songe ! Figurez-vous que nous étions en train de rêver que ce M. Découflé nous avait organisé un défilé de femmes girafes pour les cérémonies du couronnement ! Naturellement, nous protestions. Et ce petit monsieur de nous répondre insolemment que le plus spectaculaire était encore à venir. Et là, mon bon Olivier, nous vîmes des marquises douairières en chignons à candélabres clignotants montées sur des échasses, et qui se livraient aux caprices de Terpsichore dans de frénétiques chorégraphies... Nous avons bien cru que notre royal cœur n'y survivrait pas. Heureusement, vous nous avez permis juste à temps d'échapper à cette infamie...

– Mais je n'ai fait que mon devoir, Monseigneur.

– À propos de devoir, quel est l'ordre du jour ?

– Programme allégé, comme tous les dimanches. Grande toilette approfondie, messe selon le rite d'Urbain II, collation, sieste et, vers dix-sept heures, votre cours de chinois.

– Par la barbichette de Louis XIII, nous avons complètement oublié de faire nos exercices de calligraphie !

– Personne ne saurait vous le reprocher, Monseigneur. C'est vous qui commandez en votre palais...

– Certes ! Mais vous n'ignorez point que, dès notre retour sur le trône de mes ancêtres, nous sommes déterminés à déclarer la guerre aux Chinois. Nous nous devons d'apprendre quelques rudiments de leur immonde sabir...

– Ce souci de la perfection vous ressemble et vous honore, Monseigneur. Mais je suis certain qu'ils trouveront eux-mêmes d'excellents interprètes quand ils seront contraints de négocier avec le Royaume de France...

– Vous avez sans doute raison, mon bon Olivier. Annulez ce cours ! D'ailleurs nous soupçonnons cette Asiatique à la gluante obséquiosité d'être une espionne à la solde de Pékin...

– À propos d'espion, « notre » ministre au gouvernement de la Gueuse a appelé...

– Quoi ? ! Et que diable ne nous avez-vous point réveillé ?

– Il était près de 3 heures du matin, Monseigneur... J'ai pensé que...

– Vous pensez trop, nous vous l'avons déjà dit ! Que voulait-il ?

– Nous apprendre que les deux émissaires du sénateur ont trouvé la putain de la République et l'ont fait parler.

– Moon nous en avait déjà instruits !

– Il y a autre chose : elle a décapité la Vieuxjoncourt et a appelé la police sur les lieux du crime.

– Qu'est-ce que vous racontez ? Pourquoi aurait-elle appelé leur police ?

– Nous l'ignorons, Majesté. Nous n'arrivons plus à joindre Moon...

– Que dit sa puce GPS ?

– Qu'elle est toujours dans Paris. Nous avons réussi à la localiser. Elle doit se cacher car elle est parfaitement immobile depuis hier...

– Et alors ? Vous l'avez envoyée quérir, n'est-ce pas ?

– Hélas, nous manquons cruellement d'effectifs à l'extérieur, Monseigneur. Ce sont les vacances. Nos fidèles les plus valides sont tous partis en camp avec les Œuvres survivantistes... Mais ce matin, aux aurores, j'ai trouvé quelqu'un de confiance et je l'ai mandé sur place pour voir de quoi il retourne.

– Parfait. Désormais instruisez-nous sans délai. Et décrétez la mobilisation générale de tous nos affidés. Que nos partisans se tiennent sur le qui-vive ! Qu'ils se mettent en branle ! Nous approchons du but, nous le sentons !

– Votre genou ne vous lance plus, Monseigneur ?

– Non, et ce silence de notre vieil ennemi, le sénateur, nous étonne et nous inquiète à la fois.

13

Dimanche 3 juillet 2005 – Clisson, place Notre Dame.

– Tenez, lisez ça ! dit-il en lui tendant le dépliant en couleurs qu'ils venaient de retirer à l'Office du Tourisme. Si vous trouvez le moindre temple de Vesta là-dedans, faites-moi signe !

Elle finit d'avaler son café et lui prit le texte des mains.

– Très bien, je vais lire. Mais je vous rappelle que si vous n'êtes pas satisfait par ce que je propose, vous n'avez qu'à suggérer une autre piste ! Après tout, ce n'est pas moi le ministre de l'Intérieur...

Sur ce, elle éplucha à son tour la brochure illustrée.

CLISSON ET SA VALLÉE

Aux confins de l'Anjou, de la Bretagne et du Poitou, la vallée de Clisson doit sa physionomie actuelle à une histoire aussi longue que mouvementée. Au XIIe *siècle, la vallée clissonette s'organise autour du sublime château construit par d'honnêtes maçons. Les Templiers y établissent une confrérie prospère qui sera exterminée. Les récoltes de froment, de seigle et d'avoine sont abondantes grâce à l'utilisation d'engrais humain. Les charcutiers locaux sont réputés pour leur fameux saucisson d'âne. On pratique aussi l'élevage du porc à cul noir dont les jambons s'exportent jusqu'en Angleterre. Un pôle de production et d'échange, de dimension européenne, se constitue au* XVIIIe *siècle. Il est hélas alors enclavé, car l'aéroport de Nantes, à moins d'une heure de route, n'a pas encore été créé...*

– Alors ? bâilla Nicolas. Quelque chose qui fait tilt là-dedans ?

– Non, rien. Si ce n'est que ça ne parle pas de développement durable. Une collectivité locale qui ne parle pas de développement durable, c'est d'un ringard ! Nous, en Poitou-Charentes, on recycle les...

– Vous m'expliquerez une autre fois... Poursuivez, s'il vous plaît.

Elle se replongea à contrecœur dans la lecture du dépliant.

C'est dans ce contexte d'opulence et de beauté tranquille qu'éclatent les guerres de Vendée. Clisson est prise par Charette le 15 mars 1793. À mi-chemin entre Nantes, la républicaine, et Montaigu, la catholique et la royale, Clisson apparaît vite comme un barrage dressé contre les républicains. Hélas, un an plus tard, celle que chacun surnomme désormais, « la digue » subit les atrocités des « Colonnes Infernales » qui, sur ordre de la Convention, tuent, pillent et violent dans une fièvre inouïe de destruction sadique... En mars 1796, Charette est arrêté et fusillé à Nantes. Au terme de trois années de violence, la vallée de Clisson est laissée fumante de ruines majestueuses et parfaitement conservées.

En 1805, quand Frédéric Lemot découvre ces lieux,

il comprend immédiatement qu'il a enfin trouvé un paradis où l'art, la vie sociale et le dynamisme économique peuvent cohabiter dans le respect des valeurs de la République toute neuve et du développement durable.

– Ah ! Quand même ! souligna Ségolène à haute voix avant de reprendre sa lecture silencieuse.

Lemot s'installe à Clisson. Il décide d'acheter les ruines du château de Clisson, ainsi que des métairies. Il meurt hélas avant d'avoir pu achever son projet de « grange à livres et à jeux », un rêve que l'équipe municipale clissonette mènera à bien, cent soixante-dix ans plus tard, en créant la médiathèque-ludothèque Saint Louis Grignion de Montfort.

Parmi les merveilles locales, citons La Garenne Lemot, domaine classé monument historique, né du rêve de Frédéric Lemot de créer un parc à l'italienne. Dans ce lieu magique, il fait construire une villa à double loggia dominant la Sèvre, une maison dite « du jardinier » et une autre dite « du potier ». Ouverture tous les jours d'avril à septembre de 9 heures à 20 heures Visite commentée pour groupes et comités d'entreprise.

– Alors ? demanda Nicolas, l'air narquois, quand Ségolène eut achevé sa lecture. Vous avez trouvé une arbalète ? Une fabrique ? À moins qu'il ne s'agisse d'une fabrique d'arbalètes jouxtant de près un temple de Vesta...

– Je vous dispense de vos sarcasmes ! Ce côté « je sais tout »... C'est insupportable, répondit-elle sans le regarder.

– Ah bon ? Je croyais que la morgue et le savoir universel étaient considérés comme des vertus par les énarques socialistes... Regardez Jospin, Fabius et Strauss-Kahn, ils savent tout, eux, même s'ils ne s'accordent pas entre eux sur ce qu'ils savent ! Et ils le font savoir !

– Je préfère avoir des éléphants savants dans mes rangs que des Éric Raoult ou des Pierre Lellouche ! rétorqua-t-elle impitoyablement.

Le coup sembla avoir porté au-delà de ses espérances car Nicolas se plia un peu sous le choc, comme s'il avait reçu un uppercut à l'estomac. Une grimace de dépit lui crispa brièvement le visage et il baissa les yeux. Ségolène en conçut aussitôt un vague remords.

– Je vous prie de m'excuser, reprit-elle. Je sais que ce n'est pas fair-play de vous attaquer sur ce point. Après tout, vous n'êtes pas responsable de ces... Dites-vous que nous, nous avons Claude Allègre... Je me suis laissée aller, mais c'est vous qui avez commencé à me chercher...

– Bah, vous avez raison de me rappeler qui se revendique de ma famille de pensée..., soupira-t-il. Vous auriez pu rajouter Christian Jacob, pendant que vous y étiez...

– C'est moi qui suis une indécrottable énarque, dit-elle à mi-voix. J'ai cru, un temps, pouvoir m'affranchir de cet abominable conditionnement, mais je pense que... c'est tout bonnement impossible... Ils nous ont formaté l'esprit une fois pour toutes et, malgré tous nos efforts, nous sommes voués à ne plus jamais voir le monde qu'à travers leurs schémas... Vous, au moins, vous êtes avocat, vous savez écouter, vous essayez de comprendre... Nous, nous savons déjà. C'est horrible, croyez-moi, de tout savoir sur tout...

– Vous n'êtes pas la première énarque à me parler de cette... cette affreuse omniscience.

– Désolée, murmura-t-elle en regardant ses mains. Je sais que cela ne fait pas avancer notre enquête...

– C'est vrai... À moins que...

– À moins que ?

– À moins que nous n'utilisions votre handicap pour résoudre notre cas.

– Dites donc ! Si j'étais un homme, vous me traiteriez de handicapé ?

– Ce que je veux dire, expliqua-t-il en s'enflammant soudain, c'est que nous pouvons unir nos talents et nos efforts pour résoudre l'énigme de la digue.

– Comment ça ? demanda-t-elle, secrètement admirative de l'enthousiasme qu'elle voyait se raviver chez Nicolas.

– Vous, vous savez tout sur tout. Moi, je sais écouter et en profiter. Alors dites-moi ce que vous savez sur les arbalètes, les fabriques, les temples de Vesta... Un peu comme si vous passiez l'oral de l'ENA.

– J'y suis ! s'écria-t-elle. Vous écoutez ce que je sais, sans savoir à quoi ça sert, et vous utilisez ce qui peut l'être pour retrouver la Cocarde ! Génial !

– Allons-y !

– OK. Je commence par « arbalète ». Comme l'arc, l'arbalète est une arme de jet, récita-t-elle. Elle est utilisée dès le Xe siècle. Elle est composée d'un arc de corne ou de métal, d'une pièce en bois permettant de fixer l'arc (arbrier) et d'un mécanisme permettant de maintenir la corde tendue (noix), de lâcher la flèche (détente) et de bander l'arc. Très puissante et très précise, c'est une arme tellement meurtrière qu'elle sera interdite dans les combats entre chrétiens par le concile de Latran en 1139. Son usage restera toutefois permis contre les infidèles. Sa portée peut atteindre cent cinquante mètres, voire plus, par vent favorable...

– Stop !

– Déjà ? Mais j'ai d'autres données sur l'arbalète : les différentes arbalètes se distinguent par leur mécanisme de bandaison : à cric, à pied-de-biche, à tour...

– Inutile de poursuivre. Nous savons que l'arbalète tire jusqu'à cent cinquante mètres. Si nous trouvons une arbalète, nous n'aurons plus qu'à chercher dans un rayon de cent cinquante mètres autour...

– À la fête médiévale de Clisson, il y a un tournoi de tir à l'arbalète ! s'exclama Ségolène.

– On se rapproche... Où se tient ce tournoi ?

– Tout près de La Garenne Lemot...

– De mieux en mieux... Maintenant, essayez de voir ce que vous avez sur « fabrique »...

Ségolène s'absorba aussitôt dans une sorte de réflexion qui lui fit froncer très légèrement les sourcils puis, sans davantage d'effort apparent, elle annonça après quelques secondes :

– Je suis prête... J'ai deux cent soixante-treize références sur le mot « fabrique ».

– C'est beaucoup trop ! Essayez de croiser « fabrique » avec « arbalète » et « temple de Vesta »...

Après une nouvelle courte attente, elle dit de nouveau :

– J'y suis. Écoutez ça : dans un parc ou un jardin, on appelle « fabrique » une petite construction ornementale. La plupart de ces édifices ont une signification philosophique. Certains ont une destination utilitaire (glacières, remises...), d'autres évoquent des ruines antiques. Tous ont pour but d'éveiller des sentiments, de ménager des cachettes et de constituer des cheminements de réflexion.

L'exemple le plus typique en est le temple de Vesta reproduit en miniature dans le parc de La Garenne Lemot à Clisson !

– Génial ! Nous la tenons : souvenez-vous des paroles de la chanson :

J'l'emmène dans ma fabrique
Mais non, ce n'est pas le diable
Qui monte et qui s'érige
Au temple de Vesta comme une flamme drue
Qu'elle entre et qu'elle y reste, et qu'elle n'en sorte plus...

Mitterrand a fait cacher la Cocarde dans le temple de Vesta du parc de Clisson !

– Eh bien, qu'est-ce qu'on attend ? dit-elle en bondissant sur ses pieds.

Elle se sentait à la fois troublée et exaltée par cette première expérience d'entraide mutuelle et de coopération qu'ils venaient de partager.

– On y va, on y va ! répondit mollement Nicolas en restant assis. Ensuite, chacun de nous retrouvera sa vie...

– Parlez pour vous ! Je vous rappelle que je dirige une grande région française...

– Bien sûr, bien sûr. Et moi, je m'apprête à devenir président de la République...

– Si vous permettez, ce n'est pas encore fait !

– Ce que je veux dire, c'est que toute cette histoire : ce que nous avons découvert, ce que nous a raconté le sénateur, ce qu'il nous reste à apprendre et même mon mauvais rêve de cette nuit, tout cela m'a fait réfléchir...

– Il n'est jamais trop tard pour bien faire, ne put-elle s'empêcher de persifler.

– ... J'ai longtemps cru que j'étais le maître de mon

destin, que c'était ma volonté seule qui guidait ma vie, que je finirais forcément par arriver exactement là où j'avais décidé d'aller. Mais soyons modestes, sachons regarder derrière nous et nous découvrirons vite que c'est l'Histoire qui nous guide. Quand ce n'est pas le hasard... Regardez-moi, ma vie est une ombre qui marche, un pauvre acteur qui se pavane et se trémousse une heure en scène, puis qu'on cesse d'entendre...

– *Macbeth*. Acte V, scène 5, compléta-t-elle aussitôt.

– Vous êtes sûre ?

– Absolument, confirma-t-elle : « C'est une histoire pleine de bruit et de fureur, racontée par un idiot, et qui ne veut rien dire [1]... »

– Les enf... ! siffla-t-il

– Qu'est-ce qui vous arrive ? De qui parlez-vous ?

– Des nègres de mon prochain bouquin ! Ils m'ont fait croire que c'était de moi !...

– Encore un bouquin !

– Oui, au printemps 2006. *Témoignage pour les siècles à venir*, ça va s'appeler.

– Vous n'avez pas plus mégalo, comme titre ? ricana-t-elle.

– Vous avez raison, c'est un peu ronflant... Je vais leur dire de faire plus court. Mais vous, vos *Désirs d'avenir*, ça vous semble crédible ? On dirait du Euro-RSCG ! Pourquoi pas *Petites Envies de futur* ou *En attendant demain* ?

– Assez de sarcasmes ! J'entends fédérer tous ceux et toutes celles qui pensent que ça devrait aller mieux et que ça ne va pas en s'arrangeant avec l'âge. Souvenez-

1. « *Life is but a walking shadow, a poor player that struts and frets his hour upon the stage and then is heard no more. It is a tale told by an idiot, full of sound and fury, signifying nothing* » (Shakespeare).

vous que nous sommes dans le même bateau, vous et moi. Depuis le début de cette affaire de sénateur et de Cocarde, je me sens, comme vous, prisonnière d'une histoire absurde, pleine de bruit et de fureur et racontée par deux idiots...

14

Dimanche 3 juillet 2005 – Paris, sous-sol du pont de l'Alma.

– Monseigneur ? Monseigneur, réveillez-vous... insista le chambellan.

Posant le clystère qu'il tenait à la main sur un guéridon il tapota doucement la main bleuie de son maître qui ronflait.

Mon Dieu, protégez la Couronne de France ! pria le serviteur à voix basse. *Si Monseigneur s'obstine à se dépenser ainsi sans compter pour son futur Royaume, un de ces jours, il ne se réveillera pas. Ah, que triomphent enfin le Beau et le Vrai ! Que refleurisse le lys de la première heure sur les bannières de notre armée redevenue catholique et royale ! Que soient enfin châtiés les régicides jusque dans leurs tombeaux. Bientôt le troupeau innombrable des veaux démocrates regrettera avec des larmes de sang de s'être prosterné devant la Gueuse !*

Devant l'absence de réaction du vieillard, le grand chambellan se résolut à le secouer, d'abord mollement puis de plus en plus vigoureusement.

Et ce fils indigne, qui se dit « prétendant » ! continua de soliloquer le serviteur tout en ballottant son maître...

– Quoi, qu'est-ce encore ? finit par bredouiller le descendant de Capet en tordant un œil et en ouvrant la bouche tel un vieux mérou surpris de se retrouver hors de l'eau.

– La Dieu mercy, Monseigneur, vous vous êtes réveillé ! Encore une fois !

– Nous ne vous le faisons pas dire ! Et nous venions à peine de nous assoupir...

– Que Monseigneur daigne bien vouloir m'excuser si je me suis permis d'interrompre la sieste de sa Majesté, mais il y a du nouveau au sujet de notre espionne.

– Beaucoup de nouveau, nous l'espérons, marmonna le vieillard en s'étirant. Car si nous ne jouissons pas de notre pause poméranienne, nous ne sommes plus bons à rien, ô bon Olivier, vous le savez...

– Notre émissaire s'est rendu à l'endroit indiqué par la puce GPS de notre espionne...

– Dire que le jour où nous avons exigé que chacun de nos membres soit équipé de ce système de repérage, on nous a traités de « vieux fou dérangé » *!*

– Heu, c'est surtout votre fils, le Prince, qui a osé parler ainsi, Monseigneur...

– Notre fils ? Quel fils ? C'est bien assez pour nous de l'opprobre éternel d'avoir pu mettre au jour un fils si superficiel, sans que ses honteuses compromissions viennent souiller la gloire d'une lignée aussi noble !

– Vous ne lui pardonnez pas de se vendre aux médias, eux-mêmes à la solde de la République ?

– Ce crétin dégénéré, cet accident spermatique, est-ce cela que vous appelez un fils ? Ah, voyez-vous, Olivier, quand nous pensons à notre unique descendant, nous nous demandons souvent ce que va devenir la France après notre départ... C'est pourquoi il faut absolument vaincre les Chinois avant l'arrivée de ce rejeton dénaturé sur le trône ! Mais nous vous avons interrompu, vous disiez que Moon a été retrouvée. Où donc se cachait-elle ?

– Sa puce GPS indiquait un point fixe dans la capitale.

– Parfait, quelle adresse ?

– 2, place Mazas, dans le XIIe arrondissement.

– Cela ne nous dit rien. Nos amis ont une cache à cet endroit ?

– Pas exactement. Il s'agit de l'Institut médico-légal de Paris.

– Quoi ? Mais qu'est-ce qu'elle fiche là-bas ?

– D'après notre informateur, elle est en train d'y subir une autopsie...

15

Dimanche 3 juillet 2005 – Clisson, parc de La Garenne Lemot.

« Comment appréhender un parc sans comprendre tous les lieux dont il rêve ? » écrivit un jour un historien des jardins[1]. Quand Ségolène et Nicolas pénétrèrent dans l'enceinte du parc de La Garenne Lemot, les visiteurs y étaient encore rares et le jardin y rêvait paisiblement d'Italie avec son paysage idéal d'antique campagne romaine, ses pavillons italianisants et ses majestueux pins parasols.

D'après le fascicule remis à l'entrée du domaine, les fabriques étaient au nombre d'une douzaine, ingénieusement réparties de part et d'autre des rives de la Sèvre et sur leurs escarpements. Le duo passa près du temple de l'Amitié, dépassa la colonne d'Henri IV et l'obélisque et franchit le gué de la rivière. Arrivés sur la rive droite, Ségolène et Nicolas découvrirent tout d'abord la grotte d'Héloïse, puis le tombeau antique et débouchèrent enfin sur un édifice, enveloppé d'une vapeur claire, qui montait et s'érigeait sur le ciel déjà bleu.

---

1. In *Polia – Revue de l'art des jardins*, n° 4, automne 2005.

– « Mais non, ce n'est pas le diable qui monte et qui s'érige... », récita à voix basse Nicolas

– « Au temple de Vesta comme une flamme drue... », continua Ségolène en regardant s'élever les étranges volutes qui s'échappaient d'entre les colonnes du temple.

– À moins que ce ne soient plutôt les dernières brumes de chaleur matinales, corrigea Nicolas.

– « Qu'elle entre et qu'elle y reste, et qu'elle n'en sorte plus... », poursuivit Ségolène sans lui répondre, les yeux toujours fixés sur le petit temple fumant dans le matin. Nous touchons au but !

Ils franchirent ensemble la porte voûtée desservant l'entrée de l'édicule. Une fraîcheur humide les saisit aussitôt.

– Mettez votre gilet, dit Nicolas à Ségolène. Nous allons sans doute devoir séjourner un moment dans cet endroit et vous risquez de vous enrhumer...

– Merci de votre sollicitude mais ça ira comme ça. Aidez-moi plutôt à trouver un indice menant à la cachette de la Cocarde... Une pierre fraîchement descellée, une anfractuosité...

– Je ne vois rien qui ressemble à une cachette possible. Les murs sont chaulés et impeccablement lisses. S'il n'y avait pas tous ces tags et ces graffitis, on pourrait croire que le temple vient d'être refait...

– Les graffitis, évidemment ! s'exclama soudain Ségolène. Il n'y a qu'une chose à faire : lire tous les messages. Il y en a forcément un qui doit mener à la Cocarde ! Je prends ce mur, vous celui d'en face...

– Si vous voulez... Mais je me dois de vous mettre en garde : certaines de vos découvertes risquent de vous choquer...

– Ne craignez rien, j'ai l'habitude. Vous pensez que nous n'avons pas de toilettes, rue de Solférino ?

Ils débutèrent aussitôt leur exploration. Excluant les tags, chacun se mit à recopier les messages susceptibles de contenir une information. Exception faite pour des prénoms et des cœurs ornés d'initiales, la plupart des inscriptions consistaient en provocations répétitives du genre : « Nique ta race », « Nique ta sœur », « Nique les profs »... Nicolas tiqua à peine en relevant un « Nique les keuf », Ségolène se contentant de commenter : « Ils auraient pu mettre un *s.* »

Abondaient surtout des propositions de services sexuels avec numéro de téléphone portable. Les deux limiers avaient déjà griffonné une page entière de texte lorsqu'une voix de femme se fit entendre derrière eux.

– Qu'est-ce que vous faites ici ?

Ils sursautèrent de concert et, en se retournant, aperçurent à contre-jour une silhouette féminine qui se tenait à la porte du temple.

Quand la forme se glissa à l'intérieur, ils découvrirent qu'ils avaient affaire à une vieille femme entièrement vêtue de noir. Elle avait les joues rouges et ridées, deux yeux en tête d'épingle et ses cheveux étaient retenus par un foulard blanc.

– Qu'est-ce que vous faites ? répéta l'inconnue.

– Hem... Nous sommes anthroposociologues au CNRS, improvisa Ségolène. Nous étudions la révolte du signifiant contre le signifié dans le graffiti urbain...

– C'est ça, exactement ! continua Nicolas. Surtout, ne nous demandez pas quel est le but de ces recherches. Nous n'en avons encore aucune idée. Mais nous avons reçu des crédits publics, alors nous les utilisons...

– De l'argent bien employé au service de l'intelligence, répliqua Ségolène en le fusillant du regard, et qui n'ira pas subventionner les paysans pollueurs ni les patrons délocaliseurs !

– Notez que les paysans « pollueurs » ont autant le droit de vivre que les chercheurs qui ne trouvent rien, n'est-ce pas, chère collègue ? répliqua Nicolas.

– Des chercheurs, il en faudra encore plus quand vos paysans auront fini de rendre l'eau imbuvable et la terre stérile...

– Ça suffit ! les interrompit la vieille femme d'une voix étonnamment forte eu égard à sa frêle constitution. Je sais pourquoi vous êtes ici et qui vous êtes. Elle m'a prévenue...

Durant de longues secondes, ils restèrent pétrifiés de surprise, tentant de dévisager l'inconnue autant que la pénombre le leur permettait. Puis Nicolas reprit enfin la parole.

– Auriez-vous l'amabilité de nous dire qui vous a prévenue et de quoi exactement, chère madame ?

– Je vous dis que je sais, c'est tout. Je suis la Vestale du temple. C'est François qui m'a demandé de veiller sur la Cocarde, il y a dix ans quand il l'a fait déposer là avant son dernier voyage à Assouan. Je l'ai veillée fidèlement jusqu'à vendredi dernier. C'est ce jour-là qu'elle est venue.

– Mais qui, chère madame ? Qui est venue ? demanda Ségolène, intimidée par le ton froid, presque hautain de la vieille femme.

– Elle a eu raison de la prendre, continua l'inconnue. La Cocarde n'était plus en sécurité ici, répondit la gardienne. Elle l'a emportée pour l'enterrer à jamais, là où elle doit l'être. Là où François aurait voulu qu'elle fût ensevelie, s'il avait pu...

– François ? De quel François parlez-vous, madame ? François Mitterrand ? interrogea Nicolas.

– Elle m'a dit que vous alliez probablement résoudre

l'énigme et arriver jusqu'ici « dans une semaine ou deux... ». Elle ne pensait pas que vous seriez ici si vite... Mais de toute façon, il est trop tard. Elle l'a emportée et elle a eu raison... Aucun de vous deux n'en est digne, conclut la femme en leur tournant le dos.

– Attendez ! s'interposa Nicolas. Si vous savez qui je suis, vous savez aussi que je n'ai pas l'habitude de me laisser mener en bateau. Alors, vous allez gentiment nous dire qui est venu vous trouver vendredi et où cette personne a emporté ce que nous cherchons !

– Arrêtez vos rodomontades, intervint aussitôt Ségolène. Comment osez-vous prendre de haut cette femme ? N'avez-vous pas compris qu'il s'agit d'une prêtresse laïque, vouée à la garde d'un des emblèmes les plus sacrés de la République ? Excusez-le, chère madame ! J'ai moi-même bien connu François et je crois pouvoir dire qu'il aurait aimé que je sache où se trouvait la Cocarde...

La femme la regarda intensément sans ciller.

– Laissez-moi maintenant, finit-elle par dire. Je vous conseille de ne pas insister, sinon je me verrai dans l'obligation de révéler qui vous êtes vraiment. Je ferai savoir à vos soutiens respectifs comment vous faites du tourisme ensemble le week-end... Allons, partez ! Rentrez chez vous, il est trop tard, je vous l'ai déjà dit.

16

*Dimanche 3 juillet 2005 – Paris, ministère des ***, bureau du ministre.*

Le ministre bâilla bruyamment en regardant le bateau-mouche qui remontait la Seine.

– Tous ces voyages à l'étranger me lessivent, dit-il en s'étirant.

En ce dimanche de juillet, il se savait absolument seul dans les bureaux de son ministère. *Mais est-ce vraiment mon ministère ?* se demanda-t-il une fois encore. *Villepin fourre son nez partout, contrôle tout, veut tout savoir... Je parie que demain, il va exiger que je lui fasse un rapport sur ma rencontre avec *** ! Quant à Sarkozy, je sais bien qu'il se méfie de moi. Vivement que tout cela s'arrête et que le vieux fou remonte sur son trône ! Une fois chef du gouvernement de Sa Majesté, j'aurais enfin les mains libres !*

À cette idée, si souvent caressée, le visage du ministre se décrispa un peu. Il se dirigea vers le minibar de son bureau et se servit un whisky sur glaçons.

Quelque chose me turlupine ces derniers temps : le comportement étrange de notre espionne après le meurtre de la Vieuxjoncourt. Je me demande pourquoi elle a appelé la police ? Et pourquoi ne s'est-elle pas manifestée depuis ? J'imagine qu'elle a suivi nos deux tourtereaux dans leur course à l'échalote... J'appellerais bien les bureaux de Monseigneur mais je suis sûr que le vieux est encore en train de roupiller. C'est monstrueux ce que ce type peut dormir !

Le téléphone sonna. Le ministre s'immobilisa. *Qui peut bien savoir que je suis là ? Il n'y a que Villepin et Sarko qui ont ce numéro direct...*

– Allô, qui est à l'appareil ? dit-il en essayant de maquiller sa voix.

– C'est moi, monsieur le ministre, le grand chambellan de Monseigneur... Vous êtes enroué ?

– Vous ? ! Ça fait vingt fois que je vous ai dit de ne pas m'appeler sur ma ligne personnelle ! Vous voulez me faire repérer ?

– J'ai essayé chez vous et sur votre portable, cela ne répondait pas. Il y a urgence, monsieur le ministre... Monseigneur est très préoccupé...

– J'espère que ce n'est pas encore au sujet de la cérémonie du couronnement ! Je vous ai déjà dit que je ne connais aucun fournisseur de tribunes officielles. Voyez avec l'armée ou la mairie de Paris.

– C'est bien plus grave, monsieur le ministre. C'est au sujet de Moon...

– Ah, enfin des nouvelles ! Eh bien, parlez ! Vous l'avez localisée ? Où est-elle ?

– Elle est morte, monsieur le ministre.

– Quoi ? ! Qu'est-ce que vous racontez ! ? De quoi est-elle morte ?

– Nous n'avons pas pu voir le corps. Ils sont en train de l'autopsier...

– « De l'autopsier » ? ! Vous êtes en train de me dire qu'elle est entre les mains de la police ?

– Son cadavre, monsieur le ministre.
– Mais vous ne voyez donc pas ce que cela veut dire ?
– Je suppose que cela signifie que Moon a été supprimée par les deux envoyés du sénateur qui se sont mis à la recherche de la Cocarde...
– Vous... vous croyez qu'ils seraient capables de faire une chose pareille ? demanda le ministre dont la gorge se noua.
– Vous savez aussi bien que moi ce dont les républicains sont capables, monsieur le ministre. Dois-je vous rappeler les horreurs de la Révolution...
– Vous croyez qu'ils pourraient s'en prendre à ma personne, s'ils découvraient que je suis avec vous ?
– Sans aucun doute. Mais vous ne souffririez pas longtemps. Vous avez la capsule.
– La capsule ? Quelle capsule ? balbutia le ministre affolé. Ah oui, bien sûr, le cyanure... comprit-il en passant sa langue sur sa deuxième molaire supérieure droite.

Il faut absolument que je pense à me faire enlever cette saloperie, songea-t-il avec terreur, *la moindre chute de vélo, un noyau de pruneau oublié dans un clafoutis, et hop, je ferai la une de tous les journaux ! « Mort mystérieuse d'un ministre modèle en pleine ascension. »*

– J'espère que notre agent a eu le temps d'avaler son poison et qu'elle n'a rien avoué à ces monstres sanguinaires, soupira le grand chambellan. Mais si je vous appelle, c'est parce que Monseigneur souhaite que vous interveniez auprès de votre collègue de l'Intérieur.
– Sarko ? ! Mais c'est impossible. Vous venez de me dire qu'il est probablement l'auteur de cet assassinat, que voulez-vous que j'obtienne de lui ?
– Nous pensons que vous devriez l'appeler sous un prétexte quelconque. Vous le faites parler et vous demandez

à vos services de le localiser. Quand nous saurons où il se trouve, nous pourrons peut-être les rattraper, lui et sa complice, avant qu'ils ne mettent la main sur le talisman...

– C'est de la pure folie ! Vous expliquerez à Monseigneur que je ne travaille pas à la DST. Les seuls scanners que j'aie jamais utilisés permettent de repérer les tumeurs, pas les téléphones portables.

– Dans ce cas, demandez-lui directement où il se trouve. Peut-être ne verra-t-il aucun inconvénient à vous le dire. Souvenez-vous qu'il ne sait pas que vous savez ce qu'il a fait...

– Bon, je vais essayer. Je vous rappelle...

– Pas avant une bonne demi-heure, je vous prie. Monseigneur repose et récupère de toutes ces contrariétés...

17

Dimanche 3 juillet 2005 – Route nationale 249, entre Clisson et Nantes.

L'Opel Corsa était stationnée à la sortie de la station Shell. Nicolas venait de régler en espèces le plein de carburant.

– Désolée, s'excusa-t-elle. Je ne peux pas tirer d'argent...

– Oui, oui, je sais... Les traces...

– Et puis, c'est aussi une question de prévention. En ayant moins d'argent sur moi, si on me vole, je risque moins et le délinquant aussi... Alors que vous, si on vous dépouille, on risque gros. C'est assez immoral, conclut-elle.

– Voilà une thèse originale, je n'y avais jamais réfléchi..., dit-il en claquant sa portière. Mais gardons de quoi débattre durant la campagne. Si les éléphants ne vous piétinent pas trop d'ici là...

Un roulement de tambour lointain sembla se rapprocher tel un lourd escadron dévalant du haut du château de Clisson. Un grondement terrible se fit entendre, puis ce fut comme un éclatement de chapelets de grenades. Le plafond du monde, ébranlé de coups sourds, était en train de craquer, écartelé dans d'aigus crissements de métal déchiré. Des éclairs effrayants zébraient le ciel et tailladaient les nuages, comme si des démons y croisaient le fer.

– Un orage, il manquait plus que ça ! bougonna Nicolas.

– Depuis toute petite, j'ai toujours eu peur des orages, frissonna Ségolène en se tournant vers lui. Vite, il faut rentrer l'antenne !

Il fut sur le point de lui dire : « Ne vous inquiétez pas, vous voyez bien que je suis là. » Mais il s'entendit répondre, sur un ton froid d'expert :

– Ne vous inquiétez pas, la voiture est parfaitement isolée sur ses quatre pneus. Même si un éclair frappait l'antenne, la carrosserie ferait cage de Faraday...

– Vous êtes sûr de ça ? demanda-t-elle

– Certain, mentit-il.

Un autre terrible coup de tonnerre la fit sursauter. Sans oser la regarder en face, il dit :

– Quand le tonnerre grondait, ma grand-mère avait coutume de dire : « C'est le Bon Dieu qui change ses meubles de place. » Le début d'une vieille légende hongroise...

Du coin de l'œil, il la vit ébaucher une espèce de sourire enfantin qui le toucha.

Après quelques minutes, le fracas sembla s'épuiser, éclata encore au loin, puis s'apaisa enfin. Le vent se leva, poussant devant lui de lourds nuages et la pluie estivale redoubla d'intensité. Ségolène mit les essuie-glaces en marche. Mais à peine balayés, les demi-cercles asséchés étaient aussitôt constellés d'éclaboussures cristallines. À l'intérieur du véhicule, la vapeur d'eau libérée par la respiration des deux passagers embuait les vitres, formant comme un écran d'irréalité qui les isolait du reste du monde.

– Bien ! Nous n'allons pas traîner ici, dit Nicolas en émergeant de derrière sa carte routière. Vous allez prendre la sortie 43 et vous suivrez la direction « Angers, Ancenis, Paris ». Nous serons porte d'Orléans dans quatre heures, au maximum...

Elle lui jeta un bref regard de biais et soupira.

– Ne faites pas cette tête. Nous avons fait ce que nous avons pu. Nous n'étions pas les premiers, c'est tout. Nous n'avons rien à nous reprocher...

– Vous ne comprenez pas... Moi, dans la vie, si je me bats, c'est pour gagner. Pas pour le plaisir de participer ! Si je me suis mis en quête de la Cocarde, c'est pour la trouver. Et je n'admets pas d'avoir à rentrer bredouille...

– Je ne sais pas d'où vous vient cette « gagnomanie » aiguë mais c'est carrément névrotique, à mon avis...

– J'ignorais que vous aviez aussi des compétences en psychologie, dit-il en se replongeant dans la lecture de la carte routière.

– Il en faut pour gagner...

– Mais, visiblement, cela n'empêche pas de perdre ! Au fond, vous êtes une vraie jospinienne : vous vous satisfaites d'un échec sous prétexte que vous estimez avoir tout fait pour l'éviter. Et au final, vous vous retirez du jeu...

– Quoi ? ! Qu'est-ce que vous osez dire ? Moi, jospinienne ? Dois-je vous rappeler qu'après la présidentielle de 2002, Jospin est parti jouer les « cabossés de la vie » aux quatre coins de l'Europe. Dans des beaux coins si possible ! Ensuite, il s'est retiré à l'île de Ré. Et quand il a estimé avoir suffisamment « soigné ses blessures » de pauvre grand homme incompris, il est revenu jouer les arbitres des élégances ! Savez-vous ce que moi, j'ai accompli pendant tout ce temps ? !

– Ne vous énervez pas comme ça. J'ignorais que l'adjectif « jospinienne » pouvait vous mettre dans des états pareils...

– Taisez-vous, laissez-moi finir ! hurla-t-elle. Pendant que M. Jospin traînait son blues comme un Alain Souchon en chandail qui gratte, moi, j'ai gouverné ! J'ai pris Poitou-Charentes dans mes bras et je l'ai regardé au fond des yeux ! Je lui ai redonné vie ! Est-ce que vous pouvez vous imaginer dans quel état j'ai trouvé les douches des gymnases quand nous sommes...

– Attendez ! Mon téléphone, excusez-moi... « Appel masqué », j'espère que ce n'est pas encore cette glu de ministre des ***, il n'avait rien à me dire tout à l'heure. Il voulait savoir où j'étais ! C'est peut-être *elle*, cette fois. Surtout ne dites rien... Allô ?

– Mes respects, monsieur le ministre...

– Vous, monsieur le sénateur ! Cela faisait bien longtemps que...

– Je vous savais sur la bonne piste, et je connais vos compétences à tous les deux, vous n'aviez pas besoin de moi... J'en ai profité pour faire du rangement dans mes vieux papiers. Voyez-vous, dès que cette histoire de Cocarde sera réglée, j'entends me mettre enfin à la retraite... Mais dites-moi, où en est votre petite recherche...

– Notre « petite recherche » comme vous l'appelez, nous a emmenés à quatre cents kilomètres de Paris, dans la jolie ville de Clisson !

– Clisson ? Tiens donc, quelle bonne idée ! Entre Blancs et Bleus, Monarchie et République, catholicisme pur et dur et laïcité sans concession, à la frontière de la droite et de la gauche... Ce Mitterrand m'étonnera toujours...

– Hélas, nous n'avons pas récupéré la Cocarde !

– Que me dites-vous là, mon cher Nicolas ?

Pour la première fois, Nicolas sentit un certain désarroi passer dans la voix du vieillard.

– Je vous dis la stricte et triste vérité, monsieur le sénateur. Nous avons trouvé la cachette mais nous sommes arrivés trop tard... Nous avons appris que quelqu'un, une femme semble-t-il, nous avait précédés et avait emporté la Cocarde avec elle...

– Une femme, dites-vous ? Je ne vois pas qui aurait... Marie-Ségolène est toujours à vos côtés, n'est-ce pas ?

– Pour quelque temps encore, nous rentrons à Paris. Vous souhaitez lui parler personnellement ?

– Avez-vous, sur votre téléphone, cette fonction si pratique qui permet d'être entendu de plusieurs personnes à la fois ?

– Un haut-parleur, vous voulez dire ? Affirmatif.

– Alors actionnez-le.

– C'est fait.

– Merci, dit le sénateur en adoptant un ton grave de tribun. Je voudrais tout d'abord vous remercier pour votre dévouement, votre sagacité, votre courage politique et même physique, car, vous le savez désormais, vous avez couru des risques.

– Vous voulez parler de l'assassinat de Marie-Anne de Vieuxjoncourt ? demanda Ségolène.

– Notamment. Car j'ai aussi appris, il y a peu, le décès par homicide de son assistante. Une certaine Moon qui, de toute évidence, était entrée à son service pour le compte des Survivantistes...

– Un autre assassinat ?! s'exclama Nicolas. Décidément, il est temps que je rentre à Paris...

– C'est justement de cela que je voudrais vous parler... Ce que j'ai à vous dire tient en quelques mots : Au nom de la République française, je vous abjure de ne pas abandonner la recherche de la Cocarde !

Nicolas eut la chair de poule en entendant le sénateur les supplier ainsi. Le vieil homme avait soudain adopté des inflexions qui lui rappelèrent celles de Malraux lors du discours du 19 décembre 1964 pour le transfert des cendres de Jean Moulin au Panthéon. Plus encore que les hauts faits de l'écrivain et que la prestance du général de Gaulle, c'était le lyrisme incantatoire de ce discours qui, dès l'enfance, l'avait irrésistiblement amené au gaullisme. Un gaullisme de cœur qui allait, par la suite, se muer en un « gaullisme de raison », puis en un « gaullisme de circonstance » selon ses ennemis ou en un « gaullisme de rupture avec le gaullisme » selon ses amis.

– Mais nous n'avons plus aucune piste sérieuse, objecta Ségolène. Nous sommes perdus, nous ne pouvons même pas recommencer l'enquête depuis le début puisque ni la Vieuxjoncourt ni son assistante ne sont plus là pour nous renseigner ! Quant à la gardienne de la Cocarde, cette vieille folle a menacé de tout balancer aux médias si nous persistions dans nos recherches... Je me demande d'ailleurs si elle n'est pas strauss-kahnienne tellement elle a été agressive avec moi...

– Et surtout, nous avons de lourdes responsabilités à assumer, abonda Nicolas. Nous ne pouvons pas disparaître plus longtemps. Cela va finir par éveiller les soupçons de nos équipes...

– Je sais tout ça, répondit le sénateur. C'est pourquoi l'effort que je vous demande maintenant sera le dernier. Vous avez ma parole de vieux républicain...

– Et en quoi consiste-t-il, cet ultime effort ? demanda Ségolène avec une moue de réticence.

– À écouter votre instinct...

– Notre instinct ? Quel instinct ? interrogea Nicolas.
– Votre instinct d'animal politique, évidemment.
– C'est-à-dire ?
– Servez-vous de votre intuition, de vos peurs, de vos doutes, des signes que vous trouverez sur votre route... Écoutez-vous. Oubliez tout ce que vous avez appris. Même vous, Marie-Ségolène. Faites-vous confiance. Quelque chose en vous sait ce qu'il faut faire.
– Et c'est tout ? s'étonna Nicolas.
– C'est tout... Sachez que c'est comme cela qu'ont toujours gouverné les plus grands hommes politiques. Pour le meilleur et pour le pire...
– Je croyais que Mitterrand consultait Élizabeth Teissier..., remarqua Ségolène.
– Et alors ? soupira le sénateur. Les élucubrations d'une diseuse de bonne aventure bien conservée, un rêve étrange, un corbeau qui croise votre route, un miroir qui se brise... autant de signes qui doivent pouvoir vous guider. À condition de savoir les interpréter... Le président Chirac a bien dissous l'assemblée après avoir cru voir son chat lui faire un clin d'œil...
– Attendez, dit Nicolas. Vous avez dit que même un « rêve » pouvait nous éclairer ?
– Parfaitement ! confirma le sénateur. S'il vous a marqué suffisamment pour que vous vous en souveniez, il faut y prêter attention. Les songes ont une clef.
– Dans ce cas, j'ai une énigme à vous soumettre, annonça Nicolas.
– À moi ? demanda le sénateur.
– Et à Ségolène aussi. La nuit dernière, j'ai rêvé que je volais...
– Classique, c'est sexuel..., l'interrompit Ségolène.
– Attendez la suite, reprit-il. Ce vol, dont je vous épar-

gne les détails invraisemblables, m'a amené jusqu'au sommet d'une colline boisée. À ce moment-là, ça a été comme un rêve dans le rêve, un moment d'une intensité inouïe, comme une extase mystique.

– C'est ce que je disais, c'est sexuel... glissa Ségolène.

– Mais non ! Arrêtez avec votre freudisme de bazar ! Ce n'est pas parce que tous les psychanalystes sont de gauche qu'il faut aveuglément adhérer à leurs interprétations aberrantes ! Ce que j'ai vu est d'une tout autre ampleur. Une ampleur... historique. Je sais que vous pensez que c'est moi qui délire...

– Pas du tout, coupa le sénateur, pour encourager Nicolas qui s'exaltait de plus en plus.

– Il émanait de cet endroit une force, une telle force, comment dirais-je...

– Une force tranquille ? l'interrompit à nouveau Ségolène.

– Pas seulement... Une énergie nationale plutôt.

– Continuez, lui souffla le sénateur, essayez de nous en dire plus sur cette colline...

– C'était un endroit où l'histoire et la spiritualité se mêlaient. Une sorte de colline inspirée à la Barrès.

– Vous avez de drôles de références ! fit remarquer Ségolène.

– Laissez-le poursuivre, ordonna le sénateur.

– Il y avait là un tumulus jadis érigé à la gloire d'un antique combat, poursuivit Nicolas.

La sueur au front, les yeux révulsés, il éleva les bras en un geste chamanique.

– Un combat ancestral et fondateur ; une lutte âpre et sans merci ; une mêlée terrible à l'arme blanche. Épieux contre épées à deux mains, casse-tête contre francisques...

– Encore cette allusion déplacée...

– Je vous ai dit de le laisser raconter, Ségolène ! rugit le vieux sage.

– ... Une terrible bataille qui, en des temps immémoriaux, a scellé dans le sang la naissance de la Nation française.

– J'ai trouvé ! s'exclama Ségolène. Vous avez rêvé au Mont Beuvray !

– Bon sang, ma petite Marie-Ségolène ! s'écria à son tour le sénateur, vous m'estomaquez, vous m'épatez, vous me sidérez. Ah, quel exceptionnel duo vous formez tous les deux ! Si seulement notre pays pouvait bénéficier de vos deux forces conjointes, la France retrouverait enfin le rang qui devrait lui revenir dans le concert des nations... Il s'agit du Mont Beuvray. Bien sûr ! Là où se trouve l'oppidum gaulois de Bibracte qui arrêta la marche des Helvètes vers la Saintonge et servit de refuge aux tribus gauloises enfin unies...

– C'est là que Vercingétorix a été proclamé chef des Gaulois ! ajouta Ségolène. Et là, surtout, que le président Mitterrand avait acheté une parcelle pour y être enterré avant qu'on ne l'en empêche pour d'ignobles raisons politico-paysagères ! Figurez-vous que le président RPR de la Région Bourgogne a crié au vol d'un terrain public ! Les riverains du Parc naturel régional du Morvan ont dit qu'ils refusaient de vivre à l'ombre d'un mausolée...

Nicolas, épuisé, une légère écume au coin des lèvres, s'était avachi sur son siège, comme vidé de toute force. Il demanda d'une voix faible :

– Voulez-vous dire que l'endroit dont j'ai rêvé existe vraiment ?

– Et comment ! s'écria Ségolène. Grâce à Jack Lang, Bibracte a été bombardé « grand site national » et un Centre archéologique européen a même été ouvert au pied de...

– Oui, il existe bel et bien, Nicolas, interrompit solennellement le sénateur. Et il est de votre devoir, à Marie-Ségolène comme à vous, Nicolas, de vous rendre à cet endroit... La Cocarde doit s'y trouver et... quelque chose me dit que là-haut, sur cette colline, vous avez rendez-vous avec votre destin !

18

Nuit du 3 au 4 juillet 2005 – Saint-Léger-sous-Beuvray, Route départementale 3.

Les diodes électroluminescentes de l'horloge digitale de bord indiquaient 03 :45. La nuit était profonde, et le trajet depuis Clisson avait pris presque sept heures. L'exaltation qui les habitait avait à présent effacé toute fatigue. Les yeux fiévreux, les traits tirés, ils touchaient au but. Les derniers mots du sénateur résonnaient encore en eux, comme une promesse ou comme un avertissement : « Votre destin vous attend. » Oui, ils le sentaient, là-haut, au sommet de cette colline, ils avaient rendez-vous avec *quelque chose* qui les dépassait.

Devant eux, à cheval sur les départements de la Nièvre et de la Saône-et-Loire, la masse sombre du mont Beuvray évoquait le dos d'un puissant animal endormi. Il leur restait quelques kilomètres à parcourir avant d'arriver sur le site de l'antique ville fortifiée de Bibracte, capitale du peuple gaulois des Éduens.

– Je ne saurais pas vous expliquer pourquoi, dit Ségolène qui tenait le volant, mais je pense que le sénateur a raison : nous devons nous attendre à quelque chose de très fort, là-haut...

– Je le crois aussi... Je n'étais jamais venu ici auparavant, mais plus nous montons et plus je ressens la présence d'une force incroyablement puissante...

– Une force ? demanda craintivement Ségolène

– Oui, une présence, une énergie, à la fois archaïque et éternelle...

– Hé ho ! Vous ne seriez pas en train de virer mystique, monsieur le libéral pragmatique ? lui demanda-t-elle, mi-sérieuse, mi-inquiète.

– Vous pouvez bien vous moquer, il n'en demeure pas moins que c'est mon exceptionnelle intuition politique qui nous a conduits jusqu'ici. Voyez-vous, depuis que le sénateur nous a invités à nous laisser conduire par notre sixième sens d'homme d'État, je sens, je vois, je pressens des choses...

– Eh bien, voulez-vous que je vous dise, moi, à quoi cet étrange pèlerinage de nuit me fait penser ? À mon enfance...

– Vous faisiez des pèlerinages en voiture dans votre enfance ?

– Tout était prétexte à pèlerinage, avec mes parents. C'est étrange, je n'en ai jamais parlé à personne..., dit-elle songeuse.

– Allons, maintenant que vous m'avez vu dans ce drôle d'état, carrément en transes, vous pouvez bien vous confier à moi... l'encouragea-t-il. On sera quitte !

– Soit... Mais si cela filtre dans la presse ou dans un bouquin avant les présidentielles, je saurais d'où ça vient..., prévint-elle.

Elle avala sa salive et commença son récit.

– Quand j'étais gamine, au début du mois d'août, toute

la famille embarquait dans la 403. Les bagages sur la galerie, les parents devant et les gosses derrière.

– Huit enfants dans une 403 ?

– C'était une 403 familiale mais nous étions entassés. Il y avait Antoine, Paul, Henry, Sigisbert, Gérard, Marie-Odette, Marie-Nicole et moi. Les garçons en bermuda et la boule à zéro, nous, les filles, robe jusqu'aux chevilles... On devait se taire ou, à la limite, chanter des chants grégoriens en canon... Sinon, privés de quatre-heures !

– Eh bien, dites-moi, mais c'est *Le Nœud de Vipères*.

– Vous ne croyez pas si bien dire ! Pas de chauffage dans les dortoirs, toilette à l'eau froide, pain rassis... On n'avait jamais de dessert et évidemment jamais de bonbons... Mon père était impressionnant d'autorité. Les cheveux coupés ras, le regard un peu fou, il portait un monocle et de hautes bottes d'équitation qu'il faisait claquer l'une contre l'autre en nous donnant, à ma mère et à nous, ses enfants, des ordres brefs en latin ou en allemand. Mais jamais le moindre signe d'affection ou de doute... Voyez-vous, je crois qu'en tant que militaire sincère, il enrageait d'avoir toujours tout perdu : 39-40, l'Indochine, l'Algérie... Il en avait conçu une rancœur inextinguible contre le général de Gaulle qu'il appelait « le communiste en chef »... Autant vous dire qu'en 65, première élection du président au suffrage universel, il a voté Tixier-Vignancour ! Et à la fin de sa vie, il ne quittait plus son cilice...

– Eh bien ! Vous revenez de loin..., laissa échapper Nicolas.

– Je ne vous ai pas demandé de me plaindre que je sache..., répliqua-t-elle en se raidissant. Vous comprenez pourquoi je ne parle jamais de mon enfance : je ne tiens pas à jouer les Poil de carotte de service... Bref, persuadé que tout le monde était contre lui dans l'armée, et incapable de se remettre en question, il est parti en « retraite » à quarante-quatre ans et a refusé de porter ses décorations. Comme il était désœuvré, il s'est défoulé sur nous... Ma mère a fini par obtenir la séparation... Et moi, pour ne pas finir en épouse d'un notaire de province, j'ai tout fait pour échapper à mon destin de fille de bonne famille...

– Je comprends mieux pourquoi vous avez fini à gauche... C'est étrange que vous me racontiez cela, à moi, en pleine nuit, dans cette voiture... Voulez-vous que je vous parle à mon tour de mon père ? Il était un peu « spécial », lui aussi. Oh ! pas un autoritaire comme le vôtre. Toujours absent, toujours parti... avec d'autres femmes. J'étais tout petit quand il a plaqué Maman et j'ai eu au moins trois belles mères. Toutes quittées les unes après les autres. Quelle tristesse, le soir, d'attendre un papa qui ne vient pas vous border dans votre petit lit pour vous souhaiter bonne nuit ! Et dire que je fais la même chose aujourd'hui...

– Quand il n'y a pas résolution, il y a répétition, glissa Ségolène compatissante.

– Oui, quelle tristesse... Voyez-vous, ce qui m'a façonné, au fond, c'est la somme des humiliations de mon enfance. J'avoue que je n'en ai jamais la nostalgie parce qu'elle n'a pas été un moment particulièrement heureux. Mais, d'aussi loin que je me souvienne, j'ai toujours voulu agir, transformer les choses, repeindre les murs, changer les meubles de place... J'aime quand ça déménage, quand ça remue dans ma tête à toute vitesse. Voilà pourquoi je fais de la politique. Ah ! Ségolène, je ne sais pas pourquoi je vous confie tout ça. Peut-être parce que je sais que vous pouvez comprendre...

– Oui, je crois que je le peux...

Ils s'abîmèrent dans un long silence. Déchirée par les

faisceaux des phares de la Corsa, la nuit d'été se refermait paisiblement sur eux et les engloutissait.

– Il y a autre chose que je voudrais vous confier, ajouta délicatement Nicolas.

– Allez-y, Nicolas, au point où nous en sommes... Ça ne sortira pas de cette voiture.

– Eh bien, voyez-vous, Ségolène, il y a longtemps que je voulais vous dire que vous êtes, à mes yeux, l'une des rares personnes ayant réussi l'amalgame de deux qualités majeures : l'autorité et le charme.

– Vous exagérez, comme toujours. Je ne suis qu'une femme du XXIe siècle, presque comme les autres...

– Oh non, Ségolène. Ne croyez pas ça..., dit-il en baissant la tête.

– Hum... Vous voulez que je vous parle encore de nos vadrouilles familiales en 403 sur la route des vacances ? proposa-t-elle pour chasser l'embarras qui les avait saisis tous les deux.

– Bien sûr ! s'empressa-t-il d'approuver.

– Où en étais-je ? Ah oui ! Les pèlerinages en voiture... On allait en vacances dans le Calvados. On faisait le voyage en plusieurs étapes. Comme on partait toujours un dimanche, on s'arrêtait pour la messe. Ensuite, on se tapait la visite d'églises, d'abbayes, de sanctuaires, de monastères... Et si mon père apercevait un paysan en train de labourer son champ, il arrêtait aussitôt la voiture et descendait pour l'invectiver. « Ne savez-vous pas qu'on ne doit pas travailler le jour du Seigneur. Mécréant ! Le dimanche est fait pour le repos et la prière ! »... Dans certains villages, en passant à la hauteur de vieux et de vieilles qui prenaient le soleil assis sur leurs chaises, mon père ralentissait. Nous avions pour mission de jeter par la fenêtre des numéros déjà lus d'*Aspects de la France* ou de *Rivarol*. Ma mère ne conduisait pas, bien sûr, et pour ne pas s'endormir au volant mon père avait une méthode bien à lui, il chantait des chants monarchistes.

– M. Royal était royaliste ?

– Même pas ! Il ne les trouvait pas assez nationalistes. Mais il connaissait quand même tout le répertoire : « Vive Henri Quatre », « Prends ton fusil, Grégoire », « Monsieur de Charrette », « Debout les gars », « La Marseillaise des Blancs », « La chanson de Monsieur Henri »... Et quand il commençait, il fallait qu'on enchaîne !

Dans la nuit bourguignonne un chant surgi du passé s'éleva doucement.

Pour libérer la vieille France
Qu'en mille ans firent quarante rois...

Remontant le temps, les deux mains solidement posées sur le volant, Ségolène comme son père, jadis, s'était mise à chanter :

Pour la paix au bout de nos lances
Pour notre terre et pour ses droits...

– Allez, tous ensemble, les marmots ! s'écria-t-elle soudain. C'est « La marche de Cadoudal », vous la connaissez par cœur !

Pour soulever tout un peuple immense
La tradition revient au combat...

Plus fort, nom d'une pipe !

Vivante flamme de l'espérance
Garde en nos cœurs, le courage et la foi !

Bon ! On enchaîne :

Vendéens ! Marchons au feu sans effroi,
Mourons pour Dieu pour le Roi !
Marchons au feu sans effroi, Vive le roi !
Vive Dieu, vive Dieu, vive le Roi !

D'abord surpris puis vaguement embarrassé, Nicolas se laissa bientôt bercer par cette voix que, pour la première fois, il ne put s'empêcher de trouver irrésistiblement mélodieuse. *Elle devrait chanter ses discours*, songea-t-il avant de s'endormir.

Au détour d'un des lacets de la route, la lune surgit dans sa laiteuse clarté et révéla la mer de nuages pommelés qui baignait le sommet du mont Beuvray.

Ségolène arrêta la voiture et éteignit les phares.

– Qu'est-ce que... ? demanda Nicolas, réveillé en sursaut. Pourquoi vous garez-vous ici ?

– Nous sommes tout près du site archéologique. Regardez, ceci est la porte du Rebout, qui donne accès à l'antique cité gauloise de Bibracte.

– Comment le savez-vous ? demanda-t-il surpris.

– Un peu mon instinct, un peu la documentation que j'ai eu l'occasion de feuilleter du temps où je travaillais avec François Mitterrand... Vous savez, j'ai entendu parler du mont Beuvray pour la première fois en 1982. À l'Élysée...

Ils franchirent sans encombres la dérisoire barrière protégeant le site de fouilles archéologiques et pénétrèrent dans la ville fantôme. Ségolène ouvrait la marche, apparaissant et disparaissant au gré des nappes de brumes en mouvement.

– Je suggère que nous fassions un crochet par le Parc aux chevaux, dit-elle avec autorité... De là, nous rejoindrons la rue principale jusqu'à la Pâture du Couvent...

– Si vous le dites..., accepta Nicolas, contraint de suivre au plus près les pas pressés de sa guide.

Ils passèrent devant une rangée de queules, ces hêtres tressés pour façonner des clôtures et des haies vives, étranges sculptures aux formes torturées qui tendaient leurs moignons de bois dans leur direction.

Ils étaient presque arrivés au Parc aux chevaux lorsque se dressa devant eux une forme humaine, comme sculptée dans l'inconsistance des brumes qui les cernaient.

Ségolène esquissa un mouvement de recul craintif. Il vint buter contre elle. Son torse toucha son dos frémissant. La gorge nouée, le souffle court, elle ne protesta pas. Dans la pénombre, leurs mains se frôlèrent. Tous deux fixèrent cette silhouette surgie du néant blafard.

– Il y a quelqu'un ? réussit enfin à articuler Ségolène. Mon collègue et moi sommes ici en voyage d'étude. Nous étions impatients de visiter ce site prestigieux et...

– Je sais ce que vous êtes venus chercher...

La forme avançait maintenant vers eux. Un rayon de lune qui venait de percer les nuées l'éclaira d'une lumière spectrale. Sous l'effet de la terreur, ils se serrèrent davantage l'un contre l'autre.

– Vous !... C'est impossible... Ce ne peut pas être vous ! balbutia Nicolas.

Troisième partie

Le serment du Père-Lachaise

« On passe souvent de l'amour à l'ambition, mais on ne revient guère de l'ambition à l'amour. »

LA ROCHEFOUCAULD

1

Nuit du 15 au 16 août 2006 – Paris, jardin du Luxembourg.

Avantageusement dessinée par une robe fourreau dont la blancheur irradiait dans l'obscurité, une silhouette féminine traversa la cour d'honneur du Sénat.

Après avoir introduit, d'un geste précis, une clé dans la serrure d'une des portes vitrées, la visiteuse nocturne pénétra dans un vaste salon et disparut dans la pénombre du palais du Luxembourg. D'un pas rapide, elle traversa la salle des conférences, l'incontournable galerie des bustes, l'hémicycle, les salons de Boffrand et se dirigea enfin vers la bibliothèque.

Au pied de la muraille de livres, se tenait un huissier, une lampe à pétrole à la main.

– Monsieur le sénateur vous attend.

– Comment est-il ?

Quoique peu éclairés, les grands yeux noirs, fendus en amande, de la visiteuse brillaient d'une appréhension fiévreuse.

– Pas si mal, eu égard à son âge et à l'énergie qu'il a

dû déployer ces derniers mois, répondit l'huissier en la précédant.

Ils arrivèrent devant un imposant tableau, une allégorie signée Puvis de Chavannes : *La Vertu s'appuyant sur le Vice*. Le porteur de lumière fit glisser la peinture le long de la paroi, découvrant une porte dérobée qu'il ouvrit d'un tour de clef.

Au fond de la chambre secrète, étonnamment fraîche pour un mois d'août, un vieil homme était étendu sur un lit Louis-Philippe. Le gisant était coiffé d'une calotte en velours rouge d'où s'échappaient de longues mèches de cheveux blancs encadrant un visage défait.

– Votre invitée est arrivée, annonça le serviteur avant de se fondre dans les ténèbres environnantes.

En s'appuyant avec peine sur ses oreillers, le vieillard fit un mouvement pour se hisser de quelques centimètres au-dessus de l'édredon qui le recouvrait jusqu'au cou. Une grimace de douleur déforma ses traits, puis laissa place à une expression plus apaisée, déjà absente.

Restée en retrait, la femme en blanc s'avança alors vers le malade. Sa gorge généreuse et sa taille à peine épaissie par les ans laissaient imaginer la splendide créature qu'elle avait été naguère quand, sous la présidence de François Mitterrand, elle arpentait les magasins de luxe au bras de célébrissimes ministres d'État ou de discrets conseillers très spéciaux. Elle se courba tendrement vers le vieillard. Celui-ci ne réagit d'abord pas. Les paupières closes, les narines frémissantes, il sembla humer les fragrances enivrantes de sa visiteuse. Puis, comme s'il revenait à lui, il murmura en la dévisageant intensément :

– C'est toi ? Comme tu leur ressembles...

– Comme une fille ressemble à sa mère, je suppose..., sourit la jeune femme.

– Tu as raison, mon enfant..., soupira le vieil homme. Mais quel mauvais hôte je suis, je t'ai fait venir jusqu'ici en pleine nuit et je ne t'ai rien proposé ! Veux-tu une coupe de champagne ? C'est désormais le seul breuvage toléré par ma piteuse carcasse...

Il posa sa main glacée sur celle de la femme et récita tristement :

– *Audiero nunquam tua verba loquentem ? Nunquam ego te, vita soror amabilior, aspiciam postac ? At, certe, semper amabo !*

– Allons, monsieur le sénateur, il faut se méfier des mots comme « toujours » ou « jamais »... Dès que vous serez rétabli, vous reprendrez votre cure de vin rouge. Pour le moment, il faut vous reposer...

– Oui, me reposer..., souffla le vieillard. Je dois me reposer éternellement après tout cela. Puisque le talisman n'agira bientôt plus, ma mission touche à sa fin... Je tenais à te rencontrer avant de partir. À défaut d'une victoire, encore à venir, c'est ton image que j'emporterai avec moi. Et celle de ces hémisphères parfaits dont les Vieuxjoncourt nous ont fait offrande sous toutes les Républiques, à nous les serviteurs de l'État. Comme j'aimerais les voir se balancer une dernière fois au-dessus de moi, leur faire sonner le tocsin au feu de tous mes sens affolés ! Aaaaaah...

– Vous ne devriez pas tant parler, monsieur le sénateur, cela vous épuise !

– Laisse-moi badiner une dernière fois, veux-tu. Je n'en ai plus pour très longtemps et je tenais à te remercier pour ce que tu as fait...

– Je n'ai fait, comme vous, que mon devoir envers notre pays...

– Certes, mais là où ta grand-mère a péri noyée, toi, tu as survécu héroïquement !

– Je n'ai pas vraiment eu le choix, croyez-moi...

Sa voix, jusqu'alors consolante et sensuelle, était devenue hésitante.

– Ce n'est pas de gaieté de cœur que j'ai étranglé puis décapité mon assistante..., dit-elle en enfouissant son visage dans ses mains.

Des sanglots la secouaient à présent tout entière. Le sénateur lui tapota paternellement la main.

– Allons, ma petite Marie-Anne, en commettant cette horreur et en alertant les autorités, tu as égaré les policiers et les Survivantistes sur une fausse piste. Et tu nous as ainsi fait gagner de précieuses heures... Je dirais même, des heures décisives.

– Vous... vous croyez ? sanglota de plus belle Marie-Anne. Mais faudra-t-il toujours que la Vérité et la Liberté s'imposent dans la violence et le sang ? Le bonheur de tous ne peut-il naître que dans les larmes ?

– Abyssales questions ! Hélas, le temps nous manque pour en débattre. Ce qui compte, c'est que aies pu récupérer la Cocarde à Clisson avant que l'un de nos deux émissaires ne l'accaparât.

– Vous auriez dû voir leur tête quand ils m'ont retrouvée au sommet du mont Beuvray ! pouffa-t-elle, passant des sanglots au rire. Ils se seraient trouvés face au fantôme du président Mitterrand qu'ils n'auraient pas été plus effrayés !

– Mais j'imagine bien la scène, mon enfant ! Oh oui, je l'imagine ! gloussa à son tour le sénateur dont les hoquets rieurs s'étranglèrent en sinistres borborygmes.

Un frisson parcourut l'échine de la jeune femme. Comme si la mort venait de les rejoindre dans la chambre secrète. Quand le malade eut repris son souffle, la Vieuxjoncourt demanda :

– Il y a pourtant quelque chose que je ne comprends pas, monsieur le sénateur : pourquoi les avoir mis sur les traces de la Cocarde ?

– Parce que, chacun à sa manière, lui comme elle, le mérite, ma chère Marie-Anne. D'ailleurs, j'ai été bien inspiré, puisqu'ils l'ont retrouvée...

– Dire que j'ai eu le texte d'Alain Decaux chez moi et que je n'ai pas compris..., soupira-t-elle.

– Tu ignorais que la Cocarde, les Survivantistes et moi, existassions vraiment... Tout cela n'était pour toi qu'une obscure légende familiale. Et tu t'es contentée, bravement, d'obéir à ce que t'avait demandé ta mère. Ah ! ta mère ! Quelle femme extraordinaire...

– Vous l'avez connue ?

– De très près... Une grande dame. Une très grande dame... Tu as bien fait de garder son secret et de poursuivre sa mission.

– Je n'ai fait que suivre sa trace, celle de sa mère, et de sa grand-mère avant elle. De mère en fille, le destin des Vieuxjoncourt a toujours été de jouir et de faire jouir, d'obéir et de servir.

– Exactement ! Et tu as été exemplaire dans chacune de ces missions. Tu as fait ce que je t'ai demandé, avec la Cocarde ?

– Cela n'a pas été facile, mais je l'ai fait !

– Fort bien ! Dis-toi qu'en découpant la Cocarde en trois cercles, tu l'as sauvée !

– J'ai toujours le cercle blanc sur moi, dit-elle en baissant instinctivement la voix.

– Marie-Ségolène a bien récupéré le cercle rouge et Nicolas le bleu ?

– Oui, monsieur le sénateur, comme vous me l'avez demandé...

– Alors, il ne me reste plus qu'à espérer que celui ou celle qui sera élu donnera bien son morceau à l'autre...

– Ne vous inquiétez pas, monsieur le sénateur, le rassura Marie-Anne. S'ils ne se mettent pas d'accord, jamais je ne leur confierai ma rondelle ! Mais... et si aucun des deux n'était élu ? Si, comme en 2002, nous avions...

– Le Pen au second tour et puis Le Pen à la présidence ? Je comprends ton angoisse, mon enfant et je sais bien que, chez toi, il ne s'agit pas d'antifascisme de salon puisque tu as...

– Je vous en prie ! supplia la Vieuxjoncourt, pour l'amour de mes enfants, ne revenons jamais sur cet épisode !

– Je comprends ta douleur, Marie-Anne... Eh bien, vois-tu, si M. Le Pen devait l'emporter, il ne faudrait lui remettre la Cocarde dans son intégralité qu'à une seule condition

– Une condition ?

– Oui, une seule, mais d'une importance capitale. Qu'il jure sur le drapeau de respecter les valeurs de notre République : Liberté – Égalité – Fraternité...

– Mais... il ne pourra pas.

– Alors, il ne l'aura jamais... et dès lors sans la protection de sa Cocarde, la France courra un très grand danger ! Mais ne t'inquiète pas trop, je l'ai connu tout gamin, le Jean-Marie ; il a un côté fier à bras, mais il ne concrétise jamais ! Daudet – Alphonse, pas Léon – écrivit en exergue de son génial *Tartarin* : « En France, on est tous un peu de Tarascon. » Le Pen, ne déroge pas à la règle. Et sur ce chapitre, il est certainement plus français que beaucoup de Français. C'est pourquoi je crois que le duel final aura bien lieu entre nos deux candidats. Or, avant cet affrontement, il y a autre chose qu'ils doivent savoir. Quelque chose d'important. Il me faut les revoir une dernière fois...

– Souhaitez-vous que j'organise un rendez-vous avec eux ?

– Ce serait bien aimable, ma chère enfant. Mais... il faut faire vite... Je crains que...

Le regard du sénateur se voila, comme si une brume épaisse en dérobait soudain la pâle clarté. La Vieuxjoncourt prit la main du vieillard et fut terrifiée d'en sentir la mortelle froideur. Le souffle rauque du malade était devenu presque inaudible. Malgré le terrible accablement qui la saisit, en dépit des larmes qui lui brouillaient la vue, elle trouva la force de hurler dans le palais désert :

– Il se meurt ! À l'aide, vite ! Je vous en supplie !

2

Jeudi 17 août 2006 – Boulogne-Billancourt, domicile de François Hollande et Ségolène Royal.

Dès que François eut tourné les talons pour se claquemurer dans son bureau avec son *Paris Match*, Ségolène s'enferma dans la salle de bains des filles pour téléphoner sur son portable.

– L'enf... ! Non mais quel enf... ! Comment a-t-il pu me faire ça ? Après tout ce que nous avons vécu ensemble ! Quelle déception. Ah ! Je l'imagine avec ses airs de cocker perdu qui a retrouvé sa mémère ! marmonna-t-elle entre ses dents en attendant que son correspondant décroche.

– Oui ? demanda une voix féminine.

– À qui ai-je l'honneur ? interrogea sèchement Ségolène.

– C'est à vous de me le dire ! rétorqua la voix.

– Bon, j'y vais franco ! Je suis Ségolène Royal. Vous devez être « C »., si j'en crois la presse *people*.

– C'est effectivement moi. Ça vous va bien de me parler de la presse *people* ! Ce n'est pas moi qui pose en maillot de bain dans *Closer* et *VSD* !

– Au cas où cela vous aurait échappé, je ne « pose » pas,

moi ! Ce sont des photos volées ! Je ne crois pas que ce soit votre cas ! La dune du Pyla en bermuda « Cerutti », main dans la main avec votre homme, c'est du chromo retouché ! Votre mari a l'air aussi naturel que sa statue de cire qu'il vient d'inaugurer au musée Grévin...

– Ça suffit ! Que voulez-vous ?

– Parler à votre cher et tendre... Il ne doit pas être loin puisqu'il paraît que vous ne vous quittez plus jamais. Enfin, si je me fie à ce que racontent les magazines.

– Et moi, si j'en crois les magazines, vous deviez vous marier avec votre François en Polynésie. Il paraît d'ailleurs que le « futur » n'a pas du tout apprécié d'apprendre la nouvelle par la presse...

– Ah, ces pelés, ces galeux de journalistes..., siffla Ségolène. Où est le ministre ?

– Nicolas fait son footing sur la plage...

– Vous devez y être aussi ! J'entends le bruit des vagues...

– Mon mari ne peut pas vous parler. Il décompresse...

– Tiens donc ? Et je pourrais savoir de quoi ? Il a fini de lire le livre que lui ont écrit ses nègres ?

– *Témoignage* en est à trois cent mille exemplaires ! À ce propos, vous pourriez me rappeler les ventes de *La Vérité d'une femme* ?

– Bon. Passez-le-moi ou je vous promets une rentrée inoubliable !

– Oh, là, là ! Je vous conseille de changer de ton ! Votre autoritarisme pète-sec, vous pouvez le garder pour votre petit personnel. Avec moi, ça ne marche pas. Qu'est-ce que vous lui voulez, à Nicolas, d'abord ?

– Lui rappeler ses belles promesses...

– Quelles promesses ?

– Vous lui demanderez, puisqu'il n'a pas de secret pour vous !

– Ah ! vous êtes bien à la hauteur de votre réputation : une sacrée garce !

– Je vous renvoie le compliment... À propos, votre voyage initiatique aux États-Unis, c'était formateur ?

– Nicolas ! Nicolas ! C'est pour toi !

– Qui c'est ?

– Cette vipère de Royal ! Elle prétend que tu lui aurais fait des promesses... C'est quoi, cette histoire ? Ça recommence ? Je suis encore la dernière au courant !

Nicolas s'était approché

– T'énerve pas, ma chérie ! Je t'expliquerai... Passe-la-moi...

– Attention, tu as les mains pleines de vase !

Cécilia lui cala le portable entre l'épaule et le menton pendant qu'il se contorsionnait pour enfiler sa chemise Lacoste.

– Allô ? Ségolène ? Excusez-la, elle est un peu sensible depuis..., expliqua Nicolas en baissant la voix. Que se passe-t-il ?

– Bonjour, monsieur le ministre d'État..., articula Ségolène avec une obligeance outrée.

– Qu'est-ce qui vous prend de me parler sur ce ton ?

– Je souhaiterais vous déclarer un cambriolage...

– Hein ! Et c'est pour ça que vous venez troubler mon harmonie familiale retrouvée !

– C'est vous ! J'en suis certaine !

– Quoi ! Qu'est-ce que c'est que ce délire ? Le soleil doit taper dur dans votre mas de Mougins.

– Je suis à Boulogne-Billancourt et vous le savez parfaitement ! s'énerva Ségolène. Notre appartement a été fouillé de fond en comble pendant notre absence. Et par un hasard inexplicable, rien n'a été dérobé... Pas même la collection d'épingles à cravate de François...

– Et alors ?

– Et alors, si rien n'a été emporté, c'est parce que notre visiteur n'a pas trouvé ce qu'il cherchait...

– À quoi pensez-vous ?

– À une petite pièce de tissu rouge, que je garde toujours sur moi... Celle qui m'a été confiée une certaine nuit de juillet 2005. Au sommet du mont Beuvray... Ça vous rappelle quelque chose ?

– Je m'en souviens aussi bien que vous..., confirma Nicolas en baissant encore la voix.

– Qu'est-ce qui se passe, Nico ? Pourquoi tu chuchotes ? Tu te souviens de ce qu'on a dit ? Plus de messes basses entre nous !

– Je t'expliquerai, ma chérie...

– Dans ce cas, reprit Ségolène, vous devez aussi vous souvenir de tout ce dont nous sommes convenus, cette nuit-là, avec Mlle de Vieuxjoncourt.

– Parfaitement : quand je serai élu, vous me remettrez le morceau de Cocarde que vous détenez. Et quand ça sera fait, la Vieuxjoncourt me donnera celui qui manquera...

– Sauf si c'est moi qui suis élue !

– Vous n'êtes même pas encore candidate !

– Pour la perspicacité, vous êtes encore plus fort qu'Alain Duhamel !

– Vous oubliez que vos amis du cimetière des éléphants ont déterré Jospin !

– Non mais vous l'avez vu, c'est Hibernatus ! Il est aigri, flapi, vieilli...

– Comme Chirac en 2002 !

– Ne cherchez pas à faire diversion : je sais que vous avez tenté de me dérober la partie rouge de la Cocarde.

– Vous débloquez ! J'étais à Arcachon, en famille. On a fait du vélo ; discuté de « la France d'après » avec les vrais gens ; on a pris des photos... On a mangé des huîtres malgré la contamination par l'algue tueuse, par solidarité envers...

– Ça suffit ! Vous n'êtes pas chez Claire Chazal ! Je me doute bien que ce n'est pas vous en personne qui êtes entré par effraction dans notre appartement. C'est l'un de vos sbires !

– Et on dit que je suis parano ! ricana Nicolas.

– Écoutez-moi bien : en ce moment même, François est au commissariat de Boulogne en train de porter plainte. J'irai jusqu'au bout de cette enquête, je suis très sérieuse !

– Si vous êtes sérieuse, réfléchissez, bon sang ! Je me doute bien que vous avez toujours votre morceau de Cocarde sur vous ! Comme moi. De plus, Marie-Anne de Vieuxjoncourt ne donnerait jamais la troisième partie à un voleur. Donc, je n'ai aucun intérêt à essayer de vous dérober la vôtre ! Demandez-vous plutôt à qui profite le crime ! Posez-vous les bonnes questions ! Méthode déductive, le B-A BA de l'enquête ! Qui a bien pu visiter votre appartement en votre absence pour essayer de percer le secret de votre irrésistible ascension...

– Jospin..., admit-elle à contrecœur. Vous croyez ?

– Évidemment ! Il a dû envoyer quelqu'un pour tenter de mettre la main sur des notes secrètes ou sur votre programme. Dans ce cas, on peut comprendre pourquoi le voleur n'a rien emporté !

– Très drôle ! Sauf que Jospin a fait du vélo tout l'été à l'île de Ré du côté de Trousse-Chemise...

– Détrompez-vous, il a quitté sa maison d'Ars-en-Ré.

Officiellement pour passer une semaine en bateau avec Glavany sur son catamaran « Barrer autrement ».

– Vous en êtes sûr ?

– Certain. Et je peux d'ores et déjà vous annoncer qu'il part bientôt pour Santander où il va donner une conférence ultra-pointue de politique internationale sur « La France et le monde arabe ». Histoire de démontrer que vous ne faites pas le poids en géopolitique.

– Vous me faites marcher...

– Absolument pas. À votre place, je réviserais fissa *La Géo pour les Nuls*, votre homme doit avoir ça dans sa bibliothèque, non ?

L'allusion fit sourire Ségolène. Elle repensa à la photo parue montrant François le ventre à l'air en train de lire *L'Histoire de France pour les Nuls*. Elle se garda cependant de laisser entendre son amusement et répliqua sèchement.

– Il est vrai que vous, votre programme de « rupture », vous l'avez déjà répété avec « C. », c'est comme cela qu'il faut l'appeler, non ?

– Si vous le prenez sur ce ton... Sachez que je suis ravi d'apprendre votre mésaventure estivale. Je vais d'ailleurs immédiatement organiser une petite fuite médiatique à ce sujet...

– Ne faites pas ça !

– Je vais me gêner ! Vous n'avez pas le monopole de la communication. Figurez-vous que j'ai le portable de tous les journalistes politiques. Dès que j'ai un message à faire passer, hop ! ça déboule dans les rédactions. Vous vous souvenez des frasques de votre fils aîné avec ses copains, les bris de luminaires et l'abus de boissons ? Un tabac ! Mais j'ai beaucoup mieux. Un Scud à double cible : vous et Fabius à la fois ! Le *Rainbow Warrior*, ça vous rappelle quelque chose ?

– Mon frère Gérard n'a fait qu'exécuter les ordres en faisant sauter ce bateau ! Je vous interdis de...

– Ah oui, et que ferez-vous si j'ose outrepasser votre interdiction ?

– Je me plaindrai publiquement !

– Marché conclu ! Bien, il faut que je vous laisse. J'ai promis à Cécilia de ne pas abuser du téléphone durant ces vacances...

– Il y a autre chose...

– Quoi encore ? Un message désobligeant sur votre blog ? Un tag dans les toilettes d'un lycée de Niort ?

– La Vieuxjoncourt a appelé...

– Ah !...

Nicolas sembla pris au dépourvu et resta quelques secondes sans voix.

– Qu'est-ce qui t'arrive, Nico ? Tu es blanc tout à coup... C'est la Royal qui t'emmerde ? demanda Cécilia.

– Ce n'est rien, ma chérie ! Un début de migraine... Que se passe-t-il ? demanda-t-il à voix basse.

– Le sénateur... murmura Ségolène

– Eh bien ? Parlez !

– La Vieuxjoncourt l'a fait admettre d'urgence au Val-de-Grâce. Elle dit qu'il est au bout du rouleau...

– Pauvre vieux...

– Il a demandé à nous voir, une dernière fois.

– Je suis totalement coincé. Si je rentre à Paris, Cécilia va vouloir m'accompagner...

– Moi, j'ai François qui me couve une déprime. Je lui ai promis qu'on irait faire du bateau ensemble. Et puis j'ai l'université d'été du PS à préparer. Après, je vais devoir enchaîner les Fêtes de la Rose...

– Combien de temps peut-il encore tenir ?

– D'après la Vieuxjoncourt, il est possible que son agonie soit proportionnelle à son exceptionnelle longévité. Autrement dit, elle risque d'être très longue.

– Tant mieux. Enfin, je veux dire que ça nous laisse le temps d'organiser la rencontre discrètement. Qu'est-ce que vous avez de libre en septembre ?

3

Vendredi 18 août 2006 – Paris, sous-sol du pont de l'Alma.

– Il s'est passé quelque chose ! Nous en mettrions notre jambe à couper, mon bon Olivier ! Et d'ailleurs, avec une jambe en moins, nous serions tellement soulagés. Car notre genou, ô ce maudit genou...

– N'a-t-il pas légèrement dégonflé, grâce aux cataplasmes, Monseigneur ?

– Que nenni ! C'est la couleur violette qui vous trompe.

– Il faut ajouter...

– Rassurez-vous, Olivier, nous ne souffrons pas en vain ! Nous sommes près du but, tout près du but...

– Vous... vous croyez, Monseigneur ?

– Nous ne croyons pas. Nous savons ! Il se meurt, Olivier ! Il se meurt !

Notre bon Roi revient, jour d'allégresse,
Pour tout Français qui sut garder la foi !

fredonna le vieillard dont les yeux se mirent à briller d'émotion.

Le menton tremblant, les yeux humides, le grand chambellan tomba à genoux devant le futur souverain et lui baisa le pied droit.

– C'est donc bien vrai, Monseigneur !

– Relevez-vous, mon bon Olivier. Quand bien même cette momie républicaine serait déjà trépassée, nous ne tiendrions pas encore la victoire entre nos mains sacrées. La Cocarde protège toujours la Gueuse !

– Mais, Monseigneur, sans Lui pour les guider, les deux émissaires sont perdus.

– Vous oubliez la putain de la République. Elle nous a déjà touchés mortellement en supprimant Moon... Nous pressentons quelque stratagème de sa part, un contrat diabolique entre elle et eux ! À ce sujet, que dit notre espion au gouvernement ?

– Il a appelé, Monseigneur. Il est au courant pour le vieux.

– Comment ? Il a appelé ? Mais nous vous avions déjà enjoint de nous le passer quelle que fût l'heure ! Sauf, si nous reposions évidemment !

– C'était durant votre clystère, Monseigneur. J'ai pensé que...

– Et alors ? Vous pouviez lui dire la vérité. Que pourrait-il trouver à redire à cette pratique salutaire ?

– Il ne cesse de nous assommer de ses conseils de médecin moderne, Monseigneur.

– Vous avez raison, Olivier. Si nous l'écoutions, nous passerions notre exil en croisière Costa. Le soleil, le grand air... Il n'a que ça à la bouche, ce charlatan, ce Diafoirus ! Nous nous demandons parfois s'il ne caresse pas sournoisement le dessein de nous éloigner du trône... Que voulait-il, cette fois ?

– Il n'a fait que confirmer votre royale intuition : le sénateur est au plus mal et notre espion croit savoir où Il se trouve actuellement. Dans un hôpital subventionné par la Gueuse, évidemment...

3

Nuit du 17 au 18 septembre 2006 – Paris, hôpital du Val-de-Grâce.

Avachi dans un fauteuil, plongé dans un vieux numéro d'*Air et Cosmos*, l'homme ne vit pas entrer dans le hall d'accueil de l'hôpital la brune nerveuse qui se dirigeait silencieusement vers lui.

– Désolée... Toujours mes problèmes d'ajustement de perruque, dit Ségolène à voix basse au lecteur qui n'était autre que Nicolas. Et en plus, j'ai dû semer le garde du corps que Rebsamen m'a collé sur le dos depuis la tarte à la crème de La Rochelle.

– « Désolée » ! répliqua-t-il aussitôt en se levant. Ça fait un mois que nous avons fixé ce rendez-vous et c'est tout ce que vous trouvez à dire en arrivant avec une demi-heure de retard ? J'ai failli partir !

– Eh bien, allez-y, qu'est-ce que vous attendez ? Partez ! Pas la peine de me demander la permission, vous savez...

– Dites donc, je ne suis pas militante au MJS, moi ! Alors, votre ton de cheftaine, pas avec moi, hein ! Quand je pense au boulot qui m'attend...

– Cessez de vous plaindre constamment. Un peu de

respect pour les gens qui souffrent vraiment ici. Nous sommes tous les deux à cran, mais ne commençons pas à nous chamailler. Avez-vous eu le temps de trouver la chambre du sénateur ?

– Il est en gériatrie. Chambre 362. J'ai aussi les laissez-passer. Ça n'a pas été facile, croyez-moi. Tout l'hosto est en sécurité renforcée. Vous savez qui est là ? Le président égyptien !

– Boumediene ?

– Vous le faites exprès ou quoi ? Boumediene était algérien et il est mort en 1978 !

– Qu'est-ce que vous insinuez ? Que je ferais mieux de rester chez moi à m'occuper des enfants ?

Ils s'engouffrèrent dans un ascenseur qui monta au troisième étage de l'établissement dont ils arpentèrent silencieusement le couloir.

– La chambre 362 se trouve dans le carré VIP... Je me demande comment il a pu se faire admettre ici sans éveiller la curiosité, s'interrogea Nicolas à voix basse.

– La Vieuxjoncourt a des « clients » dans tous les domaines, y compris le monde médical, répondit Ségolène. Tenez, c'est là, regardez !

– Je peux vous aider ? demanda derrière eux une voix blanche, au moment où ils s'apprêtaient à ouvrir la porte de la chambre.

– Nous venons voir M. des Hayes, répondit Ségolène sans se troubler. Sa petite-fille a dû vous informer de notre visite tardive. Nous arrivons de province...

– Monsieur et Mme de Marcère ? s'enquit le jeune médecin qui leur barrait le passage.

– C'est ça..., confirma Nicolas.

– Hum... Avant que vous n'entriez, je dois vous prévenir que votre oncle est dans un état...

– ... désespéré ? le coupa Nicolas en cachant mal une certaine impatience.

– Certes, il est au plus mal. Mais surtout, il délire...

– Comment ça ? demanda Ségolène.

– Il prétend qu'il a deux cent soixante-neuf ans et il réclame sans arrêt du Dom Pérignon...

– Le Général avait raison : la vieillesse est un naufrage, l'interrompit à nouveau Nicolas. Allons, soyons courageux, allons voir de quoi il en retourne...

– C'est ça, ne restons pas là, ajouta Ségolène en posant la main sur la poignée de la porte. Nous dérangeons les autres patients de votre service.

– Attendez ! Il y a autre chose..., intervint le médecin. Depuis quarante-huit heures, il s'est mis à parler un langage incompréhensible...

– Quel langage ?

– C'est indéfinissable. Ça ressemble à s'y méprendre à du français, mais ça n'en est pas vraiment. C'est très éprouvant. Nos infirmières ont beaucoup de mal à supporter ce sabir. Si vous vous sentez mal, sortez immédiatement de la chambre... Je vous aurais prévenus, ajouta-t-il sombrement.

Gisant sur un lit faiblement éclairé par une veilleuse jaunâtre, le sénateur ne sembla pas s'apercevoir de leur arrivée. D'un regard anormalement fixe, le vieil homme scrutait le plafond. En s'approchant du malade, Ségolène et Nicolas découvrirent que ses lèvres bougeaient et ils tendirent l'oreille. À peine audible sous les « bips » réguliers du moniteur cardiaque, un flot continu de paroles s'échappait de la bouche du sénateur.

– ... le particularisme dû à notre histoire unique doit prendre en compte les préoccupations de la population dans l'élaboration de solutions rapides correspondant aux grands axes sociaux prioritaires. Je reste fondamentalement persuadé que l'aspiration plus que légitime de chacun au progrès social doit prendre en compte les préoccupations de la population dans l'élaboration d'une restructuration dans laquelle chacun pourra enfin retrouver sa dignité...

Devant l'horreur de leur découverte, les deux visiteurs reculèrent. Ce n'est qu'après quelques minutes de paralysie que Ségolène trouva la force de demander :

– Monsieur le sénateur ? C'est moi, votre amie Ségolène Royal. Vous m'entendez ?

Insensible à cet appel, le vieillard continua son monologue.

– ... La situation d'exclusion que certains d'entre vous connaissent interpelle le citoyen que je suis et nous oblige tous à aller de l'avant dans la voie d'un plan correspondant véritablement aux exigences légitimes de chacun. J'ai depuis longtemps défendu l'idée que la volonté farouche de sortir notre pays de la crise doit nous amener au choix réellement impératif d'un...

– Mon dieu, le médecin avait raison. C'est insupportable ! murmura Nicolas.

– On dirait du Coppé ou du Devedjian..., souffla Ségolène en reculant.

– Oui, ou du Fabius. Ou peut-être du Strauss-Kahn... reprit Nicolas à voix basse.

– ... J'ai également depuis longtemps, poursuivait sans trêve le sénateur, défendu l'idée que l'effort prioritaire en faveur du statut précaire des exclus oblige à la prise en compte encore plus effective d'un avenir s'orientant vers plus de progrès et plus de justice citoyenne...

– Vous avez une idée de ce qu'on peut faire pour arrêter ça ? demanda Nicolas

– Hélas, aucune..., soupira Ségolène. Je crois qu'il est

en train de régurgiter des siècles et des siècles de langue de bois politique.

– ... Je sais que la confiance que vous me témoignez me crée plus de devoirs que de droits. J'ai appris, tout au long de ces années d'engagements politiques, qu'il y a beaucoup d'épreuves sur la route de celui qui a un grand dessein. Je connais la difficulté des défis qui m'attendent...

– Mais... Mais c'est de moi, ça ! s'étouffa Nicolas. Il se fout de nous !

– Dans son état ! Comment osez-vous imaginer une chose pareille...

– ...Il faut faire renaître l'espoir parce que les peurs sont nombreuses. Je sais qu'un nouveau monde se dessine qui fait naître des inquiétudes. Mais ce n'est pas en se voilant la face que nous aiderons les Français à surmonter leurs craintes, à les affronter, à les vaincre...

– Ça suffit ! C'est insupportable ! s'écria Nicolas.

– Je ne vous le fais pas dire..., soupira Ségolène

– Aujourd'hui, de nouvelles technologies sont à l'œuvre qui bouleversent nos habitudes et abolissent les frontières du possible. La planète est devenue ce village global où les distances ne sont plus un obstacle et où tous, nous dépendons de chacun grâce au téléphone mobile, au TGV et à l'Internet sur le câble. Jamais sans doute le monde n'a été si plein d'espoirs pour le futur mais en même temps de menaces pour le présent actuel, de chances mais aussi de détresses, de possibilités et, hélas, d'injustices...

– Tu vas fermer ton claque-merde, vieux débris ! hurla Nicolas en secouant le moribond.

– Arrêtez, c'est un mourant !

– Et alors ! Je vais lui donner le coup de grâce s'il continue à se foutre de moi !

– Il faut redonner au futur de l'espoir et l'envie d'avoir

envie..., dégorgea le malade avant de devenir subitement silencieux.

– Et voilà ! Il s'est tu... cria Ségolène. Vous l'avez achevé. Toujours la brutalité ! Le Kärcher, les charters, les Tazers électriques... Vous êtes fier de vous, j'espère ! Espèce de pompier pyromane !

– Ah... C'est vous ? gargouilla le sénateur en tournant la tête vers eux.

Ils demeurèrent de longues secondes pétrifiés de surprise.

– Merci d'être venus...

– Excusez-moi..., balbutia Nicolas. Je me suis un peu emporté...

– Dites plutôt que vous avez failli étrangler notre ami ! corrigea aussitôt Ségolène en prenant la main du sénateur.

– Ce n'est rien, ce n'est rien, la rassura le vieillard avec un sourire évanescent. La pré-campagne a débuté et Nicolas est tendu, c'est bien normal. En fait, il m'a tiré d'un mauvais songe... C'est plutôt vous qui m'inquiétez, Marie-Ségolène... Méfiez-vous du frisé à cheveux bleus !

– Jospin ? Il ne se remettra jamais du Waterloo du 21 avril !

– Il va tenter de refaire le coup de l'île d'Elbe ! Faites attention ! Très attention... Rappelez-vous qu'il a été espion trotskiste au PS pendant des années. Il est beaucoup mieux informé et plus retors qu'il en a l'air. Pour vous, rien n'est joué. Et bientôt, je ne serai plus là pour vous guider...

– Allons, monsieur le sénateur, il va retourner faire du vélo à l'île de Ré et vous, vous serez vite remis sur pied !

– Non, je vais m'en aller pour toujours. En me faisant sortir du Sénat, Marie-Anne ne pouvait pas savoir qu'elle me privait de mon milieu vital. La pauvre enfant, en voulant me sauver, n'a fait qu'accélérer mon départ... Mais assez parlé de moi. Celle qui me préoccupe, Marie-Ségolène, c'est vous...

– Ne vous inquiétez pas : j'ai constitué mon équipe et...

– Dans mon cauchemar, j'ai entendu barrir les éléphants et hurler les hyènes, Marie-Ségolène. Méfiez-vous... Les éléphants attendent depuis si longtemps d'entrer en piste qu'ils vont semer d'énormes bouses sur votre chemin. Les hyènes sont jalouses, elles vous reprochent d'être séduisante et mieux vêtue qu'elles... Et même quand le frisé sera éliminé, tout ce beau monde continuera à se déchaîner contre vous, il y aura des bruits, des mensonges, des vidéos..., répéta le sénateur en regardant Ségolène au fond des yeux. Méfiez-vous d'Internet, Marie-Ségolène, je vous en conjure...

– Hem, hem..., toussota Nicolas. Vous avez demandé à nous voir ?

– Oui, avant de m'en aller, j'ai quelques recommandations à vous faire et un ultime secret à vous révéler. Le détenteur ou la détentrice de la Cocarde devra en tenir compte après son élection. Je commence par les conseils pour la campagne qui vient. Elle sera dure, très dure. Il y aura des troisièmes, des quatrièmes et même des cinquièmes hommes qui surgiront sur votre route. N'ayez pas peur ! Souvenez-vous que l'art de la politique est celui de la ruse et du temps.

– Nous le savons, monsieur le sénateur, s'impatienta Nicolas. Et si vous nous parliez du secret ?

– Ah, Nicolas ! Cette impatience, toujours cette impatience... Je n'en ai pas encore fini avec les recommandations. Voyez-vous, si vous voulez gagner, et vous devez gagner, il vous faut comprendre que les citoyens ne sont plus ce qu'ils étaient. À mon époque, on pouvait compter sur l'ignorance des foules pour se sentir légitime. Les braves gens nous admiraient, on les impressionnait. Le peuple n'était souverain qu'à travers nous... Aujourd'hui, la populace est devenue très intelligente. Elle est capable de juger nos actions, de vérifier leur justesse.

– La démocratie participative ! s'exclama Ségolène.

– Quoi ! sursauta Nicolas. Ne me dites pas que vous comptez voler aussi cette idée ?

– Je n'ai pas attendu les conseils de notre ami le sénateur. J'ai commencé dans les lycées du Poitou... Et d'ailleurs, je n'ai pas l'habitude de voler des idées.

– Ha non ? Et « l'ordre juste » ?

– Vous délirez ! C'est ma copine Bouchet-Petersen qui a déniché le concept dans un vieux discours de Blum.

– Eh bien, vous lui direz que ça vient de saint Thomas d'Aquin et que je compte bien l'utiliser moi aussi.

– Du calme, mes enfants, reprit le sénateur. J'en viens au dernier secret... Vous connaissez, n'est-ce pas, la date de naissance de la République française ?

– 14 juillet 1789 ! s'écria Ségolène.

– Mme « Je sais tout » a révisé pour les débats télévisés du PS ! Même mon gamin aurait pu répondre !

– N'empêche que la « France d'après » a un coup de retard ! persifla Ségolène.

Le grabataire fit un effort pour hausser le ton.

– Je vous en prie, je dois économiser mes forces. 14 juillet 1789, en numérologie, ça donne : 14 + 7 + 1789, soit 1...

– « 1 » ? ! Comment ça : « 1 » ? demanda Nicolas

– Ne faites pas semblant de ne pas comprendre, dit Ségolène. N'espérez pas nous faire croire qu'avec Cécilia vous ne regardez jamais votre numéroscope dans *Elle* !

– Oui, « 1 », reprit le sénateur avec efforts. Ou « une », plus exactement. Une et indivisible... C'est pourquoi le prochain président de la République Française, le vingt-cinquième, sera le dernier. Ou la dernière...

– Comment ça, la dernière ? demanda Ségolène. Même si le quinquennat est une réussite, il n'y aura pas de réélection possible ?

– Et quel est le rapport avec le vingt-cinquième président ? interrogea Nicolas

– Qui d'entre vous connaît l'adresse principale du palais de l'Élysée ? demanda le sénateur.

– 55 faubourg Saint-Honoré ! répondirent ensemble Nicolas et Ségolène.

– C'est bien cela, haleta le malade. Maintenant, faites le calcul, si A = 1, B = 2, C = 3... alors « 55 faubourg Saint-Honoré » = « 55 FSH » = 25. Or 25, est égal à 7...

– Je ne comprends toujours pas...

– Je vous croyais plus calé que ça en chiffres ! remarqua Ségolène. C'est pourtant évident : en numérologie, 25 = 2 + 5 donc 7. Et le 1 et le 7 s'annulent !

– Désolé, je n'ai pas été ministre du calcul mental et, dans les écoles de la République, on n'apprend pas – heureusement – que 1 + 7 = 0 ! De plus, sauf erreur, le prochain président sera le vingt-troisième, pas le vingt-cinquième...

– Poher, Nicolas ! Poher..., murmura le sénateur dans un souffle.

– Power ? Il a dit « power » ? demanda Nicolas en regardant Ségolène d'un air inquiet.

– Vous croyez ?

– Mais oui, il a dit « power » : le pouvoir, la puissance...

– Poher... répéta l'agonisant encore plus faiblement. Po... po... po... her... insista-t-il.

– Po-her ? ! s'exclama Ségolène. Mais oui, bien sûr, Poher ! Il a été deux fois président par intérim ! On arrive donc bien à 23 + 2 soit 25. Et donc 7 car 2 + 5 égale 7 ! Seigneur Marie Joseph ! Ça veut donc dire qu'il a raison...

– Le prochain président sera le dernier !

– À moins que..., marmonna le sénateur.

– À moins que quoi ? demandèrent en cœur Ségolène et Nicolas.

– À moins que vous n'usiez une dernière fois de la Cocarde pour permettre à la République d'échapper à cette fatalité... Voyez-vous, c'est pour cela que je vous ai choisis dès le début.

– Choisis ? Comment ça ? s'étonna Ségolène.

– Je vous ai élus entre tous, parce que j'ai deviné en vous un sens de l'État hors du commun... Je sais que tous deux, sous des dehors modernes et réformateurs qui pourraient paraître inquiétants au vieux sage que je suis, vous incarnez en réalité la continuité, le statu quo sans lequel il n'est pas de vie politique paisible possible. Mon intuition politique m'a rarement fait défaut et elle me dit que celui de vous deux qui viendra à récupérer la Cocarde dans son intégralité aura à cœur de l'employer pour sauver la France, plutôt que de mettre ses extraordinaires pouvoirs au service de petits intérêts personnels. J'ai raison, n'est-ce pas ?

– Parfaitement ! confirma Ségolène. Vous pouvez compter sur moi : dès que j'aurai la Cocarde entre les mains, ce sera pour protéger nos institutions. Certainement pas pour jeter un sort à Guigou, à Aubry ou à Glavany !

– Moi de même, monsieur le sénateur ! approuva Nicolas. Dès que Ségolène et Mlle de Vieuxjoncourt m'auront remis leurs morceaux de Cocarde, j'utiliserai une dernière fois ce précieux talisman national pour défendre nos valeurs républicaines et certainement pas pour me maintenir au pouvoir le plus longtemps possible !

– Mais ce n'est pas tout. Il y a d'autres raisons qui m'ont incité à vous choisir, tous les deux... Elles sont difficilement avouables pour un vieux républicain comme moi, un libre penseur tout pétri de l'esprit des Lumières et depuis toujours opposé à toutes les charlataneries obscurantistes...

– Allons, vous pouvez vous confier à nous, l'encouragea Ségolène. Moi-même, je me tire souvent les tarots.

– Chez moi, c'est Cécilia qui consulte les médiums, confirma Nicolas. Et puis, rien n'est inavouable, si c'est le salut de la République qui est en jeu...

– Merci, mes amis. Voyez-vous, une amie voyante – la mère de feu Mme Soleil – m'avait prédit, il y a quelques décennies de cela, que la République française aurait un jour deux candidats à sa présidence ayant votre conjonction astrale... À l'époque, je n'y avais pas cru, évidemment. Mais je goûtais les charmes de cette...

– Conjonction ? Quelle conjonction ? le coupa Nicolas.

– Qu'est-ce que cette dame vous a dit ? le pressa à son tour Ségolène.

– Eh bien, voyez-vous, c'est étonnant, mais Marie-Ségolène est née un 22 septembre, et est Vierge, ascendant Verseau. Tandis que vous, Nicolas, né un 28 janvier, vous êtes Verseau, ascendant Vierge ! Même pour un vieux rationaliste comme moi, cette conjonction astrale inversée d'un signe d'air et d'un signe d'eau ne laisse pas d'être troublante. La Vierge confère rigueur, opiniâtreté et dévouement aux grandes causes. Le Verseau rend progressiste, idéaliste, original et même marginal. Autrement dit, en rupture avec la routine de vos partis respectifs... Singulière cette « coïncidence », n'est-ce pas ?

La respiration de plus en plus difficile, le sénateur s'interrompit un court instant. Ses deux visiteurs avaient bu ses paroles avec une muette stupéfaction. Chacun devinant le trouble de l'autre, ils n'osaient se regarder. Ainsi, ce qui les avait rapprochés n'était donc pas dû qu'à de simples contingences politiciennes !

– Mais surtout, que la Cocarde reste à jamais la seule étoile qui inspire votre action ! Voilà, cette fois, je vous ai tout dit... À présent je peux m'en aller en paix... La Déesse Raison m'appelle. Ah ! mes chers amis, bonne chance à tous les deux... Salut et fraternité..., acheva l'agonisant à bout de souffle.

Il ferma les yeux et les traits de son visage, jusque-là marqués par l'effort de ces ultimes confidences, se détendirent soudain.

– Bon sang ! Il a perdu connaissance, s'écria Nicolas en tapotant la joue du vieil homme.

– Appelez les infirmières, ordonna Ségolène.

– Inutile. Son monitoring cardiaque est sans doute relié à la salle de garde. Elles vont arriver. Il ne nous reste plus qu'à le saluer une dernière fois et à filer avant d'être repérés...

– Vous avez raison, approuva-t-elle.

Elle se pencha sur le vénérable cacochyme pour déposer un baiser sur son front luisant et froid comme du marbre.

– Adieu, monsieur le sénateur. Vous avez accompli votre mission, vous pouvez partir en paix... Dès que je serai en situation, je vous ferai remettre la grand-croix de la légion d'honneur à titre posthume, lui glissa-t-elle à l'oreille.

– Bon, vous avez fini vos chuchotis, s'impatienta Nicolas en prenant à son tour la main du sénateur. Adieu, monsieur le sénateur, lui murmura-t-il à l'oreille. On ne vous oubliera jamais... Jamais, vous m'entendez ! dit-il au vieil homme.

– Écoutez ! l'interrompit Ségolène. J'entends comme un gargouillis...

– Vous avez raison, confirma-t-il. On dirait que... bon sang, ça vient de lui.

Une écume légère moussa aux lèvres du gisant. Sa voix, encore plus faible que précédemment, avait repris son interminable litanie :

– ... Ce que je vous propose, c'est une révolution démocratique fondée sur l'intelligence collective des citoyens, sur une vraie décentralisation qui identifie les responsabilités et rend donc l'État plus efficace, sur une démocratie sociale dans l'entreprise qui permette de moderniser les relations sociales. Le respect crée la confiance et la confiance nourrit le désir d'avenir et le désir d'avenir donne sa direction au futur du présent d'aujourd'hui...

– Seigneur Jésus... c'est de moi, ça ! comprit Ségolène en reculant d'un pas.

– Ça suffit, il faut filer ! Venez, ils arrivent !

4

*Lundi 27 novembre 2006 – Paris, ministère des ***, bureau du ministre.*

Du coin de l'œil, le ministre des *** vit le voyant lumineux situé au-dessus de la porte de son bureau se mettre à clignoter. Il eut une grimace d'agacement puis se replongea dans la lecture de la presse quotidienne, activité durant laquelle il ne supportait pas d'être dérangé. Quand il eut achevé de déchiffrer l'article qui lui était consacré dans le *Bombay Times*, il leva les yeux pour constater que le signal lumineux continuait d'envoyer ses silencieux appels. Haussant les épaules, il fit tomber d'un geste nerveux la pile de journaux posée sur ses genoux et décrocha son téléphone ministériel.

– Qu'est-ce qu'il y a encore, Estelle ? demanda-t-il à sa secrétaire. Vous savez bien que je ne veux être dérangé sous aucun prétexte. Avec ces voyages incessants, quand je rentre à Paris, j'ai toute cette paperasse à éplucher. J'ai eu beau fouiller l'édition en anglais du *Shangaï Herald*, pas un mot sur mes initiatives ! Rien ! C'est bien la peine d'organiser des déjeuners de presse...

– Justement, j'ai un correspondant qui patiente sur la 2.

Il dit qu'il vous connaît et que c'est vous qui lui avez donné vos coordonnées. J'ai cru bon de vous mettre l'avertisseur lumineux, il m'a dit qu'il était journaliste...

– Journaliste ? Vous avez bien fait de m'interrompre. Quel support ? Écrit, télé, radio ?

– Presse, je crois : *Le Lys éternel*, ça vous dit quelque chose, monsieur le ministre ? J'ai pensé que c'était canadien, ce qui serait bon pour votre rayonnement international...

Le ministre fut traversé d'un frisson de colère.

– Passez-le-moi, demanda-t-il d'une voix blanche à sa secrétaire.

– Monsieur le ministre ? s'enquit la voix du grand chambellan.

– Espèce de vieux timbré...

Le ministre eut du mal à contenir sa rage.

– Vous avez juré ma perte, ou vous avez simplement perdu le sens commun ? Ne vous ai-je pas assez ordonné de ne jamais passer par les voix officielles pour me contacter ?

– Calmez-vous, monsieur le ministre, croyez bien que je suis désolé de vous importuner, mais Monseigneur vient de se réveiller et il insiste pour que lui soit communiqué un petit bilan de vos actions estivales...

– Un bilan de l'été ? Non mais, il se prend pour qui ? Même Villepin n'ose pas me demander un truc pareil !

– Il se prend pour votre futur roi, monsieur le ministre de la Gueuse, répondit doucereusement le chambellan.

– Hum..., s'adoucit le ministre. Et bien vous direz à Monseigneur que j'ai eu un été très chargé. Le Liban, les otages au Yémen, les universités d'été... Ça devrait suffire comme bilan, je suppose...

– Tout cela est remarquable, mais le bilan auquel Monseigneur s'intéresse concerne la Cocarde et les recherches entreprises pour la retrouver...

– Eh bien, qu'il lise la presse, comme tout le monde ! Le cambriolage chez les Hollande-Royal n'a rien donné et, malgré les excellentes relations que j'entretiens avec l'ambassadeur de Nouvelle-Zélande, l'exhumation de l'affaire du *Rainbow Warrior* n'a pas fait assez de vagues pour faire chavirer la Royal...

– Vous semblez ménager davantage son adversaire...

– Je vous rappelle que je suis dans le même gouvernement que lui... Je ne peux l'atteindre qu'indirectement. Mais j'ai réussi à convaincre Pascal Sevran de rejoindre son comité de soutien, ça devrait sérieusement lui plomber sa campagne...

– Espérons, monsieur le ministre, espérons... Et la putain ?

– Quoi, la putain ? Que voulez-vous que je vous dise ? J'imagine qu'elle court toujours, celle-là. C'est d'ailleurs peut-être elle qui détient la Cocarde.

– Ne deviez-vous pas vous en occuper ?

– Je... je ne crois pas... Que voulez-vous dire ?

– Le 3 juillet dernier, quand nous avons appris la mort de Moon, vous m'avez assuré que vous interviendriez auprès de votre collègue de l'Intérieur.

– Je ne m'en souviens pas. Vous êtes sûr ? Néanmoins si je m'y suis engagé, j'ai forcément dû le faire. Sans résultats, évidemment. Sinon je vous aurais immédiatement contacté.

– Que de légèreté, monsieur le ministre ! Et comme est maigre le bilan que je vais devoir rapporter à Monseigneur...

– C'est ça rapportez, rapportez la baballe, grand chambellan ! Faites votre boulot de caniche courtisan !

– Vous commencez à m'inquiéter, monsieur le ministre. Vos manières, votre ton, vos résultats inexistants... je ne sais pas combien de temps encore Monseigneur aura la bonté de vous garder à Son service. Je gage que cela ne devrait pas durer encore très longtemps...

– Vous... vous insinuez que je pourrais être congédié de votre confrérie, de votre camarilla de vieux fous ? suffoqua le ministre. Ah ça ! Quelle arrogance ! Mais vous savez que vous commencez à me chauffer les oreilles, vous et vos semblables, ramassis de fins de race ! Les « de Villepin », « de Robien », « Donnedieu de Vabre »... Vous oubliez qui je suis ! Moi aussi, j'ai des ancêtres à particule !

– Allons, monsieur le ministre, respectez la mémoire du marquis d'Houste de Blayzie ! Lui, au moins, avait su nous débarrasser sans faiblir de la putain républicaine !

– Je vous répète que c'est mon arrière-grand-oncle !

– Cette fois, ça suffit ! Vous prévaloir d'une vague homophonie patronymique pour prétendre appartenir à l'illustre et impeccable lignée des « de Blayzie », c'est insupportable ! Vous m'obligez à rendre compte de votre inconduite à Monseigneur ! Je vous en conjure, reprenez-vous. Vous savez quel sort nous réservons aux traîtres à la cause royale...

Le ministre des Affaires étrangères serra les poings jusqu'à s'enfoncer les ongles dans les paumes. La douleur le ramena à lui et c'est d'une voix à peine altérée qu'il réussit à dire :

– Je le sais effectivement... Je vous prie de m'excuser, je me suis laissé aller de manière inappropriée, comme disent les Anglais. Mais n'ayez crainte, je saurais désormais me montrer plus efficace si telle est la volonté de Monseigneur. Transmettez-lui, je vous prie, mes plus sincères excuses.

– J'aime mieux ça, monsieur le ministre. Il nous serait infiniment pénible de devoir nous passer de vos services...

– Et surtout, rappelez bien à Monseigneur les dangers que fait courir l'humidité à sa santé.

– Ce souci vous honore et je ferai part de vos recommandations à Monseigneur, monsieur le ministre.

– Je vous en saurai gré, monsieur le grand chambellan.

Après avoir raccroché, et malgré l'heure matinale, il se servit un whisky et vint se poster à la fenêtre de son bureau. Sur la Seine, les premiers bateaux-mouches de la journée se croisaient déjà en un va-et-vient paisible. Un calme qui faisait contraste avec l'agitation extraordinaire dont l'esprit du ministre était l'objet. *Les pauvres fous ! J'aurais pu les aider. Il leur aurait suffi de m'anoblir et de m'accorder la fortune des Houste de Blayzie... Alors j'aurais volontiers passé l'éponge sur leurs mœurs bizarres et sur leurs idées qui empestent la naphtaline. Tant pis pour eux ! Après tout, ils l'auront bien cherché... Ma patience est à bout !*

Après avoir avalé son whisky d'une traite, le ministre fit claquer sa langue et composa un numéro sur son téléphone portable.

– Cellule de surveillance des risques fluviaux, j'écoute, répondit immédiatement une voix empressée.

– C'est vous, Norbert ?

– Pour vous servir, monsieur le ministre.

– Combien de millions de mètres cubes avez-vous en stock dans les réservoirs de rétention en amont de la tour Eiffel ?

– On est à l'étiage de saturation. Plus haut que celui de la crue de 1910. Il y a donc largement assez d'eau pour justifier un déversement de régulation. Le... le « jour » est-il enfin arrivé, monsieur le ministre ?

– Le jour et l'heure ! Allons-y, il est grand temps de noyer le bébé avec l'eau du bain...

– Ce sera fait avant quinze heures.

– Surtout, opérez discrètement, Norbert.

– Ce sera brutal. Je ne vous le cache pas. Brutal, mais administrativement justifié, bien sûr.

– Parfait !

5

Lundi 27 novembre 2006 – Paris, sous-sol du pont de l'Alma.

Les pieds plongés dans une dizaine de centimètres d'eau boueuse, le grand chambellan frappa plusieurs petits coups nerveux à la porte de la chambre du souverain. Devant l'absence de réponse, le serviteur se mit à tambouriner jusqu'à faire trembler le chambranle doré et ouvragé offert au prince pour son jubilé.

Par les vertus cardinales de Saint-Marcellin, pourquoi Monseigneur s'est-il enfermé ? se demanda avec angoisse le vieil homme, *ça ne lui ressemble pas ! La dernière fois, c'était en 1972, lors de son entrevue galante avec la baronne Nadine de Bébeck, quand il s'était mis en tête de donner un héritier au trône moins dégénéré que son fils unique... Hélas, la baronne était déjà bien trop âgée, rien ne naquit jamais de ce second lit... Au nom du Ciel de France, pourquoi n'ouvre-t-il pas ?! Et cette eau qui monte inexorablement ! Pourvu qu'il ne soit pas déjà...*

Le grand chambellan fut interrompu dans ses sombres ruminations par le bruit sec que fit la porte qui s'entrouvrait. Et puis retentit la voix du Souverain.

– Entrez, entrez vite...

– Monseigneur, il se passe quelque chose de grave ! dit précipitamment le chambellan en pénétrant dans la pièce. L'eau monte... Les archives sont déjà submergées et... ah !

Le serviteur eut un mouvement de recul. Le monarque avait revêtu, seul, la grande tenue du 15 août : culotte blanche, bas de soie, gilet damassé beige à liséré d'argent, souliers à boucles d'or, habit grenat à boutons en velours noir, chapeau de voyage en feutre sur lequel scintillait une lourde broche symbolisant la couronne de France.

– Qu'est... qu'est... Qu'est-il arrivé à Monseigneur ? Pourquoi ne pas m'avoir appelé pour vous habiller, j'aurais accouru ? Et quelles sont donc ces traces sur votre auguste visage ?

– Ce n'est rien, mon bon Olivier, un peu de cambouis c'est tout.

– Du cambouis ? Je... Monseigneur, reprit le chambellan en s'efforçant de reprendre ses esprits, je ne sais pas ce qui se passe. Les galeries d'accès ont été inondées en quelques minutes. J'ai verrouillé les portes étanches derrière moi, mais elles ne tiendront pas longtemps sous la pression. L'eau...

– Hé oui, mon bon Olivier. L'eau... Après nous avoir contraints à vivre en troglodytes...

– Monseigneur ! Jamais je ne laisserai...

– ... ils veulent nous faire mourir comme des rats... Noyés ! Ce traître de ministre ! Quand nous pensons qu'il nous implorait de le faire marquis de d'Houste ! Haaa, le faquin ! s'emporta le prince en levant le bras.

Des vaguelettes clapotèrent autour de leurs genoux immergés.

– Que tenez-vous là, Monseigneur ? ! Dans votre main droite ?

– Eh bien quoi ? Reprenez-vous, monsieur le grand chambellan ! Vous n'avez donc jamais vu une clé anglaise ?

– Une quoi ? !

– Dans notre royale sagesse, nous avions anticipé la trahison de ce félon. Certes, nous ne l'attendions pas si tôt, mais nous avions pris nos précautions. Nous nous y préparions même...

– Que voulez-vous dire par là, Monseigneur ?

– Vous allez comprendre, mon bon Olivier. Mais auparavant, nous devons nous entretenir avec le triste rebut de notre lignée. Savez-vous comment joindre mon fils ?

– Monseigneur entend s'adresser directement au prince héritier ?

– Hélas, compte tenu des circonstances, il le faut, mon bon. Allons, donnez-moi cet appareil.

Quand le grand chambellan approcha le combiné téléphonique de l'oreille du souverain, celui-ci eut un mouvement de recul instinctif.

– Ne craignez point, Monseigneur ! le rassura son fidèle serviteur. Quand je vous aurais passé la communication, parlez dans le petit orifice circulaire.

– Quelle déréliction, grommela l'auguste vieillard en se saisissant du téléphone. En être réduits à nous exprimer par le truchement de cette ridicule machine moderne dont l'usage devrait être réservé aux serviteurs qui acceptent qu'on les sonne...

– La répugnance de Monseigneur est bien compréhensible, approuva le chambellan, mais c'est Monseigneur qui a souhaité parler en personne au prince héritier...

– Hélas, il le faut, soupira le Monarque. Durant le temps de notre repli, nous devons nous résigner à lui remettre, pour un bref intérim, les clés du Royaume ! Imaginez que nous ne survivions pas à l'inondation...

Le chambellan grinça des dents, jeta un rapide coup d'œil à l'eau qui avait atteint ses cuisses et protesta pour la forme.

– Allons, Monseigneur, tout se passera pour le mieux. Votre Majesté bénéficie de l'éternelle protection du Dieu français.

– L'abbé de Mantes nous a promis son intercession personnelle, confirma le roi. Il n'empêche, gouverner c'est aussi prévoir et, si Satan s'en mêlait, nous pourrions ne jamais remonter sur le trône. Dans un tel cas, notre royal rejeton se retrouverait de fait en position de gouverner.

– C'est indéniable, Monseigneur..., balbutia le serviteur. Je crois qu'il est temps d'accomplir cette formalité car le niveau de l'eau aura bientôt atteint le dessus de votre bureau et vous risquez de ne pas avoir le temps de lui transmettre vos instructions.

– Vous avez raison, mon bon Olivier, lâcha le roi, à contrecœur. Allons-y.

Après une longue série de sonneries, une voix exaspérée se fit entendre.

– Qu'est-ce que vous voulez encore, vous ? demanda le prince.

– Mon enfant, c'est Nous, votre père, le roi de France...

– Vous... ! Mon père... le roi lui-même ? Je vous en conjure, pardonnez mon emportement ! Je croyais avoir reconnu le numéro de votre chambellan. Il abuse de ma ligne directe pour me solliciter et me morigéner à tout bout de champ. C'est assommant. C'est pour cela que j'ai accueilli votre appel de façon aussi peu amène...

– Le grand chambellan a raison d'essayer de vous ramener dans le droit chemin, celui qui sied à votre rang. Sachez qu'il agit selon nos ordres et sur les ardents conseils de l'abbé de Mantes. Le saint homme porte tel un stigmate inexpiable votre refus de vous cacher dans son séminaire en attendant votre heure. Alors, il prie, il dit des messes pour vous. Que faire d'autre ? Il ne vous a pas entendu à confesse depuis une bonne dizaine d'années...

– Mon père, nous en avons déjà parlé ensemble. Je vous ai expliqué ce que je pense de ce...

– Épargnez-moi un importun discours et ne bravez pas un courroux que je retiens à peine ! Votre place est à nos côtés et nulle part ailleurs. Heureusement que, dans sa mansuétude, le Dieu de nos ancêtres a épargné à Mme votre mère l'opprobre du spectacle de votre conduite déréglée.

– Laissez mère en dehors de tout ça, s'enflamma à son tour le prince. Elle a bien fait de fuir votre souterrain malsain pour profiter de la vraie vie au grand air !

– Et moi, mon fils, je vous répète que c'est le chagrin qui a troublé sa raison. Un chagrin dont vous êtes la cause. Oui, si elle a quitté la cour, préférant devenir reine des ténèbres plutôt que reine de France, c'est à cause de vous !

– Maman est reine de la nuit, et non pas des ténèbres ! Et elle a une carrière que beaucoup lui envient !

– Une carrière ! grimaça le roi. Quelle enflure dans ce vocable qui sent la roture à plein nez ! Pour avoir une carrière, mon fils, il faut s'abaisser à travailler !

– Préféreriez-vous l'oisiveté, mon père ?

– C'est là notre suprême obligation, mon fils ! La condition indispensable à la bonne gouvernance royale...

– Écoutez, père, c'est aujourd'hui la première fois, depuis le jour de ma naissance, que vous daignez me parler vous-même au téléphone. Je présume que vous ne m'appelez pas pour me donner un cours de politique. Que se passe-t-il ? Puis-je vous aider ? Vous savez que si vous en avez besoin, je serais...

– Vous serez roi dans quelques minutes..., l'interrompit le monarque.

Après un silence atterré, le prince reprit son souffle et demanda :

– Qu'avez-vous dit ?

– Nous vous informons en effet que l'actuel roi de France va devoir provisoirement prendre congé. Si nul accident ne vient infléchir ce que nous avons prévu, votre régence...

– Votre intérim..., précisa le grand chambellan.

– Votre régence en tant que Louis XX ne durera que quelques heures, quelques jours tout au plus...

– Mais... où avez-vous donc l'intention d'aller, père ? demanda le prince dont la voix trahit l'inquiétude.

– Pour l'heure je suis contraint de vous le celer. La Gueuse nous surveille peut-être. Montrez-vous prudent au cours des heures à venir. Souvenez-vous que vous êtes le dernier.

– Le dernier ?

– Parfaitement ! répliqua sèchement le monarque. En l'absence de l'héritier que vous n'avez toujours pas daigné donner à la Couronne, vous êtes le dernier des Louis ! À votre âge ! Pour un peu, les rumeurs insistantes concernant vos pratiques trouveraient crédit auprès de nous. Mais nous préférons souffrir en silence, garder enfoui un doute qui nous accable...

– Eh bien quoi, père ? Que vous dit-on de si répréhensible sur mes « pratiques », comme vous les appelez ? Je sais bien qu'à mon sujet, certaines mauvaises langues ont évoqué Henri III...

– Plût au Ciel que ce fût le cas. Hélas, il n'est point question de cela ! Selon l'abbé de Mantes...

– Ce vieil intégriste rongé d'obsessions...

– Assez de blasphèmes ! Sachez que ce saint homme vous soupçonne d'utiliser des méthodes anticonceptionnelles ! Ce qui expliquerait votre absence de descendance. Dire que pendant ce temps, des roitelets d'opérette procréent à tout va sur la côte d'Azur ! Ah, j'enrage !

– Après tout, je me bats les grelots de ce que l'on dit de moi. Mais vous, père, où allez-vous ? Dois-je m'inquiéter ?

– Nous vous l'avons dit. Nous devons nous absenter. Nous allons... sous l'eau, lâcha à regret le souverain.

– Sous l'eau ?! S'écrièrent simultanément le grand chambellan et le Prince.

– Vous nous avez bien entendu. Au roi, rien d'impossible ! Point d'inquiétude cependant, vous aurez bientôt de mes nouvelles, d'une façon, ou d'une autre... À Dieu, mon fils.

– Adieu, père.

6

Lundi 27 novembre 2006 – Paris, rue de Solférino, siège du parti socialiste.

Quand Ségolène pénétra, accompagnée de sa garde rapprochée, dans la grande salle du conseil, les conversations cessèrent. Un silence électrique s'installa aussitôt.

La désormais « candidate officielle du PS » posa un long regard circulaire sur l'assemblée réunie en grand secret par François Hollande au sous-sol du siège du parti. Le sourire qui éclairait le visage de Ségolène traduisait autant la joie que l'envie d'en découdre.

– Tu es en retard, Ségo, crut bon de lui faire remarquer François en aparté.

– Tu te plaindras auprès des journalistes qui campent à Boulogne devant notre immeuble, répondit-elle. Si tu crois que c'est facile de les semer ! Et je te rappelle que c'est toi qui as voulu organiser cette réunion secrète de débriefing. Tu aurais au moins pu réserver ça aux membres du bureau.

– Au contraire, ma chérie, j'ai tenu à ce que chacune des parties prenantes, favorables ou non à ta désignation, puisse s'exprimer. Mais ne t'inquiète pas, rien ne sortira d'ici.

– Comme à Angers, quand j'ai parlé des trente-cinq heures au collège..., grinça-t-elle.

– Tu sais bien que je n'étais pour rien dans cette vidéo ! C'est un coup de Dominique.

– Qu'est-ce que tu attends pour lui rentrer dans le lard une bonne fois pour toutes, à ce faux-cul.

– L'unité du parti avant tout !

– Soit, nous réglerons ça plus tard ! marmonna Ségolène.

Recouvrant tout son calme, elle s'adressa alors à haute voix à toutes les personnes présentes dans la salle.

– Camarades, il s'agit maintenant d'aller de l'avant. Comme vous le savez, je ne suis pas du genre à traîner derrière moi les scories du passé, toutes les méchancetés, les humiliations...

– Ah oui, et qu'est-ce que vous comptez faire, alors, si vous ne jouez plus les martyres ? demanda Anne Sinclair, assise aux côtés de son époux dépité. Pérorer sur les désirs d'avenir ?

– Qu'est-ce qu'elle fait là, la sponsor officielle ? ironisa Arnaud Montebourg.

– Je... elle a insisté, glissa François Hollande à l'oreille du chantre de la VIe République. Elle dit que Dominique a du mal à se remettre de sa défaite et elle ne le lâche plus...

– Il s'en remettra ! rétorqua Ségolène qui se tourna vers la concernée pour l'interpeller sèchement. La prochaine fois, madame Sinclair, attendez que votre champion imbattable soit désigné avant de financer ses affiches « DSK 2007 » !

– Laissez Dominique en dehors de ça, répliqua l'épouse

outragée, il en a déjà assez bavé à cause de vous. Des années qu'il attendait son tour ! Quand je pense qu'on a dû partir vivre en banlieue pour qu'il puisse se rapprocher de son électorat...

– Laisse tomber, Annette, siffla Dominique Strauss-Kahn, l'air absent. Elle va lamentablement s'écrouler devant Sarko et les militants comprendront enfin leur erreur colossale. Mais ce sera trop tard...

– Parce que toi, tu ne te serais pas effondré devant l'UMP peut-être ? ricana Laurent Fabius. Remarque, vu que tu as le même programme économique qu'eux, ça crée des liens...

– Espèce de Tartuffe ! grogna Jean-Christophe Cambadelis à l'adresse de Fabius. Tu te croyais peut-être crédible dans le rôle du petit père des peuples de gauche ?

– Camarades, s'écria Bertrand Delanoë, pour la France et pour l'Histoire, je vous appelle à l'unité !

– Bertrand a raison, intervint François Hollande. Pas d'attaque *ad hominem* ! Ni sur le physique ni la fortune personnelle.

– Tant mieux pour vous, les hollando-royalistes ! pouffa Jean-Luc Mélenchon. J'imagine ta trombine si on publiait la liste de vos biens immobiliers !

– Hé ho ! toi, le Charasse du pauvre, le Fouquier-Tinville de l'Essonne, tu ferais mieux de t'écraser, menaça Emmanuel Valls. À part jouer les boutefeux et l'altermondialiste de service dans les médias, oui, à part semer la merde, je ne vois pas trop à quoi tu sers !

– Au cul, les royalistes ! s'écria Michel Charasse qui venait de se réveiller à l'appel de son nom.

– Michel, s'il te plaît ! laisse parler les camarades qui se sont inscrits à l'ordre du jour, tempéra François Hollande.

– Si tu ne lui demandes pas d'éteindre immédiatement

son cigare, je quitte cette réunion ! avertit Élisabeth Guigou.

– Moi aussi, renchérit Ségolène en faisant mine de se lever.

– Copieuse un jour, copieuse toujours ! commenta Martine Aubry. Mme la candidate est gênée par les miasmes tabagiques. On voit bien qu'elle n'a pas fait campagne, comme moi, dans les estaminets pour RMistes du Nord-Pas-de-Calais ! Je faisais une lessive tous les soirs pour chasser l'odeur de Gitane maïs !

– Tu n'as pas le monopole du Pas-de-Calais, camarade ! s'insurgea Jack Lang. Je les connais, moi les humbles Chtis, les rudes marins pêcheurs aux mains rongées par le sel, les anciens mineurs, les sidérurgistes au chômage, pauvres rebuts zoliens de la France d'en dessous...

– À d'autres ! éclata Glavany. Les pauvres, les travailleurs et les filles-mères, tu les as surtout vus au Festival de Cannes dans les films des frères Dardenne !

– Dis donc, toi, le hooligan jospinien, répliqua Jack, très en verve, tu as déjà deux campagnes présidentielles complètement foirées à ton actif, ça devrait te ramener à un peu plus de modestie, non ?

– Ah ouais, et c'est peut-être toi qui va me l'apprendre, la modestie ? Monsieur le mégalomane toujours prêt à voler au secours de la victoire en espérant qu'elle se transforme en portefeuille ministériel !

– Je tiens à vous rappeler que je n'ai marchandé aucun poste avec personne, fit remarquer Ségolène avec un sourire carnassier.

– Bien envoyé, Ségolène ! approuva Jack. Le quai d'Orsay, ça se mérite, ça n'est pas une prébende promise à n'importe qui dans le feu de l'action d'une campagne ! Quand nous en serons à la composition du gouvernement, si je suis en situation, je proposerai que les Affaires étrangères deviennent « le grand ministère de la France Attitude dans le monde ». J'organiserai des défilés costumés géants dans...

– Rassieds-toi, Jack ! lui conseilla Édith Cresson en le tirant par la manche de son costume Kenzo. Tu n'y es pas encore, si tu veux mon avis...

– C'est sûr qu'avec des soutiens comme le tien, elle n'y est pas encore à l'Élysée, la Ségolène, répliqua Claude Allègre. Elle a beau s'habiller en blanc, la madone des sondages, moi je ne crois pas aux miracles !

– Tu ne crois pas non plus au réchauffement climatique et tu en es encore au tout nucléaire..., fit perfidement remarquer Julien Dray à Allègre. J'espère au moins qu'on t'a informé que la terre était ronde.

– Julien, je t'en prie, demanda François Hollande. Je te rappelle qu'en tant que porte-parole, tu es tenu à la neutralité.

– Ah, ça te va bien de parler de neutralité ! explosa Daniel Vaillant. Tout le monde sait que c'est toi qui as fait la campagne de ta compagne ! Petits conseils par-ci, petites corrections de discours par-là... Et, comme par hasard, quand on t'a demandé d'appeler Lionel comme ultime recours, tu as fait la sourde oreille...

Le premier secrétaire rougit sous l'accusation.

– Tu exagères, Daniel ! Après ses larmes de La Rochelle, je lui ai tendu un mouchoir, je lui ai dit qu'il prenait les choses trop perso, qu'on avait besoin de lui...

– Ah bon ? Besoin de lui ? s'étonna Claude Bartolone en riant. Pour quoi faire ? Pour perdre dès le premier tour ?

– Avec ton Fabius, on aurait fait 4 % ! répliqua Jean Glavany.

– Comment pouvez-vous vous chamailler ainsi ? intervint sombrement Henri Emmanuelli en fronçant plus que jamais ses énormes sourcils. Je vous prédis, poursuivit-il avec un ton d'oracle, des lendemains qui déchantent, des mises en examen, des juges iniques, des scores inférieurs à ceux des Verts, des autobus en flammes, des permanences mises à sac... ! La gauche est foutue, nous sommes foutus. Pourquoi ne pas l'admettre ? À notre place, le vieux Blum se serait déjà tiré une balle dans la bouche...

– Ça y est ! Le grand Landais nous refait un coup de déprime, glissa goguenard Laurent Fabius.

– Il va finir par nous porter la poisse, oui ! grinça Daniel Vaillant en se signant discrètement.

– Allons, allons, chers camarades, reprit Hollande. Si nous sommes réunis, c'est pour mettre au point notre stratégie secrète de conquête du pouvoir et pour assurer Ségolène de l'appui indéfectible du PS. J'attends vos idées... Tu veux commencer, Ségolène ?

La candidate, tête baissée, fixant ses genoux, resta silencieuse.

– Ségolène, ma chérie, je te parle...

– Ça commence bien ! fit remarquer Martine Aubry, ravie.

– Et voilà ce qui nous attend devant la droite ! Explosa Glavany

– Ça y'est ! Elle craque, elle craque ! éructa Mélenchon.

Regard de pierre dans un visage marmoréen, Ségolène leva enfin les yeux sur l'assistance.

– Excusez-moi... J'étais en train de prendre connaissance d'un message qui m'apporte une bien triste nouvelle.

– On a encore été cambriolé ? demanda François

– Non, la disparition d'un très, très vieil ami.

7

Lundi 27 novembre 2006 – Paris, sous-sol du pont de l'Alma.

– C'est par là..., dit le monarque en indiquant la porte ouverte d'une colossale armoire qui occupait entièrement le fond de sa chambre.

Les deux hommes, luttant contre les flots qui désormais les ceinturaient, pénétrèrent côte à côte dans le meuble resté ouvert. À la grande surprise du chambellan qui croyait ne rien ignorer du palais souterrain, c'est à pied sec qu'ils traversèrent un sas, pour déboucher dans une pièce inconnue du vieux serviteur. À l'aide d'un volant métallique, le souverain referma derrière lui le double fond du meuble.

Quoique baigné d'un air saturé d'humidité, le local dans lequel se trouvaient à présent les deux Survivantistes n'avait pas encore été envahi par les eaux troubles de la Seine. Au fond de la pièce parcimonieusement éclairée, on distinguait un bassin d'eau calme d'où émergeait un cylindre de métal d'environ un mètre de diamètre qui miroitait dans la semi-obscurité.

– Avez-vous déjà entendu parler de Fulton, mon bon

Olivier ? demanda le souverain en essuyant sur un chiffon ses mains tâchées de graisse.

– Je crains bien que non, Monseigneur, répondit le chambellan qui s'aperçut avec horreur qu'un filet d'eau filtrait sous la porte que le roi venait de verrouiller hermétiquement.

– Bien qu'anglais, c'était pourtant un inventeur de génie..., poursuivit tranquillement le monarque. Seul un esprit supérieur pouvait concevoir le vaisseau que notre grand-père a fait réaliser d'après ses plans.

– Votre grand-père, Louis XVII ? !

– Cet homme extraordinaire a compris, le premier, tout le parti qu'il y avait à tirer de la vapeur dans la marine ! Dans *L'Inlassable* – c'est le nom que Louis XVII a donné à ce vaisseau –, la vapeur actionne une roue motrice à palettes de sept pieds de longs sur trois de large. Mais voyez-vous, pour réussir notre retraite, ce qu'il nous faut, ce n'est pas l'invulnérabilité, mais bien l'invisibilité. Or la principale caractéristique du petit bâtiment dont nous vous parlons, c'est que sa carène ne communique pas avec l'intérieur du bateau. À l'aide d'une manivelle à roues dentées, on introduit de l'eau dans la carène ou on l'en chasse. Et ainsi le vaisseau peut à volonté s'enfoncer et disparaître sous l'eau !

– Un sous-marin ? ! Un sous-marin dans la Seine, Monseigneur ?

– Vous l'avez devant vous ! confirma le roi en indiquant du doigt la tourelle émergeant de l'eau. Approchez-vous, n'ayez pas peur du progrès quand il est mis au service du Vrai et du Bien !

Les deux hommes s'avancèrent vers le bassin et la silhouette de *L'Inlassable* se précisa. C'était un ellipsoïde presque parfait d'environ six mètres sur deux dont les énormes rivets de cuivre brillaient sur le noir de la coque. À l'extrémité avant du bâtiment, un hublot hémisphérique en verre épais laissait voir le siège du commandant et son gouvernail. Du centre de la coque, sortait le trou d'homme doté d'une échelle intérieure et extérieure permettant l'embarquement et le débarquement de l'équipage.

– Alors, mon bon Olivier ? Qu'en dites-vous ?

– Je... C'est étonnant, en effet. J'ignorais que Monseigneur...

– Une fois sous l'eau, rien ne signale sa présence en surface, si ce n'est cet entonnoir flottant, que vous voyez à bâbord, qui est solidaire de notre esquif et qui recueille en surface l'air nécessaire à l'équipage !

Rendue depuis longtemps impassible par les années de services auprès du souverain, la physionomie du grand chambellan trahit pourtant la plus vive des appréhensions.

– Monseigneur, envisagez-vous sérieusement d'embarquer à bord de ce... de ce vaisseau archaïque... heu... je veux dire historique ? finit-il par oser demander.

– Qu'insinuez-vous là, monsieur le grand chambellan ? Nous venons nous-même de procéder aux derniers réglages des mécanismes. Les aubes de la roue sont protégées des éventuels obus ennemis au moyen d'un tambour de bordage épais de six pieds. À bâbord comme à tribord, des faux acérées, mises en mouvement par le courant, nous défendent contre toute tentative d'abordage en pratiquant des perforations fatales dans la coque de nos assaillants. Et si cela ne suffisait pas, approchez-vous et regardez, s'enflamma le souverain, en désignant plusieurs tuyaux à larges sections répartis le long de la coque affleurant à la surface de l'eau du bassin. Ces orifices sont prêts à lancer des jets de vapeur bouillante sur tout adversaire qui aurait la folie de venir se ranger à contre-bord ! Allons, venez, embarquons ! L'eau monte déjà !

– Mais comment... comment produirons-nous la vapeur nécessaire à son déplacement, Monseigneur ?

– *L'Inlassable*, contient, depuis l'origine, dans son entrepont avant, trois tonnes de charbon extra de Montceau-les-Mines et deux barils de résine. Cela peut sembler beaucoup, mais la machine dévore inlassablement, mon bon Olivier ! Songez que la chaudière, quoique peu volumineuse, développe dans les quatre-vingts chevaux en croisière et ceci sans le moindre ébranlement à l'habitacle ! Quant à nous, nous disposerons de deux sacs de farine, d'un tonnelet de morue séchée et de trois barils d'eau douce pour tenir sept jours sans refaire surface. C'est largement assez ! Maintenant, assez glosé ! Aidez-nous à embarquer. C'est miracle, vous m'entendez : miracle, que notre genou nous laisse en paix aujourd'hui. Nous allons rentrer la tourelle et prendre l'eau ! Exécution !

Le grand chambellan resta immobile quelques secondes, puis il sentit les flots froids de la Seine lui lécher les talons. Il considéra alors gravement la tourelle de *L'Inlassable*, fièrement, pathétiquement, érigée au-dessus de l'eau et il suivit son souverain.

Quand ils eurent embarqué, chacun ayant pris son poste, le monarque actionna une roue à manivelle et la tourelle du sous-marin rentra dans la carène du bâtiment comme un tube d'une longue-vue se rétractant sur elle-même.

– Maintenant que la tourelle est rentrée, monsieur le grand chambellan, veuillez bourrer les interstices d'étoupe goudronnée ! ordonna le souverain.

Un peu moins d'une demi-heure plus tard, *L'Inlassable* fut déclaré paré à plonger. Le roi s'était réservé le maniement des pompes d'admission. D'un bref regard il s'assura qu'aucune ouverture n'avait été laissée ouverte, puis tira à lui un levier qui enclencha, par l'intermédiaire d'une roue dentée, le piston de la pompe aspirante. Quelques litres d'eau pénétrèrent aussitôt dans les caissons de lest aménagés pour permettre la descente du sous-marin. S'alourdissant peu à peu, le bâtiment commença à lentement s'enfoncer dans les flots. L'eau atteignit la calotte de verre située à l'avant de l'appareil, elle l'éclaboussa à plusieurs reprises puis la recouvrit. Une étrange pénombre verdâtre régnait à présent à l'intérieur du vaisseau.

– Paré à plonger, mon bon Olivier ?

– Paré, Monseigneur ! Monseigneur doit savoir que, quoi qu'il nous arrive, ce fut un honneur et un plaisir insigne d'œuvrer au service de Monseigneur et de la Monarchie..., répondit le vieux serviteur d'une voix brisée par l'émotion.

Puis, en se signant, il entonna comme pour lui-même :

Jurer au Roi d'être fidèle
Et obéir à son pouvoir
Marcher quand sa voix nous appelle
C'est un devoir, c'est un devoir
Mais à son auguste Personne
Jurer de toujours la chérir
Ce serment-là, rien ne l'ordonne
C'est un plaisir, c'est un plaisir...

Quand le sous-marin se trouva à quelques mètres de profondeur, une bulle d'air s'échappa de l'arrière du submersible et vint éclater à la surface. *L'Inlassable* plongea à pic et disparut en tourbillonnant dans la noirceur des flots.

8

Jeudi 30 novembre 2006 – Paris, cimetière du Père-Lachaise.

Dans le petit matin brumeux, le cimetière avait des allures de cité funéraire. Les courbes nonchalantes des allées désertes semblaient inviter le visiteur à se perdre dans le dédale des demeures mortuaires qui singeaient dérisoirement celles des vivants. Monuments, chapelles, sarcophages, pyramides, obélisques, statues de héros triomphants ou terrassés, blasons et armoiries figés dans la pierre, sans oublier les appels des morts gravés dans le marbre ou le ciment : « Passants, à bientôt », « Attends-moi, longtemps ». Tout respirait le silence éternel, l'infinie lenteur, l'interminable attente et, surtout, la peur indicible du néant.

Après avoir remonté l'avenue des Alliantes, le corbillard, armorié d'un « RF » argenté et tiré par deux chevaux noirs caparaçonnés en grand deuil, s'arrêta à la pointe du triangle formé par les chemins du Bastion et de Mont-Louis. À peine esquissée dans l'obscurité finissante, une silhouette féminine se tenait devant une modeste concession. La pierre tombale, sobre et sans épitaphe, avait été déposée sur la gauche de la stèle et laissait apercevoir un trou noir béant. Malgré le froid pinçant, la femme était vêtue d'un simple tailleur sombre sur lequel elle avait jeté une pelisse de fourrure luisante. Posée sur un chapeau à minces bords, une voilette à mailles serrées dissimulait son visage. Après avoir considéré un long moment la profonde cavité devant laquelle elle se trouvait, la visiteuse sortit de sa manche un petit mouchoir blanc qu'elle se mit à agiter discrètement, d'abord en direction de l'avenue Cail, puis de l'avenue Delacroix. Des pas claquèrent bientôt sur les pavés. La visiteuse fut rejointe à sa gauche par un homme de petite taille et, à droite, par une femme mince et élancée. Tous deux se disposèrent de part et d'autre de la femme en noir et se joignirent à elle dans son recueillement.

Sans cesser de regarder devant elle, Marie-Anne de Vieuxjoncourt dit à voix basse :

– Ainsi, vous êtes venus. Et tous les deux ! Le sénateur aurait été tellement heureux de vous savoir une dernière fois réunis en son nom... Aujourd'hui, la République est orpheline. Dire qu'elle l'ignore ! Ah, cruelle ironie...

– Si je suis élue, répondit Ségolène dans un soupir, je m'engage à donner le nom du sénateur à une avenue importante de Paris.

– Quant à moi, ajouta gravement Nicolas, je ferai baptiser « Amédée Félicien Saturnin des Hayes de Marcère » le troisième aéroport parisien.

– Et moi, continua la Vieuxjoncourt en se mouchant, au moins aurai-je exaucé l'une de ses dernières volontés : être enterré dans ce cimetière du Père-Lachaise, témoin de tant de funérailles nationales et encore hanté des souvenirs de la Commune... Les obsèques sont non religieuses, évidemment, en hommage à son ami Jules Ferry et à sa loi en faveur de l'école laïque.

– Ma pauvre amie, c'est donc vous qui vous êtes occupée de tout ? demanda Ségolène.

– C'est mon rôle, madame... Mais ne vous inquiétez pas pour moi, sa succession a été facile à organiser. Il vivait de bien peu de chose. Cet été, il avait ajouté un codicille à son testament : il lègue 75 000 anciens francs aux sénateurs nécessiteux, ses cigares à Charasse et sa cave à Simone Weil. C'est tout.

– Et pour l'inhumation ? Comment avez-vous fait ? interrogea Nicolas. À qui appartient cette concession ?

– C'est celle de Casimir Delavigne. Un poète et un auteur dramatique né en 1793, mort en 1843 et aujourd'hui à peu près oublié. J'ai pensé que cela ferait l'affaire. Et puis, après tout, c'est un honneur pour ce M. Delavigne de recevoir un hôte tel que le sénateur dans sa dernière demeure. Ainsi, quand nous voudrons venir nous recueillir ou prendre des conseils auprès de notre vieil et cher ami, nous aurons un lieu secret où le faire...

– Je viendrai souvent, confirma Ségolène. Je suis pour une démocratie où chacun à son mot à dire, y compris les disparus.

– Moi aussi, évidemment, approuva Nicolas. Après tout, les morts auraient beaucoup à nous apprendre sur la « France d'après » si on les laissait s'exprimer de temps en temps...

À 7 heures précises, le cercueil du sénateur fut descendu dans la fosse. Alignés devant le corbillard, les trois amis du grand homme s'agenouillèrent et récitèrent ensemble en sourdine les paroles de la Marseillaise. Quand le cocher du corbillard eut jeté les premières pelletées de terre sur la bière, ils se relevèrent lentement puis Ségolène et Nicolas étreignirent brièvement Marie-Anne de Vieuxjoncourt, secouée de sanglots.

– Qu'allez-vous faire désormais, madame ? demanda Nicolas, visiblement embarrassé par l'inconsolable chagrin de la Vieuxjoncourt.

– Je l'ignore, hoqueta-t-elle. Peut-être reprendre mes activités de coaching pour VIP sous une autre identité. Ou tout arrêter et m'occuper de mes jumeaux...

– Vos jumeaux ? s'étonna Ségolène.

Un éclair de crainte et de confusion mêlées passa dans les yeux humides de Marie-Anne.

– Deux garçons, dit-elle en rougissant imperceptiblement. Ils n'ont que vingt ans, ils se cherchent encore, mais je crois qu'ils sont bien décidés à servir la République...

– Quoi que vous décidiez, trancha Nicolas, faites-nous le savoir et, si nous pouvons vous aider, nous le ferons...

– J'allais vous le dire, approuva Ségolène. Nous sommes appelés à nous revoir pour la remise de la partie blanche de la Cocarde, n'est-ce pas ?

– Oui, comptez sur moi, confirma Marie-Anne en essuyant du revers de sa manche son beau visage ruisselant de larmes. Je l'ai promis au sénateur et je serai au domicile du vainqueur, le matin du 6 mai 2007, avec les deux parties manquantes, celle du vaincu, et la mienne...

– Alors... à bientôt, prononcèrent ensemble Ségolène et Nicolas.

– À bientôt, répondit la Vieuxjoncourt. Que le meilleur ou la meilleure gagne... N'oubliez jamais le sénateur et souvenez-vous que ce qui vous unit, la France, est plus fort que ce qui vous sépare. Pensez-y souvent et respectez-vous en tant qu'adversaires au cours des prochains mois de combat.

Ce mot de combat, pourtant si communément utilisé en politique, suscita un accès d'horrible tristesse tant chez Nicolas que chez Ségolène. Le jour se levait, et l'aube laissait sourdre une grise lumière qui semblait peser sur Paris comme un couvercle de fonte. Les deux candidats éprouvèrent le besoin de faire quelques pas. Ils marchèrent silencieusement côte à côte. Du coin de l'œil, Nicolas crut voir une larme se détacher de la paupière inférieure de Ségolène et s'écouler sur sa joue. Bouleversé par ce chagrin silencieux et voulant dissimuler sa propre émotion, il ralentit le pas et laissa Ségolène le devancer de sa démarche souple. Ils avancèrent lentement en direction du haut du cimetière. Quand ils eurent atteint l'éminence d'où Rastignac, contemplant la capitale, avait lancé son fameux « À nous deux maintenant ! », Nicolas pressa le pas.

Il la rejoignit dans l'allée qui menait vers la sortie. En entendant les pas de Nicolas dans son dos, Ségolène se retourna presque craintivement.

– Ce n'est que moi, dit-il d'une voix étrange, n'ayez pas peur.

– J'ai toujours eu horreur des cimetières, confia-t-elle en souriant faiblement.

– On dit pourtant qu'ils sont peuplés de gens irremplaçables..., balbutia-t-il.

Elle fit mine de ne pas prêter attention à son embarras et continua de lui adresser un doux sourire.

– Écoutez-moi, s'enhardit-il, il y a quelque chose que je dois vous dire...

– Allez-y, monsieur le ministre...

– Ah, ne soyez donc pas si cruelle !

– Mais n'est-ce pas la vie qui est cruelle ? Elle qui unit au gré des circonstances des êtres que tout devrait séparer. Elle qui crée des affinités aussi secrètes que puissantes et qui s'amuse à les rompre...

– L'amour peut-il vraiment transformer l'homme le plus déterminé en guignol désarticulé ?

– Que voulez-vous dire ? dit-elle avec le regard de celle qui avait déjà compris.

– Ségolène, l'ardente plénitude que m'a toujours donnée mon ambition, cette impression de puissance qui m'inondait lorsque je pensais à mon destin national... ces sentiments sont en train de devenir mes bourreaux ! Des tortionnaires qui me soufflent à l'oreille qu'en remportant la victoire, je vais blesser celle qui m'est devenue plus chère que tout ! Me comprenez-vous ?

– Hélas, Nicolas, je ne crois que trop vous comprendre. Venez !

Elle lui saisit le bras et il se laissa entraîner dans une allée plus étroite. Pour être encore plus sûrs de n'être vus de personne, ils s'abritèrent entre les murs gris de deux chapelles mortuaires Là, ils demeurèrent une longue minute sans rien dire. Enfin, Nicolas rompit le silence.

– Écoutez, si je suis ici ce matin, c'est bien sûr pour rendre un dernier hommage au sénateur. Mais, en vous revoyant tout à l'heure, en observant vos pleurs silencieux, j'ai réalisé... oui j'ai réalisé que j'étais venu, sans... sans oser me l'avouer, pour... oui, pour...

Chose inhabituelle chez lui, Nicolas balbutiait. Il baissa la tête et acheva dans un souffle.

– ... c'était une occasion inespérée de vous revoir.

Un nouveau silence les enveloppa, puis Ségolène posa sa main sur son épaule.

– J'avoue que, pour moi aussi, c'était une occasion de vous revoir..., ajouta-t-elle en rougissant.

– Vous souvenez-vous de cet orage, dans la vallée de Clisson ?

À cette évocation, Ségolène frissonna et eut brièvement envie de se réfugier dans les bras de Nicolas. Mais elle parvint à se contrôler :

– Cet orage, *notre* orage, s'enflamma-t-elle, je ne l'oublierai jamais, Nicolas. Comment effacer notre complicité durant ces deux merveilleuses journées pleines de rebondissements ? Je mentirais si je niais ce sentiment nouveau pour votre personne qui a éclos en moi...

– Un sentiment ! Mais mon Dieu, pourquoi ne m'en avez-vous pas parlé plus tôt... Vous avez mon portable !

– Je... je vous ai laissé des messages codés sur votre forum de discussion.

– Ah, j'aurais dû m'en douter ! Les messages signés Laurette ! Évidemment : comme chez Michel Delpech... j'aurais dû deviner !

– C'était bien, c'était chouette..., fredonna Ségolène à voix basse.

– Si j'osais...

– Allons, osez, Nicolas, osez...

– Je voudrais savoir si ce sentiment s'apparente à... de l'attachement ?

Elle le regarda avec des yeux pleins de douceur.

– Je sais ce que vous brûlez de m'avouer, Nicolas. Je voudrais pouvoir vous le dire aussi.

Il s'approcha d'elle jusqu'à sentir le contact de son manteau Paule Ka contre le dos de sa main. Elle contint cet empressement avec une tendre fermeté.

– Allons, Nicolas, qu'espérez-vous donc ? De la complaisance ? Vous vous repentiriez de l'avoir obtenue, et je me repentirais infailliblement de vous l'avoir accordée. Pensons à nos destins, à nos proches, à nos familles politiques, à nos militants, à tous ceux qui nous attendent et qui espèrent en nous. Nous n'avons pas le droit de les décevoir...

– Sommes-nous donc toujours obligés de tout sacrifier au pouvoir ? Vais-je vraiment devoir vous insulter, débattre avec vous comme avec une ennemie, chercher à vous déstabiliser, à vous compromettre ? Va-t-il me falloir utiliser ces deux ou trois choses intimes que je sais de vous pour vous abattre ?

– Hélas, il en est toujours ainsi dans la tragédie du pouvoir. Pourtant, si la passion peut me brûler, comme vous, elle ne saurait m'aveugler. Décidons que nos aveux de ce matin n'auront jamais de suite !

– Autant nous condamner à l'impossible !

– Nous devons, hélas, suivre les règles austères que le devoir nous impose ! Le sénateur nous a confié une mission. La République est désormais notre seule maîtresse. Elle nous commande de tout lui sacrifier...

– Ah, pourquoi ne vous ai-je pas rencontrée il y a trente ans ? Vous auriez fait basculer mon cœur à gauche...

– Qui sait ?... Peut-être est-ce le mien qui aurait chaviré à droite...

Nicolas frotta son costume pour en défroisser l'alpaga, puis il reprit ses distances.

– Je sais que vous avez raison, Ségolène. Mais laissez-moi vous demander une dernière chose. Au nom de ce qui nous unit désormais à jamais.

– Comment vous refuser un ultime vœu avant que ne se déchaîne la guerre entre nous ?

– Justement, Ségolène, faisons ici même, ce matin, en ce lieu si chargé d'histoire, un serment !

– Un serment ? Que voulez-vous donc que nous nous promettions ?

– Jurons-nous que chacune des attaques, que chacun des coups bas, que chacune des trahisons qui vont émailler cette campagne dans les mois à venir seront autant de mots secrets pour nous exprimer l'un à l'autre nos sentiments !

Elle sembla troublée par cette proposition.

– Je... je crois que je comprends, finit-elle par avouer, les yeux humides. C'est une idée... à la fois vertigineuse et bouleversante ! Vous voulez dire que quand tout le monde pensera que je suis agressive à votre égard, en fait je serai plus que jamais dévouée et aimante ?

– C'est exactement ça, ma Ségolène ! Et réciproquement. Rassurez-vous, chaque fois que je vous attaquerai, ce n'est pas à la femme que je m'en prendrai. J'en serai bien incapable ! En revanche, je serai impitoyable avec – pardonnez-moi l'expression – l'animal politique que vous êtes. Un bel animal, ajouta-t-il dans un soupir. Bien sûr, les gens s'offusqueront de la bassesse de mes méthodes, mais vous, vous seule, saurez que je vous aime !

– C'est magnifique, Nicolas ! Nous seuls, oui, nous seuls, saurons que nos paroles devront être interprétées à l'envers, puisque leur lettre signifiera le contraire de ce que tout le monde entendra.

– L'intensité de notre amour secret se mesurera à la force de notre haine publique ! Qu'en dites-vous ?

– J'en dis que la France vous mérite, Nicolas.

– Et vous, vous méritez la France, Ségolène.

9

Lundi 8 janvier 2007 – Châtenay-Malabry, Arboretum de la Vallée-aux-Loups.

Nicolas regarda la Vel Satis s'éloigner dans la pénombre. Le véhicule se fondit rapidement dans les nappes de brume qui voilaient le parc de la Vallée-aux-Loups. Encore quelques semaines et il allait enfin pouvoir en découdre. Après sa désignation par le parti, *son* parti, il ne craindrait plus rien, plus personne. Il se battrait sans merci contre Ségolène, puisque tel était le pacte secret passé avec elle. Quand il serait élu, elle lui remettrait la cocarde rouge, et la Vieuxjoncourt lui confierait la blanche. Le talisman ainsi reconstitué, la France serait libérée de la malédiction du 25e président. Il lui semblait aujourd'hui étrange de n'avoir pas cru tout de suite à cette histoire si curieuse et pourtant si belle. *Quand je pense que les professionnels de l'opinion publique nous rabâchent que la politique contemporaine manque de lyrisme, d'enjeux, de mystère, de mythes... Ah, les nigauds ! S'ils savaient...*

Les sommets des arbres remarquables disparaissaient dans la nuée grisâtre du crépuscule. Il posa les yeux sur sa montre : 19 heures. *Cécilia prépare le dîner,* sourit-il avec tendresse. *Et elle ? Que fait-elle ? Que prépare-t-elle contre moi avec son mari, ses amis ?* Il flatta de la paume le tronc d'un vieux séquoia récemment frappé par la foudre. *Comme nos destins sont fragiles... Aujourd'hui tout-puissant, demain frappé par un coup du sort...*

Une bourrasque glacée fendit le brouillard et le fit revenir à lui en frissonnant. *Quand tout sera fini, quand je serai là où je dois être, je...*

Il fut interrompu dans ses pensées par les soubresauts de son téléphone vibrant contre sa poitrine dans la poche de sa chemise.

Ce téléphone ! ? Personne n'utilise plus ce numéro, à part...

– Allô ?

– C'est moi...

– Vous ? Mais nous avions...

– Je sais... Vous pensez bien que si je vous appelle, ce n'est pas pour vous souhaiter une bonne année...

– Que se passe-t-il ?

– C'est affreux ! lâcha Ségolène qui fondit en larmes.

Il écouta patiemment et tendrement les sanglots se tarir peu à peu.

– Excusez-moi, dit-elle. Cela faisait si longtemps que je n'avais pas...

– Pleuré ? La dernière fois c'était aux obsèques de Mitterrand, n'est-ce pas ?

– Comment le savez-vous ?

– Je l'ai lu dans un magazine. Je lis tout ce qui sort sur vous... J'ai eu tellement peur lors de votre voyage au Liban. Ne refaites pas ça, je vous en supplie !

– Moi aussi, avoua-t-elle, je vous guette dans les médias. J'ai même relu *Témoignage*.

– Ah, les médias. On peut dire qu'ils ne nous lâchent pas ceux-là ! gronda-t-il.

– On parle même d'un livre sur nous, nos découvertes, notre accord secret...

– Le pavé qui sort chez Albin Michel ?

– Vous êtes au courant ? s'étonna-t-elle.

– C'est mon travail, Ségolène. Ne vous inquiétez pas, c'est un tissu de balivernes et d'à-peu-près. Il ne sera jamais pris au sérieux. Nous pouvons nous affronter violemment, comme prévu.

– Tant mieux. J'ai cru un moment que vous alliez me ménager dans vos interventions. J'ai eu peur que...

– Allons, ne doutez jamais de ma passion ! Je vous en donnerai de nombreuses preuves, vous verrez. Mais dites-moi, pourquoi cet appel ?

– Il se passe quelque chose de terrible.

– La Cocarde ? l'interrompit-il brusquemment.

– Oui. J'ai reçu un post de la Vieuxjoncourt sur mon blog.

– Vous êtes certaine que c'est elle ?

– Absolument. Je lui avais donné les codes « administrateur » du site, au cas où... Elle m'a écrit un long courriel. Je dois vous en parler. Elle veut que vous partagiez avec moi ce secret qui vous concerne aussi. Vous m'écoutez ?

– Bien sûr ! Je suis pendu à vos lèvres !

– Vous vous en souvenez peut-être : lors des obsèques du sénateur, Marie-Anne a brièvement évoqué ses enfants...

– Elle a parlé de jumeaux...

– Deux garçons nés en 1986, au printemps... Tenez-vous bien, Nicolas. Savez-vous qui est leur père ?

– Mitterrand ? !

– Pire !

– Chirac ?

– Hélas, vous êtes loin du compte... En 1985, quand Mitterrand a compris qu'il allait perdre les législatives, il a imposé le scrutin proportionnel afin de gêner la droite traditionnelle...

– ... en favorisant le Front national !

– Néanmoins, poursuivit Ségolène, pour être sûr de garder le contrôle de la situation explosive qu'il avait ainsi créée, Mitterrand a demandé à la Vieuxjoncourt, qu'il connaissait intimement, d'aller « espionner »...

– Attendez ! l'interrompit brutalement Nicolas. Mitterrand envoie la Vieuxjoncourt comme émissaire spéciale au Front national. Le... le père des jumeaux, c'est...

– Le Pen ! Vous avez deviné...

– Bon sang ! C'est à peine croyable... Comment a-t-elle pu faire ça avec...

– Je vous rappelle que c'est son métier ! Elle a fait « ça », comme vous dites, en pensant servir la République. Et si ces enfants ont été conçus, c'est bien malgré elle, puisqu'elle pensait avoir pris toutes les précautions... Quand elle a découvert son état, elle n'a rien dit à leur père et elle s'est arrangée pour disparaître. Pour tenter de conjurer le sort et soustraire ses garçons à l'ascendance paternelle, elle a poussé la ruse jusqu'à les faire élever en secret par une nourrice africaine. Pendant longtemps le numéro 1 du Front national a ignoré leur existence et a cru qu'il n'avait que des filles. Hélas...

– Comment ça, « hélas » ? Ne me dites pas que Le Pen a fini par apprendre qu'il avait deux héritiers mâles ?

– C'est pourtant bien ce qui est arrivé. Vous vous souvenez qu'après le meurtre de Moon, la police a fouillé de fond en comble le domicile de la Vieuxjoncourt. Les inspecteurs sont tombés sur des photos olé-olé de Marie-Anne à Montretout, le manoir du président du Front à Saint-Cloud. Il y avait aussi des clichés la montrant enceinte durant la campagne de 1986. Le Pen a eu vent de ces documents et il a compris.

– Qu'a-t-il bien pu déduire de ces photos ? interrogea Nicolas.

– Il a compris pourquoi la Vieuxjoncourt s'était éclipsée brusquement.

– Parce qu'elle était enceinte de lui ?

– Absolument. D'autant qu'il avait tout fait pour...

– Le coup du préservatif percé, hein ?

– C'est ce que pense Marie-Anne, confirma Ségolène. En tout cas, il a fait faire une enquête et il a retrouvé ses jumeaux.

– Il les a enlevés ? !

– Pis : il les a séduits !

– Quoi ? !

– Plus précisément, ce sont ses filles, Marie-Caroline, Marine et Yann, qui ont été chargées de l'opération.

– Mais c'est abject !

– Rassurez-vous, c'est de séduction idéologique qu'il s'agit. Après avoir été attirés au manoir, les jumeaux ont été pris en main par le staff de Montretout... Ils suivent un programme si intense qu'il leur laisse à peine le temps de penser : révisions de l'histoire nationale et européenne avec Gollnisch, entraînement commando avec Roger Holeindre, wind surf avec Marie-Caroline, *celtic attitude* avec Yann, et bien sûr lepénisation des esprits avec Marine. Ça n'est pas tout, c'est Le Pen lui-même qui se charge de leur apprendre tout le répertoire des chants nationalistes !

– Les chants de votre enfance ?

– Oui. Il pousse l'ironie jusqu'à leur faire répéter un hymne monarchiste, « La Royale » : « Français, nous voulons une France, mais à la France il faut un roi... »

– Le GIGN ! s'exclama Nicolas. Le GIGN ! Je vais les faire libérer sur-le-champ !

– J'y ai pensé aussi, mais la Vieuxjoncourt exclut cette option. Les deux jeunes hommes sont majeurs et leur père a fait pratiquer un test ADN qui prouve sa paternité... De plus, Le Pen l'a prévenue que si elle cherchait à intervenir, les jumeaux demanderaient à ne plus jamais revoir leur mère.

– Quelle horreur ! lâcha Nicolas dans un souffle. Je commence à entrevoir ce que vous allez m'annoncer. La Cocarde, n'est-ce pas ?

– Vous avez compris, Nicolas. Il exige de la Vieuxjoncourt qu'elle lui remette la partie blanche de la Cocarde. Et alors, alors seulement les jumeaux accepteront de rencontrer leur mère de temps en temps...

– Quelle abomination : ses enfants ou la Cocarde ! articula lentement Nicolas.

– Pour Marie-Anne, c'est « le choix de Sophie », poursuivit Ségolène. Soit elle cède au chantage et elle remet la rondelle blanche à Le Pen.

– Mais dans ce cas, l'interrompit Nicolas, nous ne donnerons jamais la rouge et la bleue au leader du Front national ! Alors, sans la protection du talisman, la République courra le grand péril que redoutait le sénateur.

– Et si Marie-Anne refuse de donner la cocarde blanche à Le Pen..., continua Ségolène.

– Alors la France sera sauvée in extremis, mais elle ne reverra plus jamais ses enfants...

Ils redevinrent à nouveau silencieux. La gorge serrée, le cœur battant, la poitrine oppressée d'avoir à partager un si terrible secret.

Puis Nicolas trouva le courage de demander à Ségolène :

– Qu'a-t-elle décidé ?

Épilogue

21 janvier 2007 – Paris, avenue du Président-Kennedy.

Depuis le coup de téléphone de son père, le fils unique de Louis XIX n'avait rien changé à son emploi du temps surchargé. Se succédaient à un rythme échevelé émissions de télé et de radio, raouts du gotha, interviews, soirées privées, galas de charité, réunions hippiques, soins capillaires, répétitions de théâtre, chroniques de presse, cours de golf, tournois de polo, dédicaces d'ouvrages... Sans oublier l'énorme biographie consacrée à son aïeul Louis XVII, son œuvre majeure, rédigée en grand secret depuis des années entre deux insomnies.

Ce n'était pas la première fois que son père restait plusieurs semaines sans donner de nouvelles. Généralement, le grand chambellan rompait le silence et finissait par appeler le futur dauphin. Le prince écoutait aussi patiemment que possible les radotages du vieux serviteur et s'informait de la santé de celui qu'avec une affection pudiquement teintée d'ironie, il surnommait le « vieux fou ». Il ne manquait jamais non plus de verser les fonds nécessaires aux frais d'entretien du « palais bunker » sous la Seine.

Comme chaque matin, l'héritier du trône par intérim s'était fait porter la presse quotidienne dans son bureau avec vue sur la Seine. Il avait pratiquement achevé la lecture du *Parisien* quand un entrefilet attira son attention :

MYSTÉRIEUSE DÉCOUVERTE À ROUEN :
UN SOUS-MARIN S'ÉCHOUE SUR UN QUAI

Un engin de type sous-marin de poche à trois places a été retrouvé la semaine dernière le long du quai Cavelier de la Salle à Rouen (76). D'après les premières expertises effectuées sur place par la police scientifique, le vaisseau, vide au moment de sa découverte, semblait avoir séjourné plusieurs siècles dans l'eau. Selon un expert proche de l'enquête, il pourrait s'agir d'un prototype original du sous-marin dit de « Fulton », du nom du savant américain inventeur du bateau à vapeur.

On frappa à la porte du bureau du prince.
– Oui ? demanda celui-ci, la voix brisée par l'émotion.
– Antenne dans une demi-heure, Stéphane.

REMERCIEMENTS

Au nom de la République, les auteurs remercient chaleureusement :
Lise Boëll,
Estelle Cerutti et Virginie Caminade,
Vincent Haudiquet, à la fidèle et vétilleuse amitié,
Jean-Baptiste Algoud pour ses précieuses précisions historiques,
tous leurs confrères journalistes qui les ont informés, conseillés et invités à déjeuner.

BIBLIOGRAPHIE

ABEDELES, Marc, *L'Échec en politique,* Circé, 2005.
ACHILLI, Jean-François, *Sarkozy, carnets de campagne,* Robert Laffont, 2006.
ADLER, Laure, *L'Année des adieux,* Flammarion, 1995.
AGACINSKI, Sylviane, *Journal interrompu,* Seuil, 2002.
AGULHON, Maurice, *Marianne au pouvoir, l'imagerie et la symbolique républicaine de 1789 à 1880,* Flammarion, 1989.
AGULHON, Maurice et BONTE Pierre, *Marianne, les visages de la République,* Découvertes Gallimard, 1992.
ALEXANDRE, Philipe, *Les Éléphants malades de la peste,* Albin Michel, 2006.
APATHIE Jean-Michel, *Liberté, Égalité, Réalité*, Stock, 2006.
ARISTIDE, *Portrait du présidentiable*, dialogue, Mille et une nuits, 2006.
ATTALI, Jacques, *C'était François Mitterrand,* Fayard, 2005.
ATTALI, Jacques, *Verbatim* I, II et III, Fayard, 1995.
AUBRY, Émilie, PLEYNET Muriel, *Pas de deux à L'Élysée,* Éditions Héloïse d'Ormesson, 2006.
AUBRY, Octave, *Président et Empereur Napoléon III,* Fayard, 1951.
BACHY, François, *François Hollande, un destin tranquille,* Plon, 2001.
BARBIER, Christophe, *Les Derniers Jours de François Mitterrand,* Grasset, 1997/2005.

BARD, Christine (dir.), *Un siècle d'antiféminisme,* Fayard, 1999.
BARRÈS, Maurice, *La Colline inspirée,* Livre de poche, 1987.
BAUMONT, M., *Gloires et tragédies de la IIIe République,* Hachette, 1956.
BAZIN, François, MACÉ-SCARON Joseph, *Le Rendez-vous manqué,* Grasset, 1995.
BENAMOU, Georges-Marc, *Le Dernier Mitterrand,* Plon, 1997.
BERN Stéphane, *Un si joli monde*, Flammarion, 2006.
BERN, Stéphane, *Roman novembre,* Flammarion.
BERNARD, Daniel, *Madame Royal,* Éditions Jacob-Duvernet, 2005.
BERTAUT, Jules, *Le Boulevard,* Flammarion, 1924.
BONNEFOUS, G. et Ed., *Histoire politique de la IIIe République,* PUF, 1956.
BOTUL, Jean-Baptiste et LANDRU, André, *Désiré Landru, précurseur du féminisme, correspondance inédite*, Mille et Une Nuits, 2001.
BROSSOLETTE, Sylvie Pierre, *Paroles de président,* Plon, 1996.
BUGAT, Stéphane, *Et si la gauche changeait... Génération Hollande,* Jean-Claude Gawsewitch éditeur, 2006.
BUREL, Paul et TATU, Natacha, *Martine Aubry, enquête sur une énigme politique,* Calmann-Lévy, 1997.
CAMBADELIS, Jean-Christophe, *Le Chuchotement de la vérité,* Plon, 2000.
CAPPELLA, Émilie, *Louise Michel, Exil en Nouvelle-Calédonie,* Magellan & Cie, 2005.
CARMONA, Michel, *Morny, le vice-empereur,* Fayard, 2005.
CASTELOT, André, *Louis XVII,* Perrin, 1971.
CASTRIES, duc de, *La Fayette, pionnier de la Liberté,* Hachette, 1974.
CHARASSE, Michel, *55, faubourg Saint-Honoré,* Grasset, 1996.
CHARBONNEAU, Nicolas, GUIMIER, Laurent, *Le roi est mort ? vive le roi,* Éditions Michalon, 2006.
CHARPIER, Frédéric, *Nicolas Sarkozy, enquête sur un homme de pouvoir,* Presses de la Cité, 2006.

CLÉRY, *Journal de ce qui s'est passé à la Tour du temple, suivi des dernières heures de Louis XVI par l'abbé Edgeworth de Firmont et de Mémoire écrit par Marie-Thérèse-Charlotte de France,* Mercure de France, 1987.
COLLECTIF, *Sarkozy, l'homme trop pressé,* Les Dossiers du Canard enchaîné, 2003.
COLLECTIF, *Les Grands Discours parlementaires de la Troisième République. De Clemenceau à Léon Blum,* textes présentés par Jean Garrigues, Armand Colin/Assemblée nationale, 2004.
CONTE, A., *Les Présidents de la Ve,* Le Pré-aux-Clercs, 1985.
DANSETTE, A., *Histoire des présidents de la République,* Le Livre contemporain, 1960.
DARMON, Michael, *Michèle Alliot-Marie, la grande Muette,* L'Archipel, 2006.
DARMON, Michaël, *Sarkostar,* Seuil, 2004.
DARNTON, Robert, *La Fin des Lumières, Le mesmérisme et la Révolution,* Perrin, 1984.
DECAUX, Alain, *Le Tapis rouge,* Perrin, 1992.
DELOIRE, Christophe et DUBOIS, Christophe, *Sexus politicus,* Albin Michel, 2006.
DESSEIGNE, Dominique, *Tout pour être heureux,* Plon, 2004.
DOMENACH, Nicolas et SZAFRAN, Maurice, *Chirac-Sarkozy,* Plon, 2006.
DOMENACH, Nicolas, *Ça va mal finir,* Plon.
DUBIEF, H., *Le Déclin de la IIIe République, 1929-1938,* Le Seuil, Points-Histoire, 1976.
DUFOUR, Frédéric, *La Marseillaise,* Le Félin, 2003.
DULONG, Claude, *La Vie quotidienne à l'Élysée au temps de Charles de Gaulle,* Hachette, 1974.
DUMESNIL, René, *Poincaré,* Flammarion, s.d.
ECO, Umberto, *Il Pendolo di Foucault,* Bompiani, 2000.
ELKABBACH, Jean-Pierre, *Vingt-neuf mois et quelques jours,* Grasset, 1997.
ETCHEGOYEN, Alian, *Votre devoir est de vous taire,* L'Archipel, 2006.

FARGUE, Léon-Paul, *Le Piéton de Paris,* Gallimard, 1995.
FAVIER, Pierre et Martin-Rolland Michel, *La Décennie Mitterrand,* vol. 4, Seuil, 2001.
FREMY, Dominique, *Quid des Présidents de la République... et des candidats,* Robert Laffont, 1981.
GANDOUIN, Jacques, *Guide du protocole et des usages,* Le Livre de poche, 1995.
GARAUD, Marie-France, *La Fête des fous : qui a tué la Ve République,* Plon, 2006.
GATTEGNO, Hervé, *L'Irresponsable, une présidence française 1995-2007,* Stock, 2007.
GIESBERT, Franz-Olivier, *La Tragédie du Président,* Flammarion, 1996.
GIESBERT, Franz-Olivier, *Le Vieil Homme et la Mort,* Gallimard, 1996.
GIRET, Vincent et PELLEGRIN, Bernard, *Vingt ans de pouvoir,* Seuil, 2001.
GOTTSCHALK, Louis et MADDOX, Margaret, *La Fayette in the French Revolution through the October Days,* Chicago-Londres, 1969.
GUILLEDOUX Frédéric-Joël, *Tous candidats*, Fayard, 2006.
GUILLEMINAULT GILBERT, *Le Roman vrai de la Troisième République,* Denoël, 1958.
HALLIER, Jean-Edern, *Les Puissances du mal,* Les Belles Lettres, 1996.
HAUSER, Anita, *Sarkozy, itinéraire d'une ambition,* L'Archipel, 2003.
HAZIZA, Frédéric, *Chirac ou la victoire en pleurant,* Ramsay, 2002.
HELVIG, Jean-Michel, *L'Homme qui voulait être président,* Robert Laffont, 2006.
HEMERET, Georges et Janine, *République française. Les présidents,* Filipacchi, 1988.
HENNEZEL, Marie de, *La Mort intime,* Robert Laffont, 1995.

IACUB, Marcela, *Une journée dans la vie de Lionel Jospin,* Fayard, 2006.
JEANNENEY, Jean-Noël, *Clemenceau, portrait d'un homme libre,* Mengès, 2006.
JOFFRIN, Laurent, *Histoire de la gauche caviar,* Robert Laffont, 2006.
JOUVE, Pierre et Magoudi Ali, *François Mitterrand, portrait intégral,* Carrère, 1986.
KAHN, Jean-François, *Les Bullocrates,* Fayard, 2006.
KARLIN, E. et Nivelle P., *Les Sarkozy, une famille française,* Calmann-Lévy, 2006.
LA FAYETTE, Mme de, *La Princesse de Clèves.*
LA ROCHEJAQUELIN, marquise de, *Mémoires sur la guerre de Vendée, publiés d'après le manuscrit du baron de Barante,* Albin Michel.
LACROIX, Sigismond, *Actes de la Commune de Paris pendant la Révolution* (six volumes), Paris, 1894-1897.
LAMBRON Marc, *Mignonne allons-voir si la rose*, Grasset, 2006.
LE BEGUEC, Gilles, *La République des avocats,* Armand Colin, 2003.
LEPAGE Corinne, *Constitution pour une nouvelle République,* Atelier de presse, 2006.
LE PAIGE, Hugues et BASTIN, Jean-François, *François Mitterrand, portrait en surimpression.*
LE PAIGE, Hugues, *Mitterrand, la continuité paradoxale,* L'Aube, 1995.
LECLERC, Gérard et MURACCIOLE, Florence, *Lionel Jospin, l'héritier rebelle,* J.-C. Lattès, 1997.
LECLERC, Gérard et MURACCIOLE, Florence, *L'Énigme du conquérant,* J.-C. Lattès, 1997.
LENOTRE, Georges, *Monsieur de Charrette,* Hachette, 1924.
LEVER, Évelyne, *Madame de Pompadour,* Perrin, 2000.
LÉVY, Claude, *L'une enchante, l'autre pas,* Calmann-Lévy, 2006.
LÉVY, Claude, *La Bulle de la République,* Calmann-Lévy, 2006.

LISSAGARAY, Prosper-Olivier, *Histoire de la Commune de 1871,* Éditions La Découverte et Syros, 2000.

MACHIAVEL, *Le Prince, De Principatibus,* PUF, 2000.

MALOUINES, Marie-Ève et MEEUS, Carl, *La Madone et le Culbuto,* Fayard, 2006.

MALOUINES, Marie-Ève, *Deux hommes pour un fauteuil,* Fayard, 2001.

MAMÈRE, Noël, *Sarkozy, mode d'emploi,* Ramsay, 2006.

MANTOUX, Aymeric, *L'Homme qui s'aimait trop,* L'Archipel, 2005.

MANTOUX, Aymeric, SIMMAT, Benoist, *Ségolène, la dame aux deux visages,* L'Archipel, 2006.

MARSEILLE, Jacques, *Du bon usage de la guerre civile en France,* Perrin, 2006.

MARTIN, Jean-Clément, *Blancs et Bleus dans la Vendée déchirée,* Découvertes Gallimard, 1986.

MARTIN, Jean-Clément, *La Contre-Révolution en Europe,* PUF de Rennes, 2001.

MARTINAT, Philippe, *Élysée qui vous voudrez,* Éditions Jacob Duvernet, 2006.

MARTIN-FUGIER, Anne, *Les Salons de la III*[e] *république, Art, littérature, politique,* Perrin, 2003.

MICHEL, Louise, *Mémoires,* F. Roy éditeur, 1886.

MICHEL, Louise, *La Commune, histoire et souvenirs,* Éditions La Découverte et Syros, 2000.

MITTERRAND, François, *Discours,* Europolis, 1995.

MITTERRAND, François, *La Paille et le Grain,* Flammarion, 1992.

MITTERRAND, François, *Le Coup d'État permanent,* Plon, 1957.

MITTERRAND, François, *Mémoires interrompus,* Odile Jacob, 1996.

MONTAGNON, André, *Les Guerres de Vendée, 1793-1832,* Perrin, 1983.

NAY, Catherine, *Un pouvoir nommé désir,* Grasset, 2007.

NICOLET, Claude, *L'Idée républicaine en France. Essai d'histoire critique,* Gallimard, 1982.
NOIR, Victor, *Nicolas Sarkozy ou le destin de Brutus,* Denoël, 2005.
NORA, Pierre (dir.), *Les Lieux de mémoire,* I. *La République,* Bibliothèque illustrée des Histoires, Gallimard, 1984 ; II. *La Nation* (trois volumes), Bibliothèque illustrée des Histoires, Gallimard, 1986.
PASTOUREAU, Michel, *Les Emblèmes de la France,* Éditions Bonneton, 1998.
PINGAUD, Denis, *L'Impossible Défaite,* Seuil, 2002.
PINGEOT, Mazarine, *Bouche cousue,* Julliard, 2005.
PONCHELET, David, *Villepin de A à Z,* Cosmopole, 2006.
PONTAUT, Jean-Marie, GAETNER, Gilles, *Règlement de comptes pour l'Élysée,* Oh éditions, 2006.
QUETEL, Claude, *L'Histoire véritable de la Bastille,* Larousse, 2006.
RAISSON, Horace Napoléon, *Histoire populaire de la Garde nationale de Paris, juillet 1789-juin 1832,* Paris, 1832.
REBERIOUX, Madeleine, *La République radicale, 1898-1914,* Seuil, Points-Histoire, 1975.
REMOND, René, *La République souveraine. La Vie politique en France, 1879-1939,* Fayard, 2002.
RIALS, Stéphane, *La Présidence de la République,* PUF, Que sais-je ?, 1981.
RIBADEAU-DUMAS, François, *La Destinée secrète de La Fayette,* Laffont, 1972.
RICHARD, Michel, *La République compassionnelle,* Grasset, 2006.
ROBERT, Denis et BACKES, Ernst, *Révélation$,* Les Arènes, 2001.
ROBERT, Denis, *La Boîte noire,* Les Arènes, 2002.
ROUGELET, Patrick, *RG, la machine à scandales,* Albin Michel, 1997.
ROYAL, Ségolène, *La Vérité d'une femme,* Stock, 1996.
SAINT-BRIS, Gonzague, *La Fayette,* Éditions Télémaque, 2006.

SAINT-HILAIRE, Émile Marco de, *Cadoudal, Moreau et Pichegru,* Perrin, 1977.
SARKOZY, Nicolas, *Georges Mandel, le moine de la politique,* Grasset, 1994.
SARKOZY, Nicolas, *Libre,* Laffont, 1999.
SARKOZY, Nicolas, *Témoignage,* Xo, 2006.
SCHRAMECK, Olivier, *Matignon rive gauche,* Seuil, 2001.
SÉCHER, René, *Le Génocide franco-français, la Vendée vengée,* PUF, 1985.
SEVRAN, Pascal, *Mitterrand, les autres jours,* Le Livre de poche, 2005.
SIGNIER, Jean-François (dir.), *Les Sociétés secrètes,* Larousse, 2005.
SOBOUL, Albert, *Histoire de la Révolution française,* Gallimard, 1962.
TAILLEMITE, Étienne, *La Fayette,* Fayard, 1989.
TEISSIER, Élizabeth, *Horoscope 2006,* Xo, 2005.
VALODE, Philippe, *Les Présidents de la République française,* De Vecchi, Focus de l'histoire, 2005.
VARENNE, Leslie, BLANCHARD, Philippe, *Ségolène, reine d'un jour, reine de toujours ?,* Ugodoc, 2006.
VÉDRINE, Hubert, *Les Mondes de François Mitterrand,* Fayard, 1996.
VILLEPIN, Dominique de, *Le Cri de la Gargouille,* Albin Michel, 2002.
WAUQUIEZ, Laurent, *Un Huron à l'Assemblée nationale,* Privé, 2006.

INDEX DES NOMS CITES

Composition Nord Compo
Impression : Imprimerie Floch, janvier 2007
Éditions Albin Michel
22, rue Huyghens, 75014 Paris
www.albin-michel.fr

ISBN : 978-2-226-17370-6
N° d'édition : 24737 – N° d'impression : 67335
Dépôt légal : janvier 2007
Imprimé en France.